世界儒学译丛 | 国外山东印象

四海之内
中法联姻的山东传奇

Within the Four Seas:
A Shantung Idyll

Paul Richard Abbott

【美】保罗·理查德·阿博特 ——— 著
魏华中 余海伦 ——— 译

中央编译出版社
CCTP Central Compilation & Translation Press

图书在版编目（CIP）数据

四海之内：中法联姻的山东传奇 /（美）保罗•理查德•阿博特著；魏华中，余海伦译. -- 北京：中央编译出版社，2025. 1. --（国外山东印象 / 魏华中主编）. -- ISBN 978-7-5117-4835-5

Ⅰ. I712.45

中国国家版本馆CIP数据核字第202448CK23号

四海之内：中法联姻的山东传奇

出版统筹	张远航
责任编辑	赵可佳　邹　莹
责任印制	李　颖
出版发行	中央编译出版社
地　　址	北京市海淀区北四环西路69号（100080）
网　　址	www.cctpcm.com
电　　话	（010）55627391（总编室）　（010）55627362（编辑室） （010）55627320（发行部）　（010）55627377（新技术部）
经　　销	全国新华书店
印　　刷	佳兴达印刷（天津）有限公司
开　　本	880毫米×1230毫米　1/32
字　　数	182千字
印　　张	9.5
版　　次	2025年1月第1版
印　　次	2025年1月第1次印刷
定　　价	78.00元

新浪微博：@中央编译出版社　　微信：中央编译出版社（ID: cctphome）
淘宝店铺：中央编译出版社直销店（http://shop108367160.taobao.com）（010）55627331

本社常年法律顾问：北京市吴栾赵阎律师事务所律师　闫军　梁勤
凡有印装质量问题，本社负责调换。电话：（010）55627320

出版说明

《四海之内：中法联姻的山东传奇》（原书名：*Within the Four Seas: A Shantung Idyll*）是保罗·理查德·阿博特（Paul Richard Abbott）于1930年在中国出版的英文小说，背景设定在第一次世界大战期间。阿博特是20世纪初期活跃于中国的美国人，他的文化背景、工作经历以及对中国社会的深入观察，使他对中国的复杂局势和文化变迁有着独特的理解。特别是在第一次世界大战的背景下，阿博特通过作品探讨了中国劳工赴海外的经历与贡献。

阿博特不仅在西方文化领域与中国社会进行互动，更广泛地关注了当时中国社会与文化的多重议题。本书有意将虚构情节与历史元素交织，借由人物命运的展现，探讨家庭责任与个人自由的复杂关系。然而，由于阿博特个人的文化背景、时代局限和信仰立场等因素，作品中的某些内容不可避免地带有主观色彩，并在部分方面存在一定的偏见和局限性。

因此，本书不仅为我们呈现了一个特定历史时期的文化视角，也折射出一位西方作家如何理解并面对中国社会的复杂性的思想。读者在欣赏全文的同时，亦可从中窥见20世纪初期中西文化交汇的独特景象。

四海之内,皆兄弟也。

——《论语·颜渊》

目 录

序章 / 1

第 一 章　家族 / 5

第 二 章　紧密相连 / 17

第 三 章　去法国当苦力 / 32

第 四 章　加拉哈德骑士 / 54

第 五 章　家 / 63

第 六 章　上尉 / 68

第 七 章　第一堂汉语课 / 74

第 八 章　牢笼 / 83

第 九 章　自由和伴侣 / 88

第 十 章　悲惨世界 / 94

第十一章　死亡之门 / 103

第十二章　恋爱课程 / 114

第十三章　芝罘 / 135

第十四章　旅程 / 146

第 十 五 章　宣布消息 / 159

第 十 六 章　到达 / 167

第 十 七 章　做衣裳 / 181

第 十 八 章　是妻还是妾 / 195

第 十 九 章　法律 / 203

第 二 十 章　神奇的蕾丝 / 217

第二十一章　意想不到的学生 / 224

第二十二章　瘟疫 / 232

第二十三章　坚持或妥协 / 244

第二十四章　新年 / 252

第二十五章　强盗 / 261

第二十六章　月下之战 / 270

第二十七章　归途再启 / 289

尾声 / 293

序章

今天是赶集日。福音堂新刷上了一层白漆，显得格外清新。干净的墙上挂着书写工整的经文和彩色海报，另一边挂着一幅巨大的世界地图。

一位面容明亮、眼神机敏的年轻人正在热切地与一群农民交谈。他们已经买完或卖完东西，进来坐一会儿，歇个脚，再动身回家。他们有的手里提着一串鱼，有的拿着一捆菠菜或几个洋葱，还有人拎着一块肥猪肉。一个抽烟的人为他旁边的人点上火，后者刚把烟斗装满，另有两个人正在大声地比较价格，被人数落之后才收声。天气十分炎热。一个不修边幅的乡下人坐在角落里睡觉，他满脸通红，显然是酒喝多了。这不是一群令人振奋的听众，但传教士依然讲得兴致勃勃。从人群的赞同声中可以看出，他的会众对他的劝诫并非完全无动于衷。

一个年轻的农民（也可能是乡绅）站在世界地图前，全神贯注地研究着各大洲和各大洋。这是他第一次走进福

山东城墙的一角

音堂，也是他第一次看到这么完整的世界地图。表面上他看得十分专注，没有在听传教士的讲道，实际上他一直在密切关注着传教士的论点。其中一些他认为颇有道理，但有更多地方让他感到不解，他想对其中一些说法进行反驳。尽管如此，他还是能看出传教士是一位深谙经典文学的学者，而且令他欣喜的是，这位传教士似乎能为古老的文学带来新的见解。除此之外，传教士还能熟练地从科学领域引用例证，这让这位年轻人羡慕不已。他继续研究地图，用手指描绘第一次看到的河流系统，或指向某个国家的位置，显然被指到的国家的名声已经传到了山东的村庄。

传教士继续他的布道，大部分内容围绕着盲目崇拜和迷信行为。随后，传教士引出了敬奉祖先的话题。他并没有像之前那样肆无忌惮地抨击。在这样的祭祀中，有一样东西是神圣不可侵犯的，他绝不能摧毁或与之抗争，那就是"孝敬"。

"可是你们基督教徒不是抛弃了你们的祖先吗？"一位老人打断道，"你们怂恿人们忽视已逝的亲人，这怎么能叫孝敬？"

传教士非常耐心地回答说，他们并没有抛弃逝者，恰恰相反，信众必须要展现出更深层次的孝道，这种孝道不在于形式和仪式，而在于对在世父母真诚的爱、尊重和关怀，以及对逝者的尊敬。他强调说，烧纸钱的祭祀方式与圣贤的教诲相悖，向逝者供奉食物也不符合科学和常识。

他严厉谴责了这种被习俗束缚的状态，对于这些习俗，没有人能给出合理的依据,只是因为由来已久而不得不遵守罢了。这是一个全新的时代,需要一种全新的精神,不仅仅抛弃对过去的固守遵从,更要对未来进行冒险探索。中国在建立民国时就表现出了这种精神,虽尚有不足,但中国已经明确了自己的目标。目标就在前方,那就是要民主,不要专制。中国还有很长的路要走,它所需要的东西是旧信仰不能给予的。旧信仰中的确有很多真理,有许多不会消逝的东西;但正如太阳的光芒比月亮和星星加起来还要明亮,世界之光对于中国新时代的黎明来说是不可或缺的。

一个男人痛心疾首地说,如果到了那一天,肯定比清朝还要黑暗。传教士承认存在官员腐败现象,但拒绝对中国的未来持消极态度。他谈到,如果国家要想变得强大,就需要自我牺牲。只有人们敢于拿起十字架,跟随救世主,权利才会到来。

"休息一下,休息一下。"长凳上的几个人对他说,传教士停了下来,随手从茶壶里倒出一杯茶。人群站起来,悠闲地走进炎热的阳光中。那个年轻的农民(如此看来也可能是学者)留了下来,他想了解大英帝国的情况。在世界地图上,大英帝国辽阔的领土鲜红得无比显眼。

第一章
家族

尧鸿泰①既不轻易改变他的着装，也不轻易改变他的想法。尽管"马蹄袖"早已过时，这位上了年纪的中国学者依然穿着它，袖口垂落盖住指尖，长袍扫过地面。中华民国已经成立四年了，但他依然坚持留着一缕细长的辫子。他身上的一切似乎都很长，连指甲也不例外。唯一不凸显他修长身形的是一件宽袖的黑色缎面短上衣，他的辫子在后背留下了油腻的印子。这件上衣已经不新了，手肘处被磨得发亮。

这位老先生面容清瘦，他略显钩状的鼻子和明亮犀利的眼睛让人想到了猎鹰。紧闭的嘴角常常微微上扬，时而带着嘲讽，时而带着轻蔑。两撇长长的胡子从嘴边低垂下来，当他陷入沉思或情绪激动时，这些胡子以及下巴上勉

---

① 本书为小说题材，除历史人物外，其他人名皆为音译。——编者注

强算得上胡须的稀疏毛发就会派上用场。事实上,根据他抚摸八字胡和拉扯下巴胡须的力度,他的朋友们就能判断出他有多激动或多困惑。

长时间待在室内让尧鸿泰的肤色略显苍白,尽管如此,他依旧是位相貌堂堂的男子,总能受到人们的关注和尊敬。他个子高挑,举止稳重,平时说话声音轻柔,但面对家人时却变得不耐烦。三十二年的乡村教书生涯并没有削弱他对自己观点的坚持,而且,实话说,他的乡亲们对他也持相同的看法,那就是他在待人接物时往往显得傲慢。

尧家是山东东部的一个古老且尊贵的家族,属于牟平南部地区的地方士绅阶层。尧家原本有三个兄弟,但最小的弟弟染上了赌博,并因吸食鸦片的恶习过早地离开了人世,没有留下子女,只留下大约一半的家产。弟弟的遗产平分给两位哥哥后,哥哥们过上宽裕但算不上奢华的生活。他们俩都与富裕家庭的女子成了亲,亲戚众多,关系和睦。身为农民的弟弟尧鸿南已经有了两个儿子和两个女儿,而教书的哥哥却一直没有孩子。按照习俗,为了延续姓氏,并在自己离世后有人祭拜和供奉,哥哥收养了弟弟的大儿子,一个名叫永福的二十二岁小伙子。不过,这位年轻人仍住在自己原来的家里。

中华民国引入了许多关于教育的新理念,尧鸿泰却一概不采纳。法律规定禁止教授传统典籍,倡导学习算术、地理等新潮科目,而这些都不是这位老先生能够教授的。但新规尚未严格执行,也总有办法安抚那些令人头疼的学校督察员。因此，学校的科目照旧还是那些。

天一亮，尧鸿泰的学生们就来到寺庙的学堂。除了吃饭，他们一直待在学堂，直到光线变昏暗，直到他们无法看清那一行行单调的黑色字体。

三十多年来，尧鸿泰一直带领学生们学习四书五经。起初，学习就像鹦鹉学舌。学生们花了四年时间逐字逐句地背诵经典，直到第五年，他们才开始把这些难以理解的声音和意义联系起来。

当学生认为自己已经充分掌握了某一段落时，他就会离开自己的凳子，走到尧鸿泰的桌前，把翻开的书在老师面前摆好，然后背过身去，开始大声背诵。这就是所谓的"背书"。如果学生背错太多或需要频繁提示，那他就惨了。他可能要挨上一记耳光才能回到座位上。

一天临近正午，老先生的弟弟踏入了学堂。他的到来既不算闯入，也构不成打扰，没有人对这个皮肤黝黑、身材结实的农民特别留意。他也穿着蓝色衣服，但他的上衣只到膝盖，比老先生的短得多，腰间歪歪扭扭地系着一块脏兮兮的棉布。他的长裤在脚踝处用宽宽的白色带子扎紧，脚上穿着猪皮底的粗布鞋，头上裹着厚厚的浅灰色毛毡头巾。

他礼貌性地问了句"吃了吗？"，然后给自己的长柄烟斗添上烟丝，坐在那里若有所思地抽了起来。学生们或大声地朗诵课文，或用唱歌般的调子背诵先贤们高深莫测的名句。他又一次添满了烟斗，老先生见他似乎有话要说，便看了看门口照进来的一小片阳光。通过光线与门槛呈现的角度,老先生知道快到正午时分了。"出去吧!"他草草把这群年轻人打发走,然后转向来者。

两人似乎都不急于进入正题。在他们看来,沉默既不无礼,也不尴尬,而是一个斟酌言辞的好机会。即使在哥哥打破沉默后,弟弟也不急着吐露为什么来。相反,他小心翼翼、拐弯抹角地绕着话题,就像对待一只随时要飞走的鸟儿。他提到了春耕、干旱、最近流行的天花,直到把烟抽完,把烟灰在鞋子上敲落。

"我真不明白这孩子怎么了。"弟弟说着,把烟斗和烟叶袋递给老先生。

"这次又有什么问题了?"他的哥哥带着戏谑的口吻问道,"不久前你还为他学拳术的事闹得不可开交,生怕他会成为杂技演员或士兵。谢天谢地,我们家可从来没有出过士兵。不过说到演员嘛,我倒是不介意看场好戏。只不过我可不想和那群乌合之众混在一起。"

"这次的事更严重。"农民说,"他和那帮宣传洋鬼子宗教的混在一起。你知道他们在集市那边有个礼堂,他最近经常去那儿,还带回家一些书。孩子他娘害怕家里人中邪,把那些书全烧了。"

"我很欣慰你告诉了我这件事。"老先生若有所思地捋着胡子说。

"我想着这事应该跟你说,因为我知道你有多憎恨那些外国人。"

"憎恨！我们能不憎恨他们嘛！"老先生站起身来，"他们除了来给我们添乱，还能给我们什么？除了来削弱我们，还能做什么？我们的官员借了他们的钱，结果却沦为他们的奴才。他们想占有我们的矿山，经营我们的铁路，把我们兜里的钱榨得一文不剩。"

"他们倒是会买我们的绸缎。"农民说，他想到了附近繁忙的丝织机。

"与他们从我们这里偷走的领土和强占的租界相比，这又算得了什么呢？看看他们是如何像水蛭般紧紧吸附中国的——法国和英国在南方，沙俄在北方，还有德国在山东这里。他们正在把我们的血吸干。"老先生痛心疾首地说，"谁又想要和他们做生意呢？中国完全可以自给自足。但愿我们能回到与他们不相干的日子，但愿我们的长城够长、够高，把这些白人蛮族全都阻挡在外。"

这并不是一个新话题。这位老先生经常向有同情心的听众们讲述中国在西方列强手中所遭受的不公。虽然他无法接触到这些外国政府，也不愿去分辨它们的差别，但他对它们的愤慨已经凝结成对居住在中国的每一个外国人和所有非中国事物的蔑视。

他从未与这些可恨的家伙们说过一句话。他见过一些外国人，据他说，一看到他们苍白的脸他就感到恶心。而且，这些人让他想起了他弟弟临终前因吸毒成瘾而发白的脸。

"我告诉你，鸿南，"他顿了顿，然后接着说，"论憎恨那些野蛮人，我们最有资格。难道他们没有用武力迫使中国接受鸦片吗？难道鸦片没有摧毁我们的家园吗？但是，我宁愿让永福走上我们弟弟的道路，也不愿他染上宗教这种毒药，这比鸦片还可怕。"

"老天爷，可千万别啊！"男孩的父亲大喊道。

"我巴不得看到他们全都被赶回自己的船里，他们的教堂和学校被夷为平地。"

"是，是，但那并不能解决我们现在的问题。"男孩父亲打断道，"最让我头疼的是，永福已经对咱们家祭祖失去了兴趣，只要有机会，他就躲着不参加祭祀，在磕头时还生怕被人看见。说实话，我很担心。要是他脑子里装的尽是些该死的异端邪说，我们该怎么办才好？"

"怎么办？"年长的男人答道，"必须把他治好——我们会说服他放弃这些想法的。"

"但愿能行吧。"弟弟绝望地说，"你对他的影响比我和他娘都大，你是他的老师，还即将成为他的养父。我们实在拿他没办法，他完全被教堂里的那个人蛊惑了。"

"把他送到我这儿来，我自有办法。"老先生自信地断言道。

尧永福去年在他伯父的学校里完成了学业。由于他是一个聪明的学生，家里人都对他寄予了厚望，希望他能在家乡地区的一所学校担任教师。不过，自从清朝被推翻以来，对只懂诗书经典的教师的需求就很少了。即使拥有文学学位，如今也不再是一个很大的优势。

这位年轻人精力充沛，活跃好动，不是一个能闲坐在家里的人。他有别于那些双手柔软、指尖纤细、从未干过脏活的年轻学者，既不像他们那样被教育宠坏，也不害怕干体力活和农活。他没有穿长袍，而是穿着乡下人的衣裳。

年轻的尧永福是一个性格开朗、待人友善的人，浑身充满了活力和欢乐。在他走路或干活时，嘴里常常会不自觉地哼唱起来，有的小曲是他从上一个巡回剧团那里听来的，有的是他童年时的歌谣。侄子身上这些民主倾向并没有得到老先生的赏识，也难怪，从丝绸帽子到天鹅绒鞋子，老先生俨然一副贵族派头。

得知伯父要见自己，永福便向寺庙走去，他不明白伯父为什么要召见他。庙里异常安静，只有偶尔廊檐下鸽子的咕咕声和麻雀的叽叽喳喳声。他穿过打扫得干干净净的院子，走到一棵枝繁叶茂的松树下，停留了片刻，温柔地抚摸着红色的树干。他头顶上方的树干分了杈，一根树枝在水平面上形成一个大圈，另一根树枝则像弯曲的手指一样穿了过去，站在树下仿佛置身于一个巨大的绿色圆形帐篷内。他喜欢这棵树，它是他的老朋友，也是他的第二任老师。比起尧鸿泰，他可以更无拘无束地和它相处。他从这棵树上学到了许多学校课程里没有的知识，它的树枝仿佛会说话，这里蕴含着美丽、包容和安宁。只要一碰到这棵树，他就会产生一种难以言喻的感觉。触摸到它后，他感觉自己更有力量了。

院子里什么都没有变。寺庙屋顶边缘上排列着的石制小兽还是像过往那般栩栩如生。在敞开的门右侧,寺庙的钟挂在门廊地板上方几英寸①高的木架上。钟身因年代久远而发黑,两侧的铭文几乎无法辨认,但岁月并未减弱它深沉的音调。每个月的农历初一和十五前夕,低沉的钟声就会响彻整个村庄,在山谷里回荡。寺庙庞大的木质框架、四根廊柱、屋顶的木材和厚重的大门都被漆成了暗红色,灰瓦屋顶上长满了青草。

"伯父,您吃过晚饭了吗?"永福问道,他跨过高高的门槛,走进老先生的圣所。老先生没有立即回答,也没有停下手中的工作。他的侄子恭恭敬敬地站在老人的桌前,老人透过大大的框架眼镜略带严厉地看了他一眼。

"永福,我听说你掺和到邪教里去了,这是怎么回事?"他一边问,一边放下手中的毛笔,他在给学生制作用于临摹的汉字字帖,"你不会是想加入这个外国教派吧?"

"不,伯父,我还没研究透他们的教义呢,还没到那一步。"他坦率地回答。

"那你为什么要去他们那里?"他的养父问,"难道你不知道你父亲正为此事发愁吗?"

"说实话,我挺感兴趣的。"他承认道,"他们关于生命之道的教义十分吸引人。"

"一派胡言!"老先生怒斥道,"我不是从你六岁起就教你什么是生命之道吗?对你来说,生命之道就是尊敬长辈,

---

① 1英寸约为0.025米。——译者注

尽你的职责。"

"可是我们的书里没有提到过天堂。"

"天堂？谁去过天堂？"老先生厌恶地反驳道，"孩子，正如我常对你说的，天堂就在你心里。有德之人自有他的极乐。"

"难道您不相信我们死后还会继续存在吗？"

"谁知道呢？"老先生漫不经心地回答，"正如圣人孔子所说，'未知生，焉知死？'你应该做一个好人，一个高尚的人，一个仁慈的人，而不是为这种迷信痴狂，自以为懂得比夫子还多。"

"可是伯父，探究他们的教义又有什么坏处呢？"年轻人争辩道，"圣人自己也说过，'众恶之，必察焉；众好之，必察焉'。其道可道，则行之；其道不可道，则止之。"

"如果是正派人士传播的教义，那还好说，但加入这个教派的尽是些卑贱无知之人，我不明白你怎么能忍受与这些不三不四的人为伍。"

"可是那位韩先生既不卑贱也不无知。"永福坚持说，"他的父亲位高权重，他本人也是大学毕业生，他和您一样受过良好教育，还写得一手漂亮的字。"

"哼，我猜他肯定吃的是洋人饭，身上淌的都是洋人血。"老先生讥讽道，一听到自己的学识竟被拿来和这个新式大学的毕业生相提并论，他不由得心生愤怒。

"恰恰相反，伯父。"侄子平静地说，"韩先生在芝罘①

---

① 芝罘为烟台旧称，如今芝罘区是烟台市的中心区。——编者注

全是由中国人援助，他没有收一分洋人的钱。不仅如此，他还拒绝了政府学校的职位，那个职位的薪水是他现在的三倍。这是别人在集市上告诉我的。"

"你不会信了吧？"老先生轻蔑地问，"如果这是真的，那只能说明他们是何等的愚蠢——要我说，他们就是狂热分子，疯狂的外国传教士。"

"真要深究的话，基督教也不是西方的，而是亚洲的。"永福斗胆说。

"它被洋人掌控了太久，已经彻底腐败了。"他的伯父冷冷地说，"别以为这些传教士是无私的。他们受雇于外国的政府，被派来这里迷惑我们年轻人的心，诱使我们的年轻人背叛自己的祖国。每一个加入他们的人都是叛徒——既是家族的叛徒，也是国家的叛徒。当两名德国传教士被杀时，德国政府是怎么做的？它立刻吞并了我们国家的一个省，以赔偿他们传教士宝贵的生命。而这些西方人一贯采用的手段是什么？是武力和战争。一个支持外国人所作所为、支持战争、允许侵占他国领土的宗教，你认为它是适合中国的宗教吗？"

"不，"永福答道，"但我认为应该把政府的行为和宗教的教义区分开来。您赞同我们政府所做的一切吗？"

"一万个不赞同。尤其是这个不可理喻的西式民国成立之后做的这些。"

"正是如此。我们的官员都是孔子的忠实信徒吗？他们爱民如子吗？他们执政公正吗？他们从不受贿吗？然而，我们能把他们的罪责归咎于孔子或他的教义吗?"

"谁教你这么油嘴滑舌地反对同胞的?你已经把自己卖了吗?"

"没有,我只是想说句公道话。而且我也只是把您之前常说的话重复一遍罢了。"

"我什么时候说过这话了?"尧鸿泰抗议道,但转念想起自己对贪官的那些谩骂,不由得涨红了脸,"你是想让我们家族名声扫地吗?你掺和洋鬼子的邪教,就是在给整个家族蒙羞!我再也不想听到这些了。我告诉你,我绝不允许这样的事发生。你最好现在就彻底搞清楚,如果你不放弃这个邪教,就休想得到我一分钱或一亩地。"

"可是伯父——"男孩说。

"别跟我耍嘴皮子,我说到做到。"老先生又回到了抄写工作中,侄子见状明白这次谈话已经结束了。他已经被严厉地训诫了一番,还受到了严重的威胁。一个孝顺的孩子要听从长辈的训诫,这样才能从中受益。

但无论是年轻人还是老人都感到不痛快。尧鸿泰觉得自己并没有完成他此前和弟弟吹嘘的目标,不知为何,他的劝说并不像他预期的那么有效。他的道理似乎没有按照常规打动他的养子,而且这个年轻人还故意跟他抬杠。

当天晚上,他把这件事告诉了妻子,试图通过复述来说服自己事情已经解决了。他的妻子是一个面容姣好的女人,有着哈拿般的忧伤,而她的丈夫却不是以利加拿①。丈夫的弟弟有两个儿子,可以分一个给他,这是唯一能阻止丈夫纳妾使她蒙羞的办法。她明白,如果永福被拒之门外,且被剥夺了继承权,她担心的事很可能还会发生。

"我认为你最好别去干涉这孩子。"她说,"让他选择自己的命运吧。他也不是小孩子了,他是个男人,二十二岁的男人,你不该扼杀他那颗充满好奇的心。"

"哼,没当过妈的女人说起教育孩子来倒是头头是道。"丈夫的话狠狠刺入她的耳朵,对于她脸上一闪而过的痛苦,他选择了视而不见。这不是他第一次也绝不是最后一次恶意伤害妻子的感情。在他看来,不能生孩子的女人是被诅咒的——一棵不结果实的树,只会给大地带来负担。她犯下了永恒的罪。

---

① 以利加拿(Elkanah),《圣经》中的人物,他有两个妻子:哈拿和毗尼拿。尽管毗尼拿有儿女,但以利加拿偏爱没有孩子的哈拿。——译者注

第二章
紧密相连

与侄子会面后，一连几天老先生都没来学堂，这让学生们欣喜若狂。他们立刻把认真学习的命令抛在脑后，开始你一拳我一拳地打闹起来，还玩起了往对方脸上溅墨水的老把戏。他们无礼地把帽子挂在准提佛母伸出的手臂上，佛母似乎在用责备的目光怒视着他们。然而，他们对她的敬畏却远不及对尧鸿泰的，原因显而易见：尧鸿泰虽然只有两只手，却常常挥舞着重重的教鞭惩罚他们；而准提佛母的十八只手里拿的都是他们梦寐以求的法器。

这尊佛像比真人还大，优雅地坐在莲花宝座上。她胸怀深邃，面容平静，眼皮低垂，头上戴着宝冠。其最独特、最震撼的地方在于，她的身体两侧各有九只手臂。这样的佛像对于学堂来说再合适不过了。曾经色彩鲜艳的镀金佛像蕴含着一种崇高的思想，即佛母会将生命之礼赐予那些学会接受它们的人。

准提佛母造像

男孩们对这位慷慨的佛母并没有表现出应有的礼貌。他们顽皮地弄掉了她长袍上的彩色石膏。她的几根手指,连同手上拿的法器也被折落下来。厚厚的灰尘堆积在她的手臂上,但这一切都无法掩盖她仍是屋子里最耀眼的存在。

老先生步伐缓慢地走在宽不过十五英尺①的"大街"上,边走边摆动着身体和一只手臂,这是中国文人特有的走路姿态。由于久坐不动和蔑视庶民劳作而养成的这一习惯,就像水手上岸后身体还在摇晃一样别具特色。他特意走进弟弟家,兄弟两家只隔着一个大厅。他的弟媳正盘腿坐在屋里的炕上,为她一个女儿缝制一只小巧的鞋子。

老先生在炕沿上坐下,尧鸿南应妻子的召唤走了进来,用前臂擦了擦脸上的汗水。闲聊了几句之后,老先生问道:"永福在吗?"

"不在,他去南黄看戏去了。"永福父亲说,"他呀,就喜欢那些历史剧。"

"是祈雨的戏吗?"老先生问道。

"不是,"永福父亲说,"天知道多久没下雨,小麦都快旱死了。这次的戏是那个有钱的赵家在儿子的热病治好后,为了兑现承诺举办的。"

"让他去看看也无妨。"老先生说,"多鼓励鼓励他,分散他的注意力,让他对中国文化感兴趣。"

"哦,他确实喜欢中国历史。"永福母亲附和道,"要是

---

① 1英尺约为0.3米。——译者注

他能忘掉那些外国东西就好了。"

一阵沉默后，老先生接着说道："我想到一计，以毒攻毒。要想摆脱一种痴迷，就得让他痴迷另一件事。你还记不记得，我们小弟开始沉湎淫逸时，弟媳就让他吃鸦片，这才让他待在家里的。这办法很是有效，他马上就忘了之前沉溺的事。"

"是啊，"老先生的妻子突然撩起门帘，走进屋里说，"赶走了一只狼，却招来了一只虎，那还真是'鬼王驱鬼'了。"

"你这是从哪儿学来的？"老先生厉声说，"我们中国可没有这种话。"

"是从一个中国女人那儿听来的。"她发现自己引用了一句丈夫不知出处的话，不禁暗自高兴。

"正如我说的，那个办法奏效了。"老先生接着说。

"但我们都知道，这是要遭天谴的。"他的妻子又插嘴道。

"你不会是想给永福吃鸦片吧？"永福母亲焦急地问道。

"当然不是，"老先生说，"我的意思是给他娶个妻子，这样他就没那么多时间跟那些人鬼混了。说不定她能让他安生待在家里，哪怕一段时间也好。你不是已经跟南村李家的女儿说好媒了吗？"

"说是说了，但没了下文。"永福父亲说。

"可是永福不想结婚，他也不喜欢李家人。他自己告诉我的。"永福伯母说，"那个李家的小子在学校里老是欺负他，这就是他学拳的原因。"

"这倒是真的。"永福母亲喃喃地说。

"不想结婚！"老先生怒气冲冲地说，"我们什么时候需要问小辈想不想结婚了？至于不喜欢那个姑娘，我母亲问过我喜不喜欢你吗？只要姑娘让男方家人满意，那就够了。要是连家庭事务都要征求小辈的意见，还要我们有何用？"

"所言极是。"从不需要自己做决定的永福父亲附和道，他向来有父母或大哥帮他省去麻烦。

"我的建议是着手安排提亲。"老先生继续说道。

"你为什么不把永福送到芝罘的美国学校去？"永福伯母提议，"这可是他求之不得的事。"

"呸！这是你今天说过的最愚蠢的话了。"老先生说道，"难道你想把他的脑袋送进狮子嘴里吗？看看教堂里的小鬼都把他腐蚀成什么样了，谁知道芝罘的外国大魔头会对他做什么！"

"这孩子想学西方的学问，尤其是英语。"永福伯母说道，她比永福母亲更了解永福的志向。

"他想学？我们想的才算数。你话太多了，女人就该做女人的事，剩下的事就交给男人。有本事就去生孩子，我们来教。回家做你的饭去。"他命令道。

永福伯母掀开帘子，匆匆走了出去，门帘上的挡风木条咔嗒一声撞在门框上。老先生狠狠地抽了一会儿烟，然后说："你决定的话，我就去准备婚书，你找媒人去和李家商量。"

"就这么着吧。"永福父亲说。永福母亲虽然什么也没说,但是一想到将要有一个儿媳妇进门,她内心很是高兴,不是因为有人做伴,而是因为有人帮她做家务,这些繁琐事早就让她力不从心了。

他们没有和永福提起这件事。但由于时不时听到关于儿媳妇的话题,男孩逐渐起了疑心。一天,他母亲当着他的面直言不讳地说,等儿媳妇来了她就高兴了。

"娘,您这话是什么意思?什么儿媳妇?"他问。

"哎呀,我们正在给你张罗婚事呢。"她回答说。

"可我不想结婚。"

"我知道。"她说,"但你伯父和你爹都觉得你到了该娶妻的年纪。你也看到了,我的体力大不如前了,需要有个姑娘来帮忙才行。再说我们已经和对方家里说好了。"

"哪户人家?"他追问道。

"南村李家。"

"您说的不会是李拙笨的那个傻瓜妹妹吧?她除了咯咯傻笑什么都不会。"

那位姑娘哥哥的真名并不是"拙笨",而是"广福",他是家里的独生子,所以无比珍贵。在他小时候读书那会儿,他总像女孩子一样戴着耳环,好让恶鬼以为他是个女孩家,这样他就能平安和父母待在一起。家里人也叫他"拙笨",并且对他说话很严厉,这么一来恶鬼听到后会认为他是个难缠的家伙,就不会打他的主意了。孩子们也都叫他"拙笨",尤其是当他痛打他们的时候。

"哎呀,你自她十三岁以后就没见过她了。"他母亲说,"那时她常来和你妹妹一起玩。他们家现在对她非常呵护,她今年应该十八岁了。"

"说是这么说,但谁知道她长什么样?说不定又瞎又瘸,我们都不知道。"

"这个你不用担心。"母亲信心满满地说,"只管相信媒人,他们说好就是好。"

"谁还敢相信媒人?您是不知道王元寿娶了个什么样的妻子。婚书上描述她:脚不大,直黑发,无麻子。可她一露面,又瘸又秃。王家抗议说他们被骗了,还拿出了婚书作证。另一个媒人这才说是他们标点符号用错了,应该是:脚不大直,黑发无,麻子。"男孩母亲被他这番话逗笑了。他也笑了,但很快就收敛起来,继续说道:"娘,那个姑娘大字不识一个。"

"我也不识啊。"她平静地说。

"这我知道,可现在的姑娘都上过学,我想娶个受过教育的姑娘当妻子。"

"我要一个大学毕业的姑娘在我厨房里干什么?对我颐指气使?我觉得李家这个小姑娘就很让我满意。"

"总之我是不会娶她的。我也不想娶妻,要娶就必须娶一个受过教育的姑娘,而且我必须先见见对方,跟她聊聊,看她是不是学过东西。"

"我的儿呀,你这些叛逆的想法到底是从哪里来的?"他母亲大吃一惊,"一定是从集市那个可怕的男人那儿学来的吧?"

永福抿紧嘴唇,他的母亲猜对了。他知道再争辩也无济于事,便走进院子去照看他的鸟。在一棵小樱桃树的低枝上挂着一个笼子,一只云雀在里头欢快地唱着歌。男孩站在鸟儿面前,鸟儿把脑袋歪向一边,仿佛在倾听。"小家伙,"他半自言自语地说,"你有吃有喝,每天洗澡,还有一个干净漂亮的笼子,我想你应该很快乐吧。等你长大了,我们就给你找个漂亮的小伴侣。不过我还是想知道,你会不会渴望自由自在地飞翔,渴望自己挑选伴侣,渴望为你俩筑一个巢。"

他听到身后传来脚步声,转头一看,原来是伯父进来了。他一只手拿着一根黑色的竹棍,既不是苔杖,也不是手杖,更像是鞭子;另一只手拿着一张红纸。"你父亲在家吗?"伯父问。

"我去看看。"永福说着朝屋里走去。看到那张红纸,他又转身问,"伯父,您手里拿的是什么?"

"你的婚书,孩子。"

"我可以看看吗?"年轻人轻声问道。

老先生递了过去,没有丝毫的迟疑。男孩快速浏览了上面的内容,发现了"李"这个字。"伯父,我刚和我娘说了,我是不会和李家人成亲的。"

"你必须按我们说的去做,这可不是你一个人的事。小子,我们已经受够了你的任性妄为。把婚书还给我,然后把你父亲叫来。"说着,尧鸿泰伸手去拿那张纸,不料永福却后退了一步，冲动之下把红纸撕成了两半，扔在了石板地面上。

眼看男孩要把婚书撕碎，老人一个箭步冲上前，但已经来不及阻止。他反手一记巴掌狠狠打在永福脸上，随后扬起鞭子般的杖棍，在永福背和肩膀上连抽了好几下。

老先生的怒气如洪水般爆发，他破口大骂，各种脏话轮番上阵，把男孩骂作一切腐烂的东西——不管是死是活，惹得家里人全都跑出来看，就连街上的路人也停下来细听。

老人嘴里喷吐的粗俗言语揭露了他深藏在良好教养和自制力背后的肮脏和堕落，这在他这个地位和年龄的群体中是很常见的。此时的他已经毫无自制力可言，他脸涨得通红，双眼鼓出，像是被鬼怪附了身。他一边高声嚷嚷，一边用瘦骨嶙峋的长手指在空中抓来抓去，文人特有的长指甲让他的手指显得更长了。他扯着自己的胡子，把帽子扔到地上，气势汹汹地挥舞着杖棍，但没有再对永福动手。他把愤怒发泄在口舌上，而不是拳头上。他来来回回重复着那几句粗话，起初只是些俗套的辱骂，很快便沦为一场肮脏、卑鄙、无礼的表演，活像个被骗走几文钱的乡下粗人。

弟弟和弟媳试图让他冷静下来，但他把他们推到一边，继续反复念叨着那些即使西方国家最堕落、最野蛮的人都不常听到的污言秽语。最后，句子逐渐减少到一两个最具侮辱性的词。家人们不太在意这些脏话（他们从小听到大，已经司空见惯了），但看到这位令人尊敬的老先生如此有失尊严，他们感到十分苦恼。他们很清楚这样的情绪爆发会带来多严重的后果。

永福自始至终低着头站在那里，深感羞愧，不是为了他自己，而是为他真心尊敬但并不爱戴的伯父。

最后，尧鸿泰大喊一句："从我面前滚开，别让我再看到你！"年轻人走出了前门，老人的怒气这才平息了一些。

"进屋坐一下，喝杯热水吧。"弟媳拉着他的胳膊恳求道。他们把他领进去，他嘴里还在嘟嘟囔囔，但最终还是屈服了。后来他回到隔壁自己家里，倒头就睡。直到过了三天他才能从床上起来，去学堂上课。愤怒毒害了他整个身体，他终究是病倒了，在这样的情绪爆发后他常常会生病。当他终于出现时，脸色看上去十分苍白，全镇的人都知道他"怒火攻心"。

那天，"罪魁祸首"匆匆走下台阶，挤开一群围在门边瞪大眼睛的孩子和几个停下来打听八卦的大人。

"是尧家那位大哥在发脾气吗？"其中一人问，"出什么事了？"

永福没有回答，而是加快了脚步，一路上没有瞥一眼那些从窗户和墙角探出来的好奇面孔。直到走到河边他才能再次自如地呼吸，但内心仍沸腾不已。他像个学童一样挨了鞭子，他已经不是小孩子了，他是个二十二岁的男人，但他们却拿对付小孩那套来对付他。他的整个灵魂都在反抗。

几个小时后，他回来吃晚饭。其他人都吃完了，只剩他独自一人，他受到的唯一责备来自他的母亲："你不该那样惹你伯父生气，恐怕要给他身体气坏了。"

晚饭过后，永福走到拳术学堂。他没有练习技能，借口是身体不舒服。拳术老师目光敏锐地看着他，永福一反常态的无精打采并没有逃过拳术老师的慧眼。

拳术老师人不算高大，也不是特别健壮，但他的技能并不仅仅取决于强健的肌肉，而在于他匀称的身材和完美协调的肌肉群。通过复杂、系统的锻炼，他身体的每个部位都生长得恰到好处，并通过严格的节制得以维持。他还吃素。

在与对方交手时，他的动作快得令人咋舌，但他日常的行为举止显得从容不迫、轻松优雅。善于观察的人一定会注意到他的手臂异常修长，但他身上没有任何彪形大汉的气质。他看上去倒像个苦行僧，几乎剃光的头让人联想到佛教僧侣。他很乐意听从大总统的命令剪掉辫子，倒不是因为他关心当权者是谁，而是因为辫子多少影响到了他练拳。他稳重的举止和严肃的态度似乎也与这座寺庙相契合。他不苟言笑，从不责骂，没有任何轻佻的行为或言语。对他来说，打拳不仅仅是身体锻炼，也不仅仅是一种职业，它更是一种修行。

他深受男孩们的爱戴。他从不嘲笑他们笨拙，也不因他们的失败而感到不耐烦。对他而言，任何困难都不在话下。他对身体和精神的自制力激励着他们更加努力。他们中的许多人都不知道他叫什么名字，他就是老师，一位权威人物，仅此而已。

当永福到达大厅时，训练已经开始。年幼的孩子们上身脱得精光，正在各自练习腿脚的姿势，以获得最佳的稳定性。每一个姿势中，手部和腿部的动作都是相呼应的。

随着课程的推进，年轻的健将们配合训练攻击和防守，练习脚步的移动速度和激战的动作。训练的内容包括摔跤招式，以及绊倒、摔倒和跳跃的技巧，其目的在于培养思维和行动的敏捷性，通过全面的训练为各种紧急情况做好准备。手脚的灵活运用有利于提升应变能力和自立能力。

一个班的学生休息时，孩子们会把外套搭到大汗淋漓的肩膀上，另一个班的学生则开始练习。他们都非常认真，没有嬉戏，也没有打闹，这二十个男孩似乎在做着一件重大的事。在师兄的建议和示范下，新手们受益匪浅。虽然动作复杂繁琐，但他们都能一一记住。整个课堂只有快速的脚步声、喘息声，以及手掌拍在赤裸胳膊和肩膀上的声音，没有喧闹，也没有欢呼或嘲笑的叫喊。

剑术和长矛术是当晚的重头戏，全体师生为此付出了艰辛的努力，这种"对决"是每一个男孩的梦想。

一开始是剑对剑，矛对矛。这些年轻人大有将对方砍成碎片的架势，他们挥舞着剑，威风凛凛，肆意奔放。闪亮的矛尖有如毒蛇的信子般扑面而来，他们也会在长矛刺来时吓得目瞪口呆。小男孩们的眼睛里不禁闪烁着赞许和期待的光芒。

最后是剑与矛的对决。只有三名学生留到了最后，永福就是其中之一。老师拿起长矛，捋了捋矛头底部垂下的红马鬃穗子。他看着永福，永福却疲倦地摇了摇头，于是老师把长矛递给三人中的另一人，然后用下巴示意第三名学生拿剑。

三个魁梧的小伙子面对面站着，等待开始的口令，全场顿时鸦雀无声。高挂在墙上的油灯投出黄色的光，照在年轻健壮的身体上，他们扭曲的影子犹如黑色的幽灵悬挂在椽子上方。他们脱掉鞋子，以免滑倒造成意外，把辫子也紧紧盘在头上。其余的学生都挤到房屋两端，腾出更多空间的同时，还能躲避长矛的突刺和剑的挥砍。

一声令下，三个人都发出挑战的呐喊，瞬间摆出一决高下的姿态，挥起武器进攻。这一切充满了戏剧性，虽然对于当时的中国来说，这是不符合时代潮流的，但对于这些年轻的英雄崇拜者而言却并非如此。他们由此进入了浪漫的境界，立刻成为国王和勇士的伙伴，成为崇高冒险和军事战役的参与者。这是所有青少年的心之向往，拳术老师是这些梦寐以求的宝藏的提供者。在这些神秘的仪式中，拳术老师也是他们的祭司。虽然他不在学校就职，但男孩们依旧称呼他为"老师"。这并无不妥，拳术老师和学校老师，他们都是德高望重且有威望的长辈。

但永福今晚无心享受这场对决，他心不在焉，几乎没有注意同伴的表现是好是坏。剑光闪闪，却没有唤起他相应的想象力，他的心思早已飞到了别处。直到午夜时分晚课结束后，其他人都走光了，他还待在原地。

五月的夜晚凉风阵阵，他和老师坐在大厅的台阶上。拳术老师仍然赤裸着上身。头顶星光灿烂，四周一片安静，只能听见远处的狗叫声和工厂里丝织机的咔嗒声，也许是某个晚归的计件工在试图增加他的日收入，同时也缩减着自己的生命长度。两人静默了很久，在很多方面，他们的精神是相通的。最后永福打破了沉默。

"老师，您不觉得一个人对自己的终身大事应该有发言权吗？"

"看起来是这样的。"他不置可否地说。如果他知道接下来会发生什么，他一定不会这么回答。

"您觉得不征求一个男人的意见就让他娶妻，这是对的吗？"年轻人继续问道。

"这个嘛，"老师谨慎地回答，"妻子当然不只属于丈夫一个人，她属于丈夫的整个家族。我听说在法国和其他西方国家，男人可以选择自己的妻子。但是你也知道，中国的习俗不同，而且也不会发生改变。你能怎么办呢？"

"我现在也不知道。"永福疲惫地站起身来。拳术可以教会他如何应对突如其来的武力攻击，但他对新思想那微妙又危险的冲击却一无所知。他从未想过要与自己祖国的传统习俗发生冲突。老师是他的好朋友，但显然对于永福当前的困境也帮不上什么忙。于是他向老师说了句"再见"，就转身回家了。

但老师对他的帮助比他想得要多。在回家的路上，他回忆起那句话——"在法国，男人可以选择自己的妻子"。

法国？那不就是英国人在威海卫和青岛招募男性要去的地方吗？

这个消息最近传遍了整个村庄，引起了巨大的轰动，尤其对于农家年轻的子弟。但征召的目的尚不清楚，不知道是去做苦力，还是去打法国的敌人。他们虽然非常憎恨德国人，但他们也不喜欢用炸弹和步枪打仗。父母们也坚决反对，宣称他们的孩子会成为德军枪下的牺牲品。在尧家，这个问题甚至没有被提及，因为招募的是工人，而不是学者。

但现在，这个想法就像照亮夜空的流星一样闪过永福的脑海。为什么不呢？他一直想看看这个世界，现在机会来了。他知道征求同意是毫无意义的，他可以不告而别。

然而，他并没有当晚就作出决定。他躺在床上久久不能入睡，大约在黎明时分又醒了。为了不吵醒睡在他旁边的弟弟，他轻手轻脚地穿好衣服，向村后的山上走去。当太阳升起时，他已经置身于一片低矮的松树林里了。

韩先生告诉过他，感到困惑时可以祈祷。当红彤彤的太阳从东边的山峦升起时，他看到下面的山谷仍然笼罩在雾气和阴影中。永福在这座小山丘上跪下来，脸贴着地面，一动不动地待了很久。当他站起来时，薄雾已经散去，天已大亮。他心中的迷雾也消散了，没有留下一丝疑惑。他的离开是正确的。

白天，他偷偷把几件随身物品收拾好拿到了祠堂，还带上了鸟和笼子。他向老师借了点钱，当天晚上就悄悄去了法国。

第三章
去法国当苦力

永福很难说清他为什么要去法国。和大多数男人一样,他的动机是复杂的。首先是一时的孩子气,他要向家人证明,他不想被当作孩子一样对待。他可以自己做主,而不是一味地忍受他们的威胁和专横。他急不可待地想要证明自己的独立。

与韩先生接触之后,其对于个人自由和社会自由的观点令永福无比振奋,唤醒了他沉睡且未知的欲望。这些欲望叫嚣着,渴求得到满足,这激发了男孩对外面世界的好奇心。早在一段时间前,永福的心就已经不在小村庄里,而是在更广阔的世界中,任由思绪遨游在人生的不同道路上。这一次,他终于不是只凭想象,而是有机会亲自去其他国家,目睹外国的文明,以验证他自己对西方的想象,这巨大的诱惑让他难以拒绝。

正如他伯母所说的,他有一颗好奇心,他想亲自去看看，而不是恪守传统。和大多数男孩一样，他进入了不可知论时期，他开始质问，开始怀疑，当下盛行的信仰已经无法满足他的需求。看到无知的妇女成群结队地叩拜送子观音，或看到男人将镀金的膏药贴在药王爷身上，以祈求治愈他们流脓的伤口，他内心充满了怜悯和厌恶。相反，孔子那句"获罪于天，无所祷也"，以清晰透彻和深刻简明的道理牢牢抓住了他充满探索欲的心。这是一条衡量所有信仰和主张的准则，是一座真理高峰，它威严地耸立在佛龛和寺庙之上。他还从传教士借给他的书中得到了鼓励。

至于伯父对经典著作的陈规旧解，就像每个国家、每个时代的传统主义者一样，不自觉地将所有充满挑战性的真理淡化为安稳保守的陈词滥调。永福敢于提出异议，他努力摒弃传统观念的外壳，以便品尝创新思想的甘甜。他追求的是现实，他渴望探索未知。这是他开启这趟非凡之旅的动力之一，他想看看西方文明是否名副其实。

他所接受的教育很难培养出这样的探索精神，这里的人们不期望有任何变化，事实上，人们不鼓励有任何变化。引入新思想可能会破坏社会生活的平衡，倡导新发明可能会扰乱经济秩序，带来这些新事物的人们在过去都受到了严厉的压制。没有人可以向平静的生活之池投掷石头。生活周而复始，最终回到原点，然后再重新开始。没有人关心进步，生活只有循规蹈矩。正如孔子所说，他是传播者，而非创造者，那么后来者还会渴望追求更高的志向吗？不，已经没有更高的志向了。

在这个国家,越来越多的年轻人在现代思潮的熏陶下,已经挣脱了这种传统束缚。给永福留下深刻印象的韩先生就是其中之一。他们发现,自己的智力水平与任何国家的人都不相上下。在新精神的推动下,他们勇于探索科学、历史、哲学和宗教等领域,并带回丰富的知识、经验和希望。永福被这股新浪潮的小漩涡卷入其中,他并没有完全意识到自己正在被推向大海。

许多天过后,永福的家人才对他的去向有了眉目。一天,永福父亲去过集市后,带着一个印着图案的奇怪信封回到家,上面有永福的字迹,收信人是他十二岁的弟弟永利。父亲把信封拿在手里翻来覆去掂量了很久。

"这是从哪儿寄来的?"妻子问。

"青岛。"他简洁地回答。

"幸好他没有去东北,那个地方到处都是红胡子[①]。"永福母亲如释重负地说。

"哼,青岛不也到处都是红脸的日本人,"她丈夫反驳道,"他为什么要去那里?"

"你打开信封看看不就知道了。"她提议说。

"我只是在确认这封信是不是真的是他寄来的。"他呆呆地说。

最后,永福父亲鼓起勇气,撕开了狭长信封的一端,

---

① 红胡子是当时活跃在中国东北地区的强盗和土匪。红胡子强盗多为汉人,为掩人耳目,作案时使用京剧中红色的髯口作为伪装。——编者注

抽出了一张按规矩叠得整整齐齐的信纸，上方写着收信人的名字。这的确是永福的来信，信中传达的信息既是一颗重磅炸弹，又是一剂安抚药。

贤弟：

父亲大人和母亲大人无疑对有我这样一个不孝子感到非常失望。他们或许会担心我的下落，抑或暗自庆幸，得以摆脱这样一个不成器的儿子。我之前没有给你写信，是因为我不希望他们阻挡我去看世界的道路，我已下定决心要周游世界，或许我会去伦敦和巴黎。世界上的伟人都曾游历过四大洋和六大洲①。

这两个月我所见到的世面比我前二十二年还要多。我遇到了来自不同国家的游客——英国人、美国人和日本人，还有来自山东的中国人。我喜欢英国人，他们最突出的品质就是公平和公正；我也喜欢美国人，他们开朗又友善；我不喜欢日本人，但我知道如果我们愿意，我们可以从他们身上学到很多。一个日本人在火车站猛推了我一把，其实大可不必，因为我既没有伤害任何人，也没有违反任何规定。

没错，我坐过火车。我很庆幸没有坐太久，因为火车开得太快，让我感到头晕目眩。

我还剪掉了辫子，因为外国人称它为"猪尾巴"，

---

① 原文如此。七大洲划分法是现代地理学中最常见的标准，而六大洲的划分则是对某些地区和文化的简化或历史遗留的划分方式。——编者注

这让我感到很羞耻。其实我早就想剪了，但我知道父亲母亲觉得它好看，所以我没有提出这个想法。如果母亲同意你剪掉头发，那就会干净得多，你的衣服后面也不会油腻腻的了。

我将跟随劳工大队前往欧洲。载着我们横渡太平洋的轮船两天前就到了，它看上去就像一只巨大的灰色海鸥驶入港口，船的名字叫亚洲皇后号。听说它是世界上最大的船只之一，属于大英帝国。当你收到这封信时，我可能已经离开了。

请代我恳求父亲大人和母亲大人原谅我给他们带来的痛苦。如果父亲能每月去一次县城，就能领到十美元，也就是我薪水的一半。请让他从这笔钱中拿出三千文钱还给老师，因为这是我向他借的。

请告诉他们不要为我这个无用的孩子担心，也代我祝他们平安。等我到达法国再给你写信。

兄永福亲笔

这是一封长信，在阅读过程中，父亲必须频频对信中的内容进行解释，这对于不识字的母亲来说十分必要；而她也频频发出感慨，关于辫子的那段让她最为激动。"那么好看的辫子！"她惊呼道。关于每月十美元的好消息也让他们难以置信。毕竟，就连作为教书先生的哥哥这辈子也从未赚过这么多钱，而十美元仅仅是孩子每月薪水的一半！这太不可思议了，父亲简直无法相信，直到他拿着信，花了两天时间往返县城，才敢确信这就是事实，而非幻觉。这笔收入就像从天而降的礼物，不仅有望振兴家族财势，还极大减轻了儿子离家出走的痛苦，以及消除了书香子弟去法国当苦力的耻辱。

被称为"中国劳工旅"的这支部队是由英国政府构想并组织的，其目的在于释放本国人力到前线作战。他们很早就意识到人力的重要性。每雇佣一个会拿铲子的中国人就能释放出一个白人去拿步枪。两万名中国人在弹药库工作和挖掘战壕，意味着可以再派出一个军团上战场。

英国以前有过这样的经验：他们曾雇佣大量合同工在南非劳动；印度的劳动力市场为这种雇佣关系敞开了大门；山东的苦力也曾被运送到约翰内斯堡的金矿工作。

然而，印度人并不适合在法国工作，那里的气候过于寒冷。相反，由于山东东部的冬天往往非常凛冽，山东人普遍习惯了严寒。他们不仅有极强的耐力，能够承受压力和长时间的劳作，而且摄入极少食物也能坚持干活。此外，他们是公认的情绪稳定的人。由于他们工作勤恳、善于集体协作、乐于服从纪律，因此被视为理想的廉价劳动力。

推动征兵的一个重要因素是始终存在的经济压力。这些来自山东省的年轻人并非是为了拯救文明，他们中的大多数也没有浪漫主义或理想主义情怀，吸引他们的是优厚的薪水。当然，浪漫因素也并非完全不存在。若是没有一点维京人的冒险精神，没有人会应征入伍去一个离家一万两千多英里①的交战国。但这些山东青年并不是去进行十字军东征,而是参与一项纯粹的雇佣军事业,他们就是雇佣兵。当时中国并未加入协约国,而是直到美国参战后才加入战争。尽管没有爱国主义的号召,但自身利益却吸引了成千上万的人。在经过筛选之后,只有最健壮的才被接纳。这实际上是一桩生意,与买卖役畜并无不同。

第一个招募站设在威海卫。一八九八年俄罗斯帝国从中国政府手中夺取了旅顺口后,英国便向威海卫伸出了强取之手。在列强瓜分中国的过程中,很少有国家甘愿置身事外。当时英国舰队在东部海域的夏季驻地就设在这里。凭借这个港口,他们强占(专业术语为"租借")了一片腹地。他们在这里修建了道路,设立了一个堪称正义典范的中国案件法庭,还开办了学校,建造了兵营,并改善了港口条件。然而,这里距离该省中部人口稠密的大平原太远了,那里的人民不倡导节育,因此孕育出大量的劳动力。山东省东部山峦起伏,土地相对贫瘠,无法养活在平原上繁衍生息的庞大人口。

日本按照协议从德国人手中夺取了青岛,过程仅用了几周时间。之后,日本便在那里开设了一个招募站。德国人把这座港口打造得十分完善,可以停靠太平洋最大的轮船,并将成千上万想去欧洲的中国人送上船。青岛位于横贯山东东西向铁路的末端,铁路通往富饶的田野,那里有

---

① 1英里约为1.6千米。——译者注

充沛的苦力资源,而威海卫则只能通过更慢、更费力的步行方式到达。按理说,永福应该前往威海卫,因为那里离家只有两天的路程;但他担心家里人会起疑心,并去那里寻找他,于是他去了青岛。

可以说,无数中国人被成批地从这两个港口运往法国。在劳工旅总部努瓦耶尔,他们被编成五百人的营,并整齐地穿上灯芯绒或卡其布的半军事制服。制服上的黄铜纽扣镌刻着狮子和独角兽争夺皇冠的图案,对于这些思想单纯的男孩来说,这些闪闪发亮的黄铜纽扣总是深得他们的喜爱。他们大多数人被从努瓦耶尔分配到英国军营,但也有一些为法军工作。

每个营至少配有四名欧洲军官。其中一些人曾在中国居住,熟悉中国的语言和人民的心理,因此特别适合这项工作。他们有些是传教士、商人和官员,有些则缺乏这方面的经验。后者除了过强的种族优越感之外,没有太多胜任工作的能力,他们厌恶自己的工作,鄙视自己手下的人,他们既不理解下属,也不屑于去理解。毋庸赘言,纪律问题时有发生,有时甚至是公然反抗。相互误解和缺乏同情只会带来摩擦。中国人很温顺,只需四名军官就能指挥五百名中国人,但他们不喜欢被苛待。这些山东农家子弟与白人接触不多,无法忍受白人的踢打和咒骂。有时候,军官明明是在鼓励他们,他们却以为自己在挨骂。"来吧,我们走。"这是一位军官最喜欢说的一句话,没想到竟引发了一场罢工。因为在中国人听来,"走(go)"听上去是汉语的"狗"。直到这些中国人学会一点英语和法语,而且每个团都配了一个翻译员之后,这种情况才大为改善。

招募并运送十五万劳工跨越半个地球,以相对较少的成本指挥他们进行繁重的劳动,让劳工旅为战争作出宝贵的贡献,这一举措成了这场惨烈冲突的重要行动之一。但从另一个角度来看,它也可能是西方历史上的一大错误——一个自作聪明的错误。把东方人带到法国去拯救西方文明的计划,可能恰恰摧毁了西方文明。对于被征服的民族来说,当时并不是访问欧洲的有利时期。作为一个在道德、智力和社会方面都被灌输白人优越性的国家,让他们看到白人阅兵式背后的样子是相当不幸的。

由于永福在第一封信中没有留下地址,他的家人只能等待进一步的消息。四个月后他们才收到第二封信,信上写道:

父亲大人、母亲大人和亲人们:

愿福乐绵延,安宁永伴。

儿离开法国的某个港口已经一个多月了。我们被禁止询问这个地方的名字,我们总称这里为西方,但奇怪的是,我们一直向东航行才到达这里。我们跨过了两个大洋和一个大洲。大多数人都晕船得厉害,再次看到陆地后我们不禁欣喜若狂。

我们的上尉和军官都是英国人,但我们和法国人住在一起,他们对我们很友好。我渐渐相信,如果一个人能专心做事、谦虚有礼,他就能和任何国家的人交上朋友。

我们离战火很远,所以你们可以放心,不必过于担心我。我几乎见过了各个种族的人,但我还没有见过德国人。我见过黑人,他们的脸就像家乡庙里的神像;还有棕色人种、黄色人种和白色人种——他们全都是士兵。我们一部分时间忙着为他们的大炮装弹药,另一部分时间忙着修路。这里的道路非常壮观,就像我们的炕一样平整。这里到处都有铁路,去哪里都更省时间。

我们工作的时间不长,上午四个小时,下午四个小时,但活儿很多,不太像一天的工作量。我们没有抱怨,薪水也不错——每天一法郎,比年平的石匠挣得还多。男人们唯一怨声载天的是伙食,不仅吃不饱肚子,也不合我们的口味。吃完饭一个小时,我们就又饿了。我们每餐能分到六盎司①面包和一罐牛肉,他们还会给我们一块用牛奶做成的黄色东西,叫作"奶酪",闻上去奇臭无比,大多数人把它扔掉了。他们说吃了对我们有好处,可以维持生命,但我还是更喜欢山东的豆腐。有些人因为不得不喝凉水而生病了。如果能从家里寄点茶叶给我,我将不胜欢喜。

在这边的村子里很少看到男人的身影,只有那些

---

① 1盎司约为28.3克。——译者注

白发苍苍的老人家或在战争中受伤的人。看到那么多人失去手脚或双目失明，实在叫人同情。我不明白他们到底为什么要打仗。

　　法国女人都非常漂亮，她们穿着裙子，不像我们中国女人穿裤子。她们也不裹脚，有时会穿后跟很高的鞋。她们享有极大的自由，可以来去自如。法国男人对她们彬彬有礼。事实上，法国人和我们中国人一样，都是温文有礼的人。看到男人们在告别时相互亲吻，实在令人忍俊不禁。

　　这里广袤无垠的麦田一定会让你们大开眼界。它们沿着铁路绵延数英里。有的地方，人们正在用马拉的机器割麦子。我们没有靠近这些机器，但能看到随着马匹经过，小麦纷纷倒下，然后成捆成捆地被抛到后面，仿佛有个无形的巨人拿着神奇的镰刀在割麦子，而仙女则用手指把麦子扎成一捆一捆。在另一个地方，一台带烟囱的大机器正在轰隆隆地碾磨。他们说那是一台脱粒机。我们看到谷物从一个斜槽中流出，而麦秆则在后面堆成一座整齐的小山。正是这些机器让美国和英国变得强大。我在法国没有见过这些机器，他们的耕作方式似乎更像我们中国，甚至妇女也在田里干活。

　　书不尽言，余候面叙，更多见闻，待我回到叶岸村①

---

①　原文 Leafy Banks，位于烟台牟平区，根据文中地理位置的描述，此村庄现已成为城区。因无法考证其百年前名称，故采用原文直译。——译者注

再与你们细细道来。上天保佑你们平安。

儿永福敬上

从那时起，这家人的书信来往就变得规律了。至少在写信这件事上永福能坚持不懈，而家人一年也会回上几封。当他得知家人正在重新修缮屋顶时，内心充满了极大的满足。屋顶早就需要翻新了，而这一切多亏了他的功劳，这让他感到由衷地高兴。他们还把屋顶的茅草换成了瓦片，并买回了当年家里迫不得已卖掉的一些较好的田地。他每月的工钱还让他母亲雇了一个仆妇帮忙做饭。

永福在信中讲述了他认为家里人会感兴趣的事情，尽量让家里的每个人都能找到感兴趣的话题，教书先生也不例外。在信中，永福谈到了自己和上尉一起去巴黎的经历，提到了商店、孩童、林荫大道和汽车。但他没有告诉他们，他是作为弗雷利上尉的贴身仆人去的。那样太丢脸了。

六个月来，他一直是一名普通的劳工。工作并不辛苦，但单调乏味。大多数人都很想家，由于他比别人更敏感，因此所承受的痛苦也就更深。但他决定不被自己的感情打败，而是战胜它们，坚持到底。如果在最初几个月里他能读读书，漫长的闲暇时光就会过得快一些。他很早便决定了要学法语和英语，但他不知道去哪里能弄到相关的书籍。因此，尽管他学会了不少短语，但进步还是非常缓慢。然而，他的好学心非常强烈，当军官们讲话时，他听得格外专注。他的机警和敏捷，加上他整洁的外表和善良的天性，都没有逃过弗雷利上尉的眼睛，于是上尉选了他做自己的贴身仆人。

上尉在签署报告时会写"D. 弗雷利"，"丹尼斯"（Dennis）是他的教名，他是一位虔诚的天主教徒。他心地善良但脾气火爆。由于情绪低落，劳工之间争吵不断，拒不服从，这让他丰富的骂人词汇有了用武之地。然而，他从未辱骂过永福。他唯一一次对永福不公也是无心之举。永福通过模仿，说起英语来带了点爱尔兰口音，这在后来与他打交道的军官们看来非常滑稽。

对永福来说，成为一名劳工并不会让他感到屈辱，但成为仆人、厨师、侍从，而且还是为一个白人服务，严重伤害了他的自尊。他并不是对弗雷利有任何敌意，他只是觉得自己不比那个爱尔兰人差。他作为一个受过教育、有家庭背景的人，却要为丹尼斯·弗雷利那样没有文化、没有自制力的人擦鞋端饭，这是他无法忍受的。而更让他难以忍受的是，弗雷利开始称呼他为"小子"。这是弗雷利从劳工旅的一些兄弟军官那里学来的对仆人的惯用称呼，而且很热衷于使用它。弗雷利没有意识到，对于一个不显露感情、呼之即来的男人来说，这就好比一根鞭子抽打在他的身上。上尉的同伴们也没有察觉到这点。其中一人为了戏弄永福，开始模仿上尉的声音和语调叫他"小子"，永福恨不得掐住对方的喉咙。但对方很快讲了个关于弗雷利使用这个讨厌称呼的趣事，把大家的笑声转移到了弗雷利身上。

然而，事实证明，这并非只是一份低贱的工作。随着语言能力的提高，永福逐渐成了劳工们向上尉提出请求的传话人。他是他们的靠山，他们称他为"大哥"。弗雷利开始信任永福的判断，常常让他来代替翻译员。他一有时间就翻看弗雷利给他找来的语言书籍。弗雷利无意去扮演语言教师的角色，他不是一个健谈的人，他对永福的祖国、家族或个人经历都不感兴趣。对他而言，永福就是他的"小子"，一个优秀、稳重、体贴的仆人。他可能会向同僚夸赞永福，但他从不鼓励永福说话，也不引导永福表达自己的想法。事实上，弗雷利也不确定自己是否应该和一个"小子"交谈。

在弗雷利的继任者上任后，永福就更幸运了。哈姆斯蒂德上尉身材高大，相貌堂堂，有着一头浅色波浪卷发和一张稚气未脱的脸。三十四岁的年龄并没有在他身上留下太多痕迹，也许是因为他这辈子没干过苦活，又或许是因为他性格随和，从不把困难当回事。他总是能找到替他操心的人，由此也养成了把不愉快的任务委派给别人的习惯。

哈姆斯蒂德十分健谈，他喜欢聊天，也为自己的口才感到自豪。他有一副好嗓子，能说一口无可挑剔的英语。即使和手下在一起，他也不屑于说一些军官们常用的"皮钦英语"①。

---

① 皮钦英语（Pidgin English），又称洋泾浜英语，是一种在贸易或交往中混杂不同语言后形成的一种特殊语言变体。——编者注

哈姆斯蒂德擅长演讲，他是一个"客厅里的社会主义者"①，在那些自称为知识分子的人中，他的演讲很受欢迎。他并非辛勤的劳动者，但至少在理论上，他是站在劳动者这一边的。

哈姆斯蒂德还是一个极端的和平主义者，他不会因为自己的观点而惹是生非——比如煽动罢工或为此入狱。他常挂在嘴边的是，所有战争都是资本主义性质，因此是不可取的。不过，在必要的时候，他并不畏惧杀戮。与正规军相比，劳工旅的军官职位更适合他，他靠朋友谋得的这个职位。

哈姆斯蒂德一碰酒精就变得更加滔滔不绝，而他又经常喝酒，在这种时候他就会对着永福侃侃而谈。在他们相处的一年多时间里，永福已经听过无数遍他的演讲，这对他的英语学习大有帮助。尽管他并不能完全听懂上尉的话，但至少他的听力得到了锻炼。

一天晚上，他们聊到了战争，聊到了如何从工人阶级的角度来看战争的无用性。永福对这个话题很感兴趣。他曾说过不明白为什么他们要打仗，他很想知道那些自称信奉和平的基督教国家怎么会参与其中，于是他尽其所能地询问了每一个人，但答案总是不尽人意。他斗胆向哈姆斯蒂德提出了这个问题。上尉停顿了片刻，带着一种莫名的微笑看着他，然后意味深长地眨了眨眼。为什么当他提出

---

① 客厅里的社会主义者（Parlor Socialist），是指只在社交场合或理论上支持社会主义的人，而不是付诸行动去实现它的人。——编者注

这个疑问时，人们就会用眨眼来回应呢？弗雷利曾经也做过同样的动作，还耸了耸肩。这时哈姆斯蒂德从口袋里掏出一枚银法郎，举起来说："这就是原因。"

"您是说为了钱吗？"永福问道。

"为了钱。"哈姆斯蒂德重复道，"为了贸易，为了商业利益。这只是另一场资本主义战争，与其他战争并无差异。无论谁赢了，都将是同样的暴政，资本对劳动力的暴政。"

"那英国并不是为了比利时而战？"

"那只是给英国士兵和国内的老家伙们灌输的鬼话，好让他们支持战争，但我们社会主义者可是清楚得很！政府才不是为了保护弱者或单纯为了友谊而参与战争，而是为了能从中获取利益。如果你来欧洲是为了追求利他主义，那你可就来错地方了。说到底，你们中国人来又是为了什么？难道不是为了挣钱吗？你们既不是因为热爱工作而来，也不是因为热爱英国而来。"

永福点了点头。他想，虽然他不是为了钱而来，但他的大多数同胞都是。他是来学习西方文明的。韩先生曾告诉他，中国的文明只是半开化，必须以欧美为榜样。他还说过中国安于旧时代遗留的老路子。但是，那些和平的老路子难道不比这些战壕更值得向往吗？如果说进步的标志就是利用一切科学发明来杀戮、残害和蒙蔽同胞，那还不如停留在原本的生活中。这就是所谓的文明吗？这就是人类能达到的最高境界吗？他对这一切感到厌倦。

永福本以为会遇到理想主义，不料却发现了玩世不恭和贪得无厌。他本以为会在备受赞誉的西方土地上找到崇高的精神,结果却发现了野蛮、酗酒、淫欲和残暴,这让他深感幻灭。他的访问时机不佳——"访客不应该在杀猪的时候上门"。他来到西方世界,却发现西方人都在全神贯注地忙着一件至关重要的事——屠杀同胞,甚至抽不出时间来向这位充满好奇的年轻中国人展示他们文明的精华。他很想和韩先生谈谈这一切,告诉韩先生他在欧洲并没有找到他的信仰。"唉,我到底为什么要来帮助这些基督徒们自相残杀呢?"他想。

上层给营地分配了一位基督教青年会的秘书,这是一件具有深远意义的事。卡尔·亨德森是一位出色的美国青年,虽然经验尚浅,却怀着极大的热情和善意。他开始观察情况,发现中国人好赌博、爱争吵,而且普遍士气低落,思乡心切。

一天,趁着大家休息的空档,他走进人群中,腋下夹着一个足球。"您拿的是什么?"他们问。"你们看。"亨德森说着,一脚把球踢得又高又远,好一片争先恐后的抢夺!大家一下子都来了兴致,每个人都投入到比赛中。答案揭晓了。"这些人需要的是游戏,"他对上尉说,"给他们找些乐子,他们就会少打架,多干活。"

"好呀。"哈姆斯蒂德说,然后又习惯性地补充道,"如果我这个'小子'能帮到你,就尽管使唤他。"

亨德森转向正在给上尉擦靴子的永福,永福注意到他友好的微笑。"你能告诉我这些中国人都喜欢什么吗?他们在家里都玩些什么?"亨德森问。

"嗯,可以。"永福说,"他们喜欢看戏、打拳、摔跤,还有听曲。"

"你能帮我办一些像这样的活动吗?"亨德森问。

"我会尽力而为的。"永福说。

事实证明,永福所做的事大大扭转了不良风气。有的人被挑选出来组成了一支乐队。他们从道具包里翻出了各种乐器,有小提琴、铙钹、箫和长笛。他们还发现了一个会打鼓的人,还有一个担任指挥。一夜之间表演者们横空出世,他们各具才能,只需要魔杖轻轻一挥,便能施展出来。永福在模仿和逗趣方面很有一手,他参加过家庭戏剧表演,对舞台技巧得心应手。通过集体出资,他们购买了演出的戏服。这场戏获得了空前的成功,不仅仅因为它是一场优秀的表演,更因为它让中国同胞产生了亲切感。

他们把所有的经典角色都搬上了舞台,甚至连那只摇晃着纸浆脑袋的憨厚老虎也来凑热闹,它时刻准备着保护被恶毒继母赶出家门的女主角。女主角则由营里一位年轻的工人扮演,他举手投足间把女孩子的优雅、端庄和矜持演得惟妙惟肖。随后继母裹着小脚一瘸一拐地走上舞台,双臂还不停挥舞以保持平衡,滑稽的模样逗得观众爆发出阵阵大笑。

登台的还有一些常见的喜剧人物:留着浓密胡子、拖着稀疏辫子、穿着老式服装的老学究;表面上热情好客,一到算账的时候就变得斤斤计较的旅店老板;还有那个笨手笨脚、惹人厌恶的愚蠢仆人，总是被大家拳打脚踢，他就像莎士比亚剧中的小丑一样，嘴里满是粗俗的笑话。

营里的军官们也应邀出席，坐上了舞台的前排席位，哪怕觉得有点不妥。乐队也上了台，不过是在演员后面。尽管来宾们一个字也听不懂，但他们依然看得津津有味。

"哎呀，这才是真正的伊丽莎白时代的戏剧。"哈姆斯蒂德上尉眉飞色舞地说，"瞧那个舞台指导，就像隐形了一样径直走上舞台，给皇上端上一碗茶。"

也许这出戏内容不是莎士比亚式的，但舞台艺术绝对称得上。台上没有什么道具，也没有布景，更多的是留给观众自行想象。一个手势就暗示了门的存在和开门的动作，用手挥舞鞭子和下马的动作让人一下就联想到了马的存在。皇帝的宝座是一把放在桌子上的椅子，而他的"旗手"则由两个男人组成，他们的背上绑着一簇旗帜，旗帜随着他们的移动而迎风飘扬。

除了戏剧，还有很多特技表演：舞剑、杂耍、戏法和口技。观众们一边大笑一边拍着彼此的背说："这就跟在家里一样。"他们为英雄欢呼，为恶棍喝倒彩，全然忘记他们身处异地，离中国上万里远。

永福开始学习法语。他的学习时间不再像之前那么充足，因为哈姆斯蒂德发现，永福可以帮他处理很多工作，而且完成得像他一样高效。那些无故请病假的中国人可以骗得过上尉，却骗不了自己的同胞。渐渐地，批假这件事就和其他众多事务一样，全都交给永福处理了。偶尔哈姆斯蒂德没办法下达命令时，他就会让永福替他下令。

对于上尉来说，永福比营里的翻译员更有价值。由于营地翻译员职位出现空缺，而上面又不愿意填补，因此哈姆斯蒂德向总部推荐将尧永福晋升为二级翻译员。这一任命并没有实质性地改变永福与哈姆斯蒂德上尉的关系，只是他不再是他的"小子"了。对于永福而言，他的经济情况得到了极大的提升。由于他的能力和学识获得了劳工们的认可，因此他在营里也有了一定的地位。但他并没有因为自己的走运就远离大家，而是一如既往地和劳工们打成一片。

军队的基督教青年会开设了中文课，亨德森请永福来帮忙。在与亨德森打交道的过程中，永福发现了新的视角。他们的长谈让他大开眼界，由此也意识到自己早期对西方的印象有一部分是错误的。永福所经历的军队生活和所面对的依赖军队为生的边缘平民群体是不正常的。亨德森纠正了永福的错误观点，并指出这些群体家庭生活的可取之处，并让他回忆起淳朴乡民的善良和好客。他向永福强调了这些受苦受难的人民所表现出来的乐观和坚韧的品质，这是十分值得钦佩的。此外，亨德森本人的理想主义也很有感染力，他似乎无所欲求，只希望能有机会帮助别人。他对中国劳工的无私服务、他的真诚和善良，以及他在任何情况下都保持乐观的精神，不仅深得永福的心，也赢得了营中数百名劳工的喜爱。

到了年底，一批新的军官到任。为了军队的利益，营里进行了全面整顿。永福不得不与哈姆斯蒂德上尉分开；更确切地说，上尉痛失了他宝贵的翻译员。永福留在营里一直待到次年春天，然后被调到了位于瓦莱特鲁瓦的一三八营，那里离战区很近。

在动身前往瓦莱特鲁瓦之前，他收到了伯父写来的一封信。虽然之前所有的信都是出自伯父之手，但他只是帮家里人抄写。现在，这位老人觉得有必要亲自给出一些建议。

侄子永福：

你给家人的信我都代为传达了。你讲述了许多有趣的事情。然而，我在你的信中察觉到了一丝羞耻心，因为中国缺少西方国家所拥有的一些东西。我想让你记住，我们是世界上最古老的民族，我们的国家拥有长达五千年的辉煌历史，可以追溯到上古时期的帝尧时代，你的姓氏正是来源于此。你不必为我们的文明感到羞耻，当我们的祖先身披绸缎时，他们的祖先还只是野蛮人。

他们也许有现代发明，但他们没有神圣的汉语。还有什么能比汉语更完美、更令人敬仰、更崇高的呢？欧洲人也许有圣人耶稣，但我们有孔子。自从你离开后，我研究了一些他们的书籍，发现在深度和优美性上根本无法与我们先贤的著作相提并论。说白了，这些书就是用最简单的大白话写的，就连十四岁的孩子也能轻松读懂。他们怎敢将基督凌驾于孔子之上呢？记住，我们有着辉煌历史和黄金时代，我们中国人必须从中获得有关"美德"的启发与教诲。

你在信中提到不少与上尉和上校的来往。我对士兵阶层有着根深蒂固的偏见。"好铁不打钉，好汉不当兵"，据我的观察和见解，这是一句至理名言。你要尽量少跟这类人打交道，与他们保持距离。你属于知识分子阶层，远在士兵阶层之上。应取其财，不取其礼。

同时，避开那些外国宗教信徒。可以与咱们的同胞探讨仁爱、美德、礼仪、智慧和忠诚，但要远离那些大肆宣扬罪恶与救赎、天堂与地狱的人。

还有一事。西方国家两性之间似乎举止过于亲密，虽然不对野蛮人报以期望，但你要守住规矩，不许这样做。要小心这些外国女人。女人是荆棘，当无人约束的时候，她们比老虎还危险。

以上便是我的指示。伯父亲笔。

尧鸿泰

第四章
加拉哈德骑士

驻扎于瓦莱特鲁瓦附近营地里的四个劳工漫步到流经鲁热农场的小河边，他们找到一处合适的地方后，开始脱掉身上的衣服。其中一人开始清洗他带来的一包衣服，他盘腿坐在河边，用一根棍棒在石头上敲打衣服。另一个苦力则脱掉长袜和上衣，走到溪水中，将清凉的水流浇在肩膀和胸膛上，享受着这难得的畅快。他的背上和肩膀上肌肉分明，就像摔跤选手一样。

另外两个人也是如此，他们敞开外衣，露出厚实的胸膛和健硕的身躯。这是五月的一个礼拜日的早晨，天气出奇的温暖。大自然正值盛景，然而这几个人却不大关心。今天是基督教徒的礼拜日，但这几个人祈求的却是幸运之神降临。他们坐在河边，洗着一副破旧的中国纸牌。

其中一人脸上有一道疤痕，其他人都称他为"李大哥"，他人高马大，一副凶相，显然是这群人的首领。"别玩水了,快过来!"他命令道,"要洗回去洗,牌可没法回去玩。"

一条小路从灌木丛中穿过,在离水边约十五英尺远的地方突然拐了个弯,沿着小河一路蜿蜒,最后在一座狭窄的木制步行桥前停了下来。桥的另一端,小路继续穿过一个山谷,延伸至山谷外的一座小屋,小屋的屋顶隐约可见。长满青草的河岸呈缓坡状,那里河面变宽,形成了一个浅水池。

就在苦力们玩牌的时候,一个女孩闯进了他们的视线,她沿着河边的小路向桥走来。她几乎走在了桥和河流之间的草地上。她刚从教堂回来,走得很慢,歪着脑袋好像在思考什么。

"来了个法国姑娘。"伤疤男说,"看我找点乐子。"

"你可离她远点。"另一个人警告说,"老金就是因为和法国姑娘说话,挨了二十下鞭子,还在黑牢里关了半个月。"

"嘿,我可讨女孩欢心了,"他夸口道,"我在巴黎还交了很多女性朋友。"

女孩直到快走到他们面前才注意到他们的存在。她虽然经常看到一三八营的中国人,但在这个地方还是头一次见。和许多驻扎着中国人的地区一样,瓦莱特鲁瓦的法国农民热烈欢迎这些吃苦耐劳的中国人,没有人会害怕他们。这些中国人也从未与她搭过话,她见过他们修缮道路或推着手推车,她喜欢他们在干活时露出的笑脸和开心的模样。

他们在乡村里的名声非常好。

然而,此时她却惊愕地发现,他们四个离她家这么近,而且这么衣冠不整。她抬起头,正好对上了伤疤男人邪恶的眼神,他面露微笑地邀请道:"你过来坐?我会说发语①。"她没有回答,而是匆匆向前走去。伤疤男一下跳起来,挡住了通往桥的路。"我认识很多发国姑娘。"他伸出手来,想把她拦住,她吓得直往后缩。其他人都大笑起来。

眼看着自己在同伴面前丢了面子,他恼羞成怒,一把抓住她的胳膊。她使劲甩开了他的手,扭头就往回跑。他跟在她身后紧追不舍,虽然她的脚步很快,但还是快要被身后的人追上了。就在小路拐进灌木丛的地方,一位年轻人正在一边踱步,一边拿着书大声朗读。逃跑的女孩差点撞进了他的怀里,她没有注意到年轻人的脸,只看到他高大健壮的身材和整洁合身的制服。

"哦,先生。"她一边喊着,一边躲到年轻人身后。对方闻声立刻明白了情况。追她的人跑得飞快,根本来不及刹住脚。伤疤男没想到的是,他竟然差点胸贴胸地撞上自己的同胞——营地新任命的翻译员。他还没来得及开口说话,一记重拳就把他打翻在地上,随后听到年轻人说:"李拙笨,你来这儿干什么?你这个卑鄙的狗东西,这就是你离开中国的原因?我早该知道你会干出这种流氓勾当,你一直就是个可恶的家伙。"

---

① 此人英语不标准,把"法语"(French)一词说成"发语"(Flench),后文同。——编者注

李的同伴们看到他摔倒了，赶紧跑过来帮忙。他并没有透露自己认识永福，而是大喊一声："打！"他们随即一哄而上，嘴里也不停喊着"打"。

一场"战斗"立刻打响，就连战火纷飞的法国海岸也没见过这样的场景。虽然是四打一，但很快便能看出来，以一挑四的那位受过最严苛和完美的拳法训练，就连法式拳击和日本柔道都望尘莫及。

永福的家人曾反对他浪费时间晚上去练拳，在他们看来，拳术一无是处。但老师向他保证，也许有一天当他不得不对抗活跃在东北的红胡子的时候，这一套正规训练可以让他同时对付五个人。此时的他即将验证这句话的真伪。这些对手并非等闲之辈，他们就像钢钉一样坚硬，经过风吹日晒的锤炼，再加上愤怒和罪行的驱使，不拼个你死我活他们决不罢休。

这群人朝永福猛冲过去，却扑了个空。他左躲右闪，来回跳跃，一扭一转，挥出重拳，然后迅速撤后。虽然他也挨了几下，但远没有他们被揍的多。他一次又一次地从他们手下躲过，他不再是双足行走的人，而是一只四足动物，每条腿都像弹弓一样灵活有力。他化身为一把巨大的镰刀，单手撑地，像割麦秆一样横扫眼前的障碍；他化身为一只天上的飞禽，像空中战斗机一样俯冲而下，扑向敌人混乱的队列；他化身为一座风车，在敌人的进攻中一路碾压；他还化身为在寺庙学堂里朗读经典时，矗立在他头上的那尊十八臂准提佛母。

最后哪一方会赢,胜负早已分晓。不止一次,他本可以施展出老师单独传授给他的致命一击,但他的谨慎让他身陷劣势,因为对方已经杀红了眼,他们的疯狂指不定会要了他的命,尤其是李拙笨。但永福不能对他们下死手,他身在法国,必须维护中国的荣誉。他可以施予惩罚,但不能"大开杀戒"。他游刃有余地控制自己,头脑变得越来越清晰。想到关于老师的种种,他的内心变得更加坚定。他一面把他们引到河边,一面在心里制定计划。

就在关键时刻,李拙笨抽出一把刀,仇恨在他杀气腾腾的脸上燃烧。他拿着利刃蹲下的样子,如同佛教壁画中地府里那些勾腰驼背、通身猩红的恶鬼。永福见状一跃而起,下盘几乎与恶霸的头齐平,然后一脚踢断对方手腕,刀子顺着斜坡滚落到水边。倒下的男人在地上挣扎,发出痛苦的嚎叫和恶毒的诅咒。

趁着领头的被制服,永福以加倍的力量向剩下的人发起了攻势。他保持着进攻的力度,绝不让对方将他置于守势。他在祖先牌位前苦练的每一招每一式,现在都用在了同辈身上,他们被打得毫无还手之力。

他们伸手去抓永福,却只抓到了自己人;他们挥拳去打永福,却只打到了空气。他们想去绊倒也好,擒获也罢,全都是无用功。他们拼命地躲避永福无处不在的攻击,就像为躲避愤怒老鹰的喙和利爪而护住脑袋的孩子。

永福宛如沙子般从他们的指缝间穿过。他的脚就像长了翅膀,跃过匍匐在地的李拙笨,然后张开双臂,像跳托钵僧舞①一样把另一个苦力撞下河岸,让他半截身子在水里,半截身子在水上。那个洗衣服的人从后面掐住了永福的脖子,永福迅速弯下腰,看似要从对方的怀里挣脱出来,但下一秒洗衣工便发现自己被抛向空中,朝河的最深处飞去。永福的计划成功了。"战斗"结束,对手们已经受够了挨打,迅速撤离到猛烈攻势之外,准备逃跑。

"回你们的营地去。"永福命令道,"我稍后再找你们算账。谁要是再敢靠近这个地方三里以内,我绝不会手下留情。"

他们浑身淌着水,畏畏缩缩,一言不发地收拾起自己的东西,灰溜溜地逃走了。带刀的男人正要去捡刀,但听到永福说:"李拙笨,把刀放下,这刀我要了。"永福浑身充满魄力,往前逼近,那个差点杀了他的男人仓皇而逃,胜利者没收了武器。

女孩全程站在那儿,看得入了迷。她忘记了自己身处险境,忘记了逃跑的冲动。她看着自己的救命恩人一会儿出击一会儿防守,差点就为他呐喊助威起来。然而,她只是紧握双手,屏息凝视。她脑海里想到了一句话:"我的力量等同于十人之力汇聚一身,只因我内心的纯真。"②

等到他们离开,一切都结束后,他转过身来,目光依

---

① 托钵僧舞原为一种宗教礼仪,现演变为一种艺术表演形式,其特点是表演者不停旋转。——编者注

② 原文引自阿尔弗雷德·丁尼生(Alfred Tennyson)的诗歌《加拉哈德骑士》(*Sir Galahad*)。加拉哈德是亚瑟王传说中的一位骑士,他以纯洁、勇敢和高尚的品德著称。——编者注

然炯炯有神。他用流利但略显生硬的法语说："小姐，我的同胞给你造成了困扰，对此我深感抱歉。"

"噢，你也是中国人吗？"女孩惊呼道，"我还以为你是意大利人呢。"

永福的长相的确不像典型的中国人。他身高适中，皮肤不是黄色，而是北方人常见的红润。他那双漆黑的大眼睛既不是杏仁眼，也不像长期在太阳下劳作的人那样眼皮浮肿。他没有辫子，而是留着一头精心修剪的乌黑秀发，头发梳向一侧。

"是的，我来自山东。"他微笑着说。她注意到他漂亮的嘴型，牙齿既整齐又如珍珠般洁白。

"你受伤了！"她看到他额头淌下的血，不由得惊叫起来。他抬起手擦去血迹。"没事的。"他说。

"你必须跟我回家，让我母亲帮你包扎一下。"她关切地提议道。

他不好意思地说："不用了。"可她却十分坚持："再说了，我还没有感谢你为我做的一切呢，我母亲也会想要感谢你的。"

他只好勉强跟着她回了小屋。女孩向母亲讲述了他的事迹，对于那些令人担忧的细节避而不谈，以免加重母亲的恐慌。善良的母亲听完后鞠了一躬，轻柔地说道："谢谢您，先生，您是一位真正的骑士。"

"哦，那场面实在太精彩了，母亲。您真该看看这位——"她犹豫了一下，转过身去，询问如何称呼他。"尧。"他轻声答。"尧先生，"她重述了一遍，"您真该看看尧先生是怎样把那个恶霸打进河里的。"一想到那个画面，她激动得大笑起来。永福也笑了。

伤口是一道很深的划痕，包扎的过程让他感到十分难为情。包扎好后，永福说："我得回去了，我还要赶紧向上尉汇报这件事。"

他们走出屋子时，永福注意到门边长着一丛茂盛的玫瑰，上面缀满了花蕾，有几朵已经盛开。"真漂亮！"他感叹道。

"你们中国也有玫瑰吗？"女孩的母亲鲁热夫人问。

"是的。我母亲——"他一说完这个词，泪水就涌上了眼眶，幸好她们没有看到，"我母亲也种了一株和这个品种很像的玫瑰，现在应该也开花了。"

女孩摘下一束玫瑰，放在他的手里。"希望它们能让你记挂着母亲。"她说，"还有，再次谢谢你。"

他郑重地鞠了一躬，向她道谢，然后一个急转身，步伐轻快地沿着小路向桥走去。他把脸埋进花束里，不知道自己什么时候过了桥，也不知道什么时候经过了浸染着鲜血的战场。此刻他不再身处法国，玫瑰的芬芳把他带回到万里之外的故乡。他又看到了母亲院子里的石板路、养着荷花的水缸、角落里顽强生长的竹子，还有母亲窗下的玫瑰丛。

他回想起三年前，他最后一次见到母亲的那个夜晚。他表面说去上拳术课，却又偷偷溜回来，只为再看她一眼。

他又一次透过敞开的窗户看到了母亲。她正跪在观音菩萨的小佛龛前，嘴里念念有词地祈祷。线香的气味钻进他的鼻孔，与玫瑰的香气混合在一起。她向观音举起合十的双手，然后朝地面磕头，就这样重复了三次，然后把线香吹灭，把纸糊的格子窗关上。

刺耳的军号声把他拉回了现实。对中国的回忆就像营房中放映的电影画面一样渐渐消失，法国再次出现在他的眼前。

第五章
家

卡尔文·鲁热出身于胡格诺派①教徒家庭，是牧师的儿子。他的父亲老鲁热在瓦莱特鲁瓦当了三十年的小教会牧师。

卡尔文十六岁那年母亲去世，父亲在母亲去世后不满十二个月也离开了人世，之后卡尔文便搬去与父亲教会的长老皮埃尔·勒克莱尔同住。勒克莱尔是个善良的人，也是个富裕的农民，他和女儿（也是家里的小管家）安妮住在河边的小屋里。卡尔文常常在农场帮忙干活。

安妮当时十七岁，是个甜美可人但体弱多病的女孩。他俩朝夕相处，很快就坠入了爱河。皮埃尔·勒克莱尔并不反对他们的关系。男孩虽穷，但血统高贵。就这样，在卡尔文二十岁，安妮二十一岁那年，他们结婚了。

---

① 胡格诺派（Huguenots）是16世纪至18世纪期间，基督教新教卡尔文教派（又译加尔文教派）在法国的称谓。——编者注

皮埃尔·勒克莱尔尚在人世时,家里迎来了两个小生命,这给他带来了难以言喻的自豪感。让娜是姐姐,长相俊俏,声音和五官都和她母亲如出一辙。另一个是儿子,活到将近十岁。他是父母的掌上明珠,也是大他三岁的姐姐的心头肉。他的离世是对他们信念的严峻考验。

卡尔文·鲁热是个童心未泯的人。中午从田里回来后,他通常先洗手,然后开始和孩子们嬉戏打闹。"爸爸,把我抛起来,把我抛起来!"小皮埃尔喊道。"现在轮到我,轮到我!"让娜也跟着叫道,就这样一直持续玩到安妮叫他们去吃饭。有时他也会摇身变成孩子们的大战马,四肢着地,让他们踩着椅子骑到他的背上,然后在屋子里到处奔跑。

这两个孩子就像他的左眼和右眼。安妮无数次站在门口,看着他们一起出发。小皮埃尔骑在父亲的肩膀上,让娜牵着他的手,他们一起大喊:"妈妈再见。"

卡尔文·鲁热虽然爱玩闹,但他是个严肃认真的人。他出身于一个严肃的家庭。每个礼拜日早上,他们一家人都会穿上最好的衣服,坐在勒克莱尔教会的长椅上。

礼拜日下午,卡尔文·鲁热喜欢读父亲那本厚重的《圣经》,如今,这本连同其他几本书籍都归他所有了。老鲁热是位学者,他的很多书对于儿子来说都太深奥了,但《约翰·卡尔文要义》是他能读懂并看得津津有味的一本,他就是以此书命名的。让娜从小听着《圣经》故事长大,父亲用自己最丰富的想象力把神圣的故事讲述得生动传神,底波拉、路得、哈拿和玛利亚就像是她的养母。

礼拜日是一周中快乐的日子，因为这一天父亲不用上班，全家人都能聚在一起。有时候，村子里的老朋友们会过来串门。有孩子们的陪伴真好，他们可以向孩子们展示仙境般的森林奇观——长满苔藓的宝座、蕨类植物的凉亭、野花和鸟巢。

在一天即将结束之际，他们唱起教堂的圣歌，正是这些庄严、令人心灵升华的颂歌成了遭受迫害和流放的先民们的精神支柱。当所有人一起下跪的时候，卡尔文会进行一段简单的祷告，让所有在场者都能感受到上帝与他们同在。他继承了父亲的祷告天赋。

他还继承了父亲的良好教养——既和蔼又虔诚。"爱在细微之处"是这个家庭的日常准则。孩子们从未听过父母之间有过一句气话。虽然分歧在所难免，但他们都会私下在自己的房间里解决。

加尔文·鲁热总能注意到妻子眼角的疲惫，他会在入夜后将她温柔地抱起，尽管她会轻声抗议，但他还是坚持把她抱到大扶手椅上，嘱咐她安静坐着。然后，他系上围裙，卷起袖子，开始埋头刷碗。他一边擦拭盘子一边和她讲述趣事，在桌子和橱柜之间来回穿梭。看着他一手拿着盘子，一手拿着洗碗布，她的眼中充满了爱意，心想："还有谁的爱人比得上眼前这位呢？"

每逢周一早晨，他都坚持帮她完成洗衣过程中最费力的部分——拧干衣服。因为她身子向来不够强壮，拧衣服几乎把她累坏了。

安妮生下两个孩子后,卡尔文便成了护士,没有哪个女人能比他更温柔细心、体贴周全。看到他给粉嫩的小婴儿洗澡,她总是忍俊不禁。"你瞧,我就是个万事通。"他会如此说,"如果一个男人不能分担带孩子的负担,享受带孩子的喜悦,那他还有什么用呢?"

当德国军团的雷鸣声响彻北方天际时,让娜正值十七岁。她一年比一年漂亮,即将步入花样年华。她身材娇小,体型匀称,肤色虽深,但肌肤透亮,这都拜她常年的户外生活所赐。她在草地上追逐蝴蝶,在树林里攀爬树木,观察鸟儿们孵育春天生下的幼崽,在离家不远的小溪里戏水玩乐,她的身段也由此变得愈加柔韧。她的一双深邃的湛蓝色眼睛,有时透着一抹暗灰。她长着一头浓密的栗棕色秀发,至今依旧梳着两条又长又粗的辫子。

战争爆发时,卡尔文·鲁热已经三十八岁了,无论是体魄还是其他方面,他都是法国优质男性中的佼佼者。战争就像上帝一样,对所有人一视同仁,很快征兵的召唤便传来了。他身穿红色裤子和天蓝色外套,看上去英姿飒爽。让娜将一朵花别在他的翻领上,他伸出双臂拥抱她和她的母亲。让娜说:"爸爸,您看上去英俊极了。""愿上帝保佑你,卡尔文。"他的妻子说。"也保佑你们,我的小宝贝和亲爱的。"他深情地回答道。

他刚到营地不久,就给她们寄了一张自己戴着新头盔的照片。她们看到他那顶被让娜称为"洗脸盆帽"的头盔,笑得停不下来。她们让村里的木匠制作了一个漂亮的橡木相框，还在上面雕刻了法国国花。这样一来，当她们俩孤独地吃饭时，就会有这位真正的法国士兵在墙上微笑着陪伴她们。

就这样顺利地过去了将近一年。一天，陆军部传来消息，法国士兵卡尔文·鲁热在一场无私的英勇行动中，"为国家"献出了自己的生命。为了表彰他的勇敢和自我牺牲的精神，国家追授他的遗孀一枚勋章。仪式非常正式，但并没有给她们带来多少安慰。然而就像许多受苦受难的家庭一样，她们已经从最初的悲痛中恢复过来，能够带着些许自豪和平静去欣赏鲁热夫人珍藏在宝箱里的那枚勋章，也能带着莫大的安慰去看相框中仍然微笑着的法国士兵。他的照片保佑着她们的日常生活。

第六章
上尉

自诩风流的李拙笨和他的三个跟班叫苦连连地回到了营地。碰巧的是，他们遇到的第一个人是即将离职的姓王的翻译员。他是个面黄肌瘦的中国人，有着飘忽不定的眼神，说话的时候从不直视对方。他之所以被调去做其他工作，是因为他收受其他人的贿赂，还敲诈对方。

"哟，你们几个怎么跟被坦克碾过似的，怎么回事？难不成被飞机零件给卷进去啦？"王咧嘴嘲笑道。

"说得没错。"受伤最轻的那个人说，他的同伴要么嘴唇流血，要么眼眶又肿又黑。

"这是打了一架吧？等明天早上老爷看到你们这副模样，肯定有你们好看。"

"大哥，你可要救救我啊。"李拙笨抓着自己被折断的手腕哀求道。

"救你？我怎么救你？"王嘟囔道，"你又不是不知道，我在这里已经不算数了。今天是我工作最后一天了，要是你们当初忠于我，说不准现在我还能帮你们。"

"大哥，如果你能帮我们向上尉求情，现在就去找他，我们就给你五十法郎。而且你还能顺便把仇报了。"

"此话怎讲？"王立刻问道。

"拿刀子袭击我们的正是那个姓尧的。"

"你说的莫非是那个新来的翻译员？"王难以置信地说。

"就是他，他可是个危险人物。你去跟上尉说说情，求他放我们一马。"

翻译员思忖了一会儿。这是个赚钱的好机会，他最大的爱好就是赚钱，而且还能借此让夺走他位置的人不好过。"五十法郎我可不干，给我一百法郎，我兴许可以试一试。"他意味深长地说。

"一百法郎！"那群人异口同声地说，"哎呀，那我们不得倾家荡产了。"

"倾家荡产？得了吧，你们这群老无赖，"他看着李说，"这不就是你上周打麻将赢的钱数吗？"

李自称无辜，但经过一番讨价还价（这是中国人热衷的事，其间四双眼睛不停焦急地朝他们回来的方向张望），最终就金额达成了妥协，答应给王翻译七十五法郎。

"现在把事情的来龙去脉告诉我吧。"王命令道。他们赶紧把事情的经过向他道来，按照他们的意图勾勒出主要情节，剩下的则留给王去想象。"好吧，我去试试看。"他最后说道，"但要是上尉不买账，你们可别怪我。"

他来到上尉的营房,声称有重要事务需要面谈。上尉名叫麦克格雷戈,是一位加拿大人,曾在中国南部担任了十五年传教士。他体型高大,身上的军装显得他格外壮硕。当他让这位中国人进来时,他用敏锐的灰色眼睛仔细打量着对方的脸。劳工之间的争端向来十分棘手,此时的他不免有些担心。

"嗯,王先生,有什么事吗?"上尉问。

"对不起,长官,刚刚有四个男人回到营地,他们被打得遍体鳞伤,其中一个手腕还骨折了,实在惨不忍睹。他们说是新来的翻译员尧先生打了他们。"

"打了他们?他为什么要打这四个人?"

"事情是这样的,长官。据他们说,他们当时要去离这里大约一英里的小溪边洗澡和洗衣服。当他们走近那个地方时,看见那个姓尧的男人正在骚扰一个在河里洗衣服的法国姑娘,那位姑娘试图叫他离开,别骚扰她。姓尧的看到他们后,开始对他们破口大骂,把他们赶走。他们警告他,上尉是不会容忍中国人侮辱法国妇女的,他一听就冲上去狠狠殴打了他们。"

麦克格雷戈相当精明,知道这一定不是全部事实。

"我说王啊,这个故事就像从芝罘码头船上卸下来的死鱼一样烂。法国姑娘是不会在礼拜日早上去河里洗衣服的。还是说你认为一个人能殴打四个壮汉?"

"尧先生是个拳术高强的人,这我们都知道,长官。"王回答说,"而且,他还带着刀。"

"你说的这些人是谁?"麦克格雷戈突然问道,"他们在哪里?"

"他们就在附近等着,您可以随时召见他们。"翻译员很不情愿地说出他们的名字,最后才提到李广福。

"李?你是说那个一进营就被我们管教的家伙?他可不是什么好东西。就算他在祖坟前发誓,我也不会相信他的。不过我会调查清楚的。让尧先生一回到营地就马上来找我,把那个手腕受伤的人送去看医生。"

王嘱咐那四个人去把自己收拾得像样些,然后在他们回来的小路附近闲逛。没一会儿,他就看到了那位新翻译员手捧一束鲜花走来。当看到那束玫瑰花时,他心里一沉,因为他知道这玫瑰花不是野生的。"尧先生,老爷要立刻见你。"他装作无辜地说。

"那正好,我刚好也想见他。"

当他来到麦克格雷戈上尉的面前时,上尉立刻说道:"尧先生,刚刚有人来说了一通你的坏话。你一来任职就发生这种事,实在叫人感到遗憾。"

"请问长官,他们说了什么?"永福看着他的脸问道。他的目光坦率但不冒犯,上尉很喜欢他的眼睛,它们透露着真诚。他不禁在心里把永福和刚才那个人进行比较,在他们共事的六个月里,那个人的目光从未高过自己外套的第二颗纽扣。

"他们说你在骚扰一个法国姑娘。"

"他们是这么说的吗?"永福的脸红到了脖子根。

"是的，他们说当他们想去保护她时，你对他们大打出手，还打断了其中一人的手腕。你对此有什么要说的吗？"

永福从口袋里掏出那把刀，放在桌子上。麦克格雷戈看了看刀，又看了看他。永福把事情的经过讲述了一遍，略去了与自己拳术和勇气有关的细节。讲完后，上尉说："就这些吗？"

"是的，长官。"

"我相信你，尧先生。"麦克格雷戈说，"我很高兴你把他们教训了一顿，可是你有什么看得见的证据，任何能在法庭上站得住脚的证据，来证明你的话吗？你怎么证明那把刀不是你的？"

"您看看刀柄，就会发现上面刻着一个汉语名字'广福'，这正是他们其中一人的名字。还有另一件事可以证明我的清白。"说着，他摘下了帽子，露出一个包扎伤口的小棉垫。

"谁帮你包扎的？"麦克格雷戈问。

"那个姑娘的母亲，长官。"

上尉咕哝了一声，又问："你手里拿的是什么？"

永福低头一看，他手里仍然捧着那束玫瑰花。他看着这些玫瑰，仿佛很久没见了一样。"我妈妈的玫瑰。我的意思是，这是那对母女送给我的。"

"嗯，我想没有哪位年轻的女士和她的母亲会为侮辱自己的人包扎伤口，更不会给他送花。就这样吧，尧先生。"

正当翻译员转身要走时，麦克格雷戈若有所思地看了他一眼,又把他叫了回来。"我说尧先生,别因为那些人对你好,你就对她们动念头。"

这位年轻人一脸困惑。"动念头?"他问道。

"是的,千万别犯傻,要知道你是个中国人。"

"犯傻?中国人?"永福顿了顿,百思不得其解,然后他突然灵光一闪,"哦,我想您是说我必须表现得更有尊严,不要忘记我的身份,对吧?恐怕我今天早上是得意忘形了一些,下次我不会再这样了。"

看到他依然困惑不解的样子,麦克格雷戈知道多说无用,便让他走了。"我不在乎他是不是中国人,"他说出声来,"我也无法责怪有女孩喜欢他。"

第七章
第一堂汉语课

　　第二天永福正要看书,却发现书不见了。他这才想起在他和同胞们大打出手时把书弄丢了。接下来的两天他都忙个不停,直到星期三下午他才有了点闲暇时间。于是他朝河边走去,看能不能找到那本书。

　　他正在灌木丛中寻找时,突然瞥见一道裙摆的影子从桥那头掠过,他赶紧缩回灌木丛里躲起来。"噢,尧先生!"他听到一个清脆甜美的声音,"你是在找你的书吗?我把它捡回家里了。如果你不介意的话跟我回去一趟,我把它拿给你。"

　　眼见自己被发现了,他只好略带尴尬地钻出来,朝站在桥上的让娜走去。绿茵茵的树林映衬着她的身影,看上去犹如一幅漂亮的油画。她的双臂裸露到肘部,上衣领口敞开着,露出白皙的脖颈。他从未见过如此美丽的人。当他走近桥边时,她微笑着向他打招呼:"你好呀,尧先生。"

然后用手背拨开一缕散落的头发,接着说:"瞧我这双脏手,我刚刚在花园里干活,然后看到你在那边。"

当他们走到小屋前,让娜说:"你先在门边的长凳上坐坐吧,外面凉快一些。我去洗洗手,把书给你拿来。"

他坐下来,四处张望。右边的小菜园郁郁葱葱,看上去打理得很好。另一边是排列整齐的花坛,有的花已经开了,有的则刚刚栽种。她的小铲子和篮子还放在原处。

灿烂的阳光洒满空地,小屋的红砖在阳光下显得十分醒目。屋子朝南,在周围的树木的映衬下显得格外温馨和舒适。茅草屋顶勾起了永福对山东的回忆,他再次注意到那丛玫瑰,于是凑过去仔细观察花蕾。这时女孩回来了,她在他身边的长椅上坐下,递给他一本纸质封面的书。除了他的妹妹,他从来没有和女孩子坐在同一张长凳上;自他成年以来,除了他的家人,从来没有哪个女人直接把东西递给他。在他的国家,举止得体的男女之间传递东西时,通常会把东西放在桌子上或地上。"每个国家都有自己的习俗。"他想,他知道这对她来说并不是大胆无礼,而是很自然的行为。她的靠近给他带来一种不寻常却不令人反感的悸动。

"尧先生,这是什么书?我承认我偷偷看了一眼,但一个字也看不懂。"

"我猜也是。"他笑道,"这是一本中文版的《圣经》。"

"哦,《圣经》?我能再看看吗?"她接过书打开,"真奇怪!在我看来,这就像一道中国谜题。你们真的能读懂它吗?"

"当然能。中国的基督徒们都有这本《圣经》,它的销量很好。"

"那你也是基督徒喽?"她直视着他,问道。

"这个嘛,我没有接受过洗礼,但我是个信徒。"他坦诚地说。

"你能给我看看你是怎么读的吗?从哪里开始?"

他从她手中接过书,把它摊在膝盖上,开始解释这本书需要从左往右翻页,文字从上到下书写,从右往左排列。

"哎呀,这不是完全颠倒了吗?"她笑着说,"在中国,一切都是颠倒的吗?"

"我们有很多东西需要改变。"他认真地说。

"请读几句给我听听,我想知道它听上去是什么样的。对,就读那一行。"她指着书页说。他把手指放在她指过的地方,一个字一个字地用汉语读道:"因此,人要离开父母,与妻子连合。①"

"真好听!"让娜惊叹道,"但这是什么意思呢?"她没有注意到他脸上慢慢泛起的红晕,清嗓子时声音轻微的哽咽,也没有注意到他越来越明显的尴尬。"请给我翻译一下。"

他不知道该如何拒绝才不会伤她的心,于是只好拿出自己最出色的法语本领翻译道:"因此,人要离开父母,与

---

① 引自《圣经》的《创世纪》(*Genesis*)。——编者注

妻子紧紧依附。"她不知道他的痛苦经历，所以没有特别留意这句话的含义，她话锋一转又问道："书后面那是什么？我昨天看到了。"他这才松了一口气。

他抽出一张卡片说道："这是我的名片。"她从他手里接过名片，仔细研究起来。卡片中间有三个汉字。趁他弯腰去捡掉在地上的帽子时，她迅速翻过名片，读着上面印刷着的英文字母："Yao Yung-fu。"当他拾起帽子后，他听到她说："噢，我也会读汉语了，你听。"她用手指着一个个汉字，慢吞吞地念道："尧永福。"

"没错。"他笑着说，"但你指的顺序反了，你一定是看到背后的英文了吧。"

"这是你的名字吗？真好听，它有什么含义吗？"

"'尧'是我的姓，我们一般把姓放在前面，这个姓出自我们那儿的圣人，'永福'的意思是'永远幸福'。"

"真是个好名字，可是叫一个男人'永远幸福'我总觉得怪怪的，不如叫你'加拉哈德'先生吧。"

"加拉哈德？我没听过这个名字，是什么意思？"他反过来问道。

"这个嘛，还是让你自己去找答案吧。"她调皮地说，然后又冲动地问道，"我的名字用汉语怎么说？"

"你的名字？呀，这可难倒我了，因为我还不知道你的名字。"

"哎呀，还真是，我给忘了。我叫让娜，让娜·鲁热。你们中国有这个名字吗？"

"应该没有。"他微笑着说。"这些外国名字都得改一下才行。啊,有了!"他大声说道,"鲁听着像路,路真安。"

"它也有很好的寓意吗?"

"嗯,路是你的姓,意思是'道路',而真安的意思是'真正的安宁',合起来就是'真正的安宁之路。'"

"太有意思了!真是有趣!我想把它学会,你愿意教我汉语吗?"

"教你汉语?"永福重复道,她的直率让他感到尴尬,"我当然愿意,但是不是应该先问一下你母亲呢?"

"如果我要你教我拳术,她可能会反对,但汉语肯定不会有危险的。"

"这我可说不准。"他想到了伯父的信,回答道。

这时永福看到了站在门口的鲁热夫人,他一下子站了起来。她一直在饶有兴趣地听着他们的对话。

"妈妈,我想请'加拉哈德'先生教我汉语,可以吗?我想那一定会非常有趣。"

"'加拉哈德'先生?你不是说叫尧先生吗?"鲁热夫人看向永福问道。

"哦,我给他重新起了个名字,妈妈。"女孩笑盈盈地说。

"你也有了个新名字,我刚听见尧先生给你取的。"夫人说,"你们不进来吃点东西吗?"

他跟着两位女士走进了一尘不染的屋子。屋子很低,没有天花板,房梁上也没有蜘蛛网。橼子上挂着一些菜园里丰收的成果——洋葱、豆荚、黄玉米，还有一块干肉。在这个既是厨房、餐厅又是客厅的屋子里，这些东西并不显得突兀。方形的灰砖地板上刚撒过一层干净的黄沙。

虽然这间屋子与他见过的其他屋子大不相同，但它简单质朴的乡村气息却让他感到舒适自在。这一切让他觉得鲁热一家和自己有着相似之处。

客厅的左右两边是卧室。透过其中一扇敞开的房门，他仿佛看到了另一个世界。他并不想进去，他不想离开这个他们似乎能够平等相处的愉快环境，而进入到一个种族差异分外明显的地方。如果他真要跨过门槛进入那个陌生的房间，他一定会不由自主地脱下鞋子。厨房似乎是一个大众的、充满阳刚之气的空间；而卧室里白色的床单、图案精美的窗帘和色彩鲜艳的地毯，显得既法式又女性化。不，他毫不犹豫地移开视线，从品味高雅的装饰空间回到朴实无华的农家生活中。

鲁热夫人在桌子上摆了一盘蛋糕，旁边放着一大壶牛奶和几个玻璃杯。"我们自己养了奶牛，所以可以随时喝上新鲜的牛奶。你要来一杯吗？"她问道。

"加拉哈德"不经意地显露出疑惑和犹豫。让娜看出了他的尴尬，便说："妈妈，也许中国人不喝牛奶。"他感激地看着她说："我们国家的人还没有普遍尝试奶制品，不过，我们营里的人正在学习吃你们的奶酪。"

"或许你会更喜欢葡萄酒。亲爱的，我想你父亲应该还剩下一瓶，你去看看。"

"谢谢您，鲁热夫人，但老师是绝不允许我们喝酒的。"

"老师是谁？尧先生，是你的牧师吗？"

"哦，不是，是我的拳术老师。"

"如果周日我所见到的一切都是严格禁酒的效果，那我希望全法国都能禁酒。"让娜插话道。

"那你想喝点什么呢？"夫人有点困惑地问。

他看向炉子，上面的水壶正在欢快地唱着歌。"如果您不介意的话，我给你们泡一杯中国茶吧。"两位女士立刻高兴地欢呼起来。她们把茶壶拿过来，他从外套里掏出一个小包，说："这是我昨天刚收到的从家里寄来的茶。"

"你用加奶油和糖吗？"让娜问。

"不用，请原谅我这么说，奶油和糖只会掩盖真正的茶香，我们中国人从来不加这些。"

当他把琥珀色的水倒入让娜端来的杯子里时，她们才发现自己从未见过这种颜色的茶，这种纯色与她们此前喝过的浑浊液体形成了鲜明的对比。如今她们按照中国人的方式品茶，这也成了她们闻过的最细腻、最难以言表、最令人回味的茶香，喝上去就像融合了香气四溢的玫瑰。他一次又一次地为她们斟满茶杯，而她们也并未表示异议。

"坏猫咪，坏猫咪！"让娜突然叫了起来。永福抬头一看，只见一只大虎斑猫走进了房间。它舔了舔嘴巴，眨了眨眼睛，似乎对责备毫不在意。"加拉哈德"看了看窗前空空如也的笼子。"没错，"让娜似乎读懂了他的眼神，说道，

"它今天早上吃掉了我们的金丝雀。我们以为小鸟要洗澡，就把小鸟放出去了，没想到它竟然躲在床底下。你这只坏猫咪！"

"我有一事相求，不知道会不会太唐突。"永福说。

"什么事？"鲁热夫人谨慎地问。

"我从中国带来了一只鸟，是一只云雀，唱歌十分动听。但它习惯了有树木和院子的环境，自从我把它带来法国之后，就一直没有机会让它多待在外面。"

"中国人也养鸟吗？"让娜打趣地问道。

"这是我们平和的消遣之一。""加拉哈德"回答说。

"小鸟和拳术！多么奇怪的组合！"女孩喃喃自语道。

"如果你愿意让我把它带来，你就可以欣赏它的歌声，它也可以欣赏你的树林。"

"还有虎斑猫。"让娜调侃道。

"好了，让娜，尧先生可听不懂你的玩笑。"鲁热夫人告诫说。

永福笑着说："没错，还有虎斑猫。"

"你真是个好人，尧先生。"鲁热夫人说。

"不，您才是好人，邀请了我这个远离故土的可怜人。"

于是他们约定好在永福休息日那天把云雀带来。他感谢她们让他度过了一个愉快的下午，然后便告辞了。

"再见，'加拉哈德'先生。"让娜眨巴着淘气的眼睛说道。

"路姑娘，再会！"他用汉语说完便离开了。

"他那句话是什么意思?"母亲问。

"等我的汉语水平有所提高后,我再告诉你。"女儿回答道。

第八章
牢笼

"你打算把我关在这里多久？"

听到这个熟悉的声音，永福转过身来，看到李拙笨正透过拘留室的粗铁丝网盯着自己。牢笼非常巨大，顶部和侧面都装有铁丝网。牢笼的后半部分是一间波纹铁皮搭成的小屋，里面有一堆稻草，上面铺着一条旧毯子。

"既然我已经落到了你手里，你打算关我多久？"他冷笑一声，把问题重复了一遍。他的胳膊用腕带吊着，崭新的绷带表明他才接受护理不久，这也是他身上唯一干净的地方。他看上去灰头土脸，肮脏的眼窝里布满了红血丝，衣服和乱糟糟的头发上沾满了稻草屑。

"你在这里跟我一点关系也没有，你被关多久也与我无关。"永福答道，为他的老同学感到一丝同情。

"是啊，你跟上尉走得那么近，肯定没有插手要他把我关进这里。"

"我没有，但我想说，他们对你还是太仁慈了。要是我的话，我肯定会把你们这些给中国丢脸的家伙全都送回你们该待的地方去。"

"求之不得。要是你安排好了，我明天就走。"这个调戏妇女的家伙气定神闲地回应道。

"是啊，到时带着你的臭名声回去吧。"

"名声？名声有什么用？又不能吃，又不顶饱。"

"没有了名声你就得吃苦头了。我查了你的记录，发现你平均每年违规高达六次，你可真是我们祖国的骄傲啊。"

"别跟个基督教青年会秘书似的对我说教。那些趾高气扬的英国人和法国人能做的事，凭什么我不能做？他们可以光明正大地赌博、酗酒、跟舞女鬼混，但要是我们中国人做了这样的事，我们就成了罪人，就得吃牢饭。要说虚伪，谁也比不过他们。在来法国前，我还以为他们都是圣人。"

"难道他们虚伪，你也要跟着他们虚伪吗？外国人和我们一样，有好有坏。他们从未自称过圣人，那只是我们从国内的宗教传播者口中得出的推断。要是连这种话也信，只能说明我们太幼稚。我们不能因为他们中出了败类，就可以理直气壮地模仿他们。还有那些你鄙视的基督教青年，不管怎么说，你都得承认他们品德高尚。要是你能多和这样的人来往，你也不至于落得这般下场，堕落并不是你唯一的选择。"

"哼，他们聚会时的嚎叫声令我感到恶心。"

"也许是因为你心中没有音乐。"

"如果那是音乐，那我没有，也不想要。"

"你为什么不去上法语课，学学当地人的语言呢？"永福建议道。

"我可学了不少他们的粗话，已经够我用了。难不成你觉得我会跟这些吃青蛙的人讨论哲学？"他的语气极其轻蔑，同时用没受伤的手摇晃着铁丝网。

"小屋里有纸和笔，你最近有给你娘写过信吗？"永福很想冲破这位同胞钢铁般坚固的防卫，就像李拙笨想冲破禁锢他身体的钢铁牢笼一样。囚犯察觉到这个问题过于亲昵，这让他很反感。永福是想利用他内心柔软的一面吗？他绝不允许任何人戳穿他坚硬的外壳。一个把他像狐狸一样关进笼子的幕后黑手，凭什么问他这样的问题？

"这关你什么事？"他反驳道，"我现在多得是空闲时间来写信。"他接着讽刺地说道："还是说你想让我告诉我亲爱的妹妹，法国的姑娘们对你关爱有加？"

"加拉哈德"涨红了脸。"你想跟她写什么就写什么，但我不会告诉别人你'关爱'一位法国姑娘的悲惨下场。"

这句话很尖锐，也很伤人。然而，还有比他成为永福手下败将更痛苦的事，那就是他自始至终的挫败感。他们曾师出同门，但现在永福却担任着报酬可观的重要职位，而他却依旧只是个苦力。永福到底做了什么赢得了这样的好运？他到底用了什么自己没有试过的伎俩？这样的成功一定带有赌徒的运气。不管他是否真的相信，他都将其归因于永福利用外国人给自己捞好处。也许是他太笨，对军官们的好意无动于衷；也许比起好的德行，他应该更加谨慎。

"你不就是给这些洋鬼子拍马屁、干脏活，才能跟他们混到一块儿嘛！"他试图激怒永福，因为他知道他的牢笼同时也是他的堡垒。

"我可不觉得我干的活比你干的更脏。"翻译员冷冷地反驳道。

"至少我不是他们的走狗。"

"当然不是，你只是一只被我们逼到洞里的普通兔子。"侮辱蓄谋已久，而回答也同样一针见血。他们都使用了语言中最为极端的措辞，若不是对方触碰了自己文明的底线，永福是绝不会说出这样的话的。

"'我们'，你说得没错。"李立刻还口道，"你以为你在扮演真正的中国人，一个身份高贵的人物，但你把自己出卖给了这些西方人，也出卖了我们这些亲兄弟。"

"亲兄弟！"永福厌恶地喊道，"我否认这种关系。"

"那我该叫你'妹夫'吗？"他嘲弄道，永福家人一直想要永福娶李的妹妹。

"不，这个称呼比叫我走狗还要侮辱人。""加拉哈德"此时已经彻底愤怒了。

"你可真难搞，既不喜欢'狗'，又不喜欢'亲兄弟'，现在连'妹夫'都能激怒你，那我到底该怎么叫你？既然你已经当官了，那是管你叫'大人'还是'阁下'？"

他装腔作态地说出最后一句话,但下一秒又突然猛拍大腿,声音变得铿锵有力,一时间似乎还带着点真诚:"哼,我真是恨透了这帮家伙和他们的优越感!这些洋鬼子就只会打仗,但我们会识破他们的小伎俩,给这些人和他们雇佣的帮凶点颜色瞧瞧。"

永福笑道:"是啊,我看你是想成为中国军队的总司令,首先通过侵犯外国女人来拯救国家。"

李后退了一步,他们面对面,中间只隔着铁丝网。他故意往永福脸上啐了一口唾沫。永福用食指抹去脸颊上的口水,然后把它擦在鞋底边上。"李拙笨,你还是没有忘记你上学时的小把戏。"永福说。

"没错,我也不会忘记你对我耍的这个肮脏的把戏。"李转身走进拘留室,背对着永福,一头倒在了稻草堆上。

第九章
自由和伴侣

"你来啦,我漂亮的中国小鸟。"让娜从"加拉哈德"手中接过笼子,对小鸟说道。

小鸟起初很害怕(云雀非常害怕陌生人),在笼子里一直扑腾。"加拉哈德"用汉语对它说了几句话,不一会儿它就安静了下来。他们把笼子挂在离门不远的树枝上,很快,云雀就适应了新环境,开始放声啼唱起来。

"噢,太美妙了!"让娜惊叹道,"它唱出的音符有的和林鸫几乎一样,但音调更加婉转。"

"是啊。"永福说,"这是北方的云雀,是我们最出色的歌者。"

"你是怎么把它从中国一路带到这里来的?"

"我想随身带一些家乡的东西,"他突然信心满满地说,"一些有生命、能给我带来安慰的东西。"

"那是当然。"让娜立刻感同身受地说,"跟我说说你的家乡和你的旅途吧。想想看，那可是绕了半个地球呀！旅行一定是一种非常美好的体验，我甚至从未去过巴黎。"就这样，她引导他开口，让他讲述自己的经历。

"我想我应该告诉过你，我的家乡在山东省，那里是孔子的故乡。"

"我听说过他。那你的父亲是王子或官员之类的吗？"

"不是，""加拉哈德"大笑起来，"我的身世没那么传奇。我的父亲是个农民，我们住在一个宁静的乡村，离铁路有四天的路程。"

"铁路！中国有铁路吗？是中国人建的吗？"

"我家附近的这条不是，但有一条从北京到张家口的铁路，完全是由中国人建造和运营的。山东的铁路是德国人修建的，现在被日本人控制着，日本人还占领了青岛。"

"德国人？日本人？他们怎么会在中国？怎么会在山东？"

"说来话长，简而言之，德国先抢走了中国青岛，在战争初期，日本又从德国手里夺走了它，而且看样子日本会一直占据下去，直到中国足够强大，能把青岛从他们手中夺回来。中国总是不得不招待一些不速之客。"他的语气里带着几分激动，也有不少苦涩。

"看来在东方，偷盗似乎很常见。"她评论道。

"是的，自从西方国家来了以后。"他异常直率地说。

"所以你们不喜欢欧洲人到中国来吗？"

"这要看他们为什么来，以及来了之后做什么。我知道我的同胞们对外来人一直持谨慎的态度，这是我们与生俱来的性格，哪怕对来自其他省份的陌生同胞也是如此。我想这可能是因为缺乏铁路和便捷的交流。然而，友谊是强求不来的，过于咄咄逼人往往会失去友谊。"

"你觉得我们欧洲人太冒进了，是吗？"

"我觉得白人很有决心，但我不认为身处东方的他们会考虑别人的感受。有时候他们对待我们的方式，就好像我们中国人在自己的国家没有任何权利，但白人却大谈特谈他们在亚洲的特权、要求和势力范围。我相信是欧洲人发现了美洲，但我没听说过是美国人或欧洲人发现了中国。要知道，这五千年来，中国一直是我们的国家。"

"加拉哈德"本不想说这么多。然而，让娜对其他人和他们的观点表现出极大的兴趣，这给予了他信任，而且她还具备一种让人难以抗拒的力量，能巧妙地引导对方表达自己的真情实感。她有着白人那种坚定决心，当这种坚定与真诚的友谊结合在一起，便让这位中国人一打开话匣就停不下来。他说的这些都是她从未听说过的事实和印象。她以为，中国人会非常高兴让法国人、比利时人和英国人（德国人除外）把西方文明引入他们未开化的土地。她从未想过中国人与非洲人有什么不同，她只知道法国对非洲人民负有一定的殖民责任，有义务向他们提供西方文明必要的基础。当然，她不会对他说，她原以为中国人是野蛮的。当她意识到这位山东青年比她受过更好的教育、比她有更多的见识，而且比她游历更远、思考更深，甚至比她认识的所有年轻人都能更清晰地表达自己的想法,她开始怀疑白人传播文明的责任是否真的有那么重大。

"尧先生,劳工旅里有很多像你这样的人吗?"

"像我?你是说哪些方面?我们有十五万人呢。"

"我是说,有多少人像你一样知识渊博,法语说得像你一样好?你是在哪里学的?"

"你过奖了,小姐。我会的不多,都是在基督教青年会的法语课上学的。我敢肯定我的法语还有很多不足之处。"

"你的法语说得比我们遇到的其他国家的人要好得多。"她说得非常诚恳,"如果你愿意教我汉语,我或许可以帮你提高法语。"

"鲁热小姐,如果你愿意接受我既是学生也是老师的身份,那么我义不容辞。"

就这样,他们约定好,他每周来两次,分别学法语和教汉语。她对这个安排十分满意,并且严格遵守了好几个星期。他感受到了这项新任务所赋予的荣誉感,并对她的帮助表示十分感激。

一天,他们坐在树下一张切菜用的小桌子旁学习,永福突然放下了书本。"那是什么?"他急促地问道。

"我只听见我的中国小鸟在唱情歌。"她回答。

"是的,但你没听到回应的叫声吗?你听。"

他们竖起耳朵仔细倾听,小溪对岸传来鸟儿微弱的回应声,渐渐地,叫声越来越大。"是雌鸟的叫声,"他最后说道,"我猜它正朝这边飞来。"

现在他们不仅侧耳倾听，还在认真观察。雄性云雀继续呼唤着。刹那间，一道棕色的光闪过，一只小鸟俯冲下来，栖息在附近的一根树枝上。它看上去比笼中的云雀要小一些，花纹也更少一些，但颜色大致相同。

"它——它是只雌鸟。""加拉哈德"低声说，激动得浑身颤抖。

"你说它是从哪儿来的呢？"让娜悄声问。

"不知道，也许是从其他营地飞来的。"

当笼中的鸟儿发现来者正是它朝思暮想却从未谋面的雌鸟，是它珍藏在心底、为它歌唱、为它哀鸣的雌鸟时，它拍打着翅膀，撞击着笼子四壁，悲伤和喜悦之情让它几近发狂。

"可怜的囚鸟。"让娜说，"我们放了它吧。"

"我也是这么想的。""加拉哈德"同意道。

他们不约而同地站起来，向笼子走去。小雌鸟被他们的举动吓了一跳，飞到了不远处的树丛中。"加拉哈德"迅速打开笼门，让云雀出来。它像闪电般冲出笼子，不停地叫呀叫，这儿飞飞，那儿飞飞。这是鸟类在求爱时最擅长的捉迷藏游戏：雌鸟会叽叽喳喳地叫着，藏在灌木丛下；当雄鸟发现雌鸟时，会张开翅膀，跟在雌鸟身后轻快地飞翔；一旦雄鸟飞得太近，雌鸟就会轻轻地啄雄鸟一下，让雄鸟保持一段距离。

中国青年和法国姑娘被这一幕深深吸引，他们面带微笑，欣喜地观看着这出爱情剧，不时发出惊叹。最后，他们看到中国的云雀先生悄悄地向那只孤独的小雌鸟靠近。这一次，雌鸟没有啄它，也没有飞走，而是任由它用喙轻抚自己的颈部，然后它们喙对着喙，进行了一次订婚之吻。

"这太甜蜜了！"让娜充满柔情地说。

"这是一则寓言。"他说。

"什么意思？"她不解地问。

"我的意思是，那只中国小鸟不远万里从压抑的家里来到这个自由、博爱和平等的国度，来领悟自由的意义，并找到了自己选择的伴侣。"

当他们回到书本前，让娜说："你看，它们已经在拾草筑巢了。"当云雀叼着一根稻草从空中飞过时，永福用汉语说："没错，小家伙，去吧，为你们俩筑一个漂亮的小巢。"

"总有一天，"让娜故作严肃地说，"就算你说汉语也不会有优势了，因为我一定会听懂你说的话。"

"是的，总有一天你会懂的。"他回答道。

第十章
悲惨世界

瓦莱特鲁瓦的人们收到风声,敌人下一次大规模袭击将会锁定他们所在的方向。根据确切消息,乌云已经聚集了好几周,暴风雨的来临只是时间问题。整个夏天,一三八营比往常更奋力地挖掘战壕,架设铁丝网。

"加拉哈德"本想建议鲁热一家离开农场,要么搬到村子里,要么搬到远离危险区的地方。然而,他踌躇了。他担心她们的安全,但又不愿意中断与她们的来往,况且,袭击也许根本不会发生。还没等他完全下定决心,德军就发动了一次闪电式进攻。那是一个相对平静的白天,在下午晚些时候,德军开始低空扫射法军战线后方没设防守的村庄,甚至时不时向孤立的农舍投掷炮弹。

让娜和母亲正喝着茶,她们注意到头顶的噪音越来越大。在一片嘈杂声中,传来了呜呜的声音,越来越大。噪声笼罩着屋子,似乎要将它从土中拔起。紧接着传来炮弹爆炸的巨响，震得整座屋子剧烈摇晃，窗户也被震碎了。两位女士不由自主地尖叫着一跃而起，冲向门口。原本种满鲜花的花园此刻变成了一个巨大的弹坑。院子里最大的一棵树在离地面五英尺的枝干处被炸断了，树的上半部分横倒在屋顶上。

她们等待着炮火再次来袭，但一直没有动静。她们听到东面和南面传来爆炸声，看到燃烧的屋顶上浓烟滚滚。让娜本想离开母亲，跑到村子里去寻求帮助，但鲁热夫人害怕得无法走进屋子，她全身都在不停地颤抖。于是，她们站在院子的玫瑰丛边，紧张得无法坐下。

这时她们耳边传来了熟悉的飞机声。这本是司空见惯的景象，但她们抬起头来，清晰地映入眼帘的却是几乎贴着她们头顶飞过的德军飞机。一定是她们的白裙子使她们成了显眼的目标，子弹开始在她们周围落下，被子弹击中的树叶和树枝纷纷飘落。还没等她们躲进屋子里，走在前头的鲁热夫人突然身子一歪，发出一声呻吟，倒在了女儿的脚边。

让娜不知道从哪里来的力量，搬起母亲的身体，把她搬进卧室，让她躺在床上。鲁热夫人看上去安静祥和，让娜起初以为母亲只是晕倒了。她跑去拿了一杯水，洒在母亲平静的脸上，她还试图往母亲紧闭的双唇里灌一点水。就在她努力让母亲醒来的时候，一股血染红了床单。她一脸茫然地盯着鲜血，然后振作起来，迅速寻找伤口。在左侧心脏上方，她找到了它。死亡来得如此猝不及防。

女孩悲痛欲绝，扑倒在母亲的尸体上。她不知道自己这样待了多久，过了好一阵后，她平静下来，起身擦了擦眼睛，走到门口向外张望，却什么也看不见。生活失去了所有的维度和细节，这里已然成了一片无涯的大海，一个无底的深渊。

树林间暮色渐浓，轰隆隆的枪炮声越来越密集。突然一个男人的身影闯入了她的视线，他小心翼翼地在树丛中穿梭，似乎在寻找什么。当他看到屋子时，便加快了脚步，绕过炮弹坑走过来。

"这附近有人吗？"他走近后急切地问。

"没有，只有我一个人。"女孩回答。

"很好。"他朝她走去，"你认得这身军装吗？"

"当然。"她说，"这是英国军队的制服。"

"你能给我点喝的，让我歇息一会儿吗？"他问道，同时忐忑不安地环顾身后，他注意到了她的犹豫，"你肯定不会拒绝协约国公民的请求吧？"

"我们刚刚经历了沉痛的打击，"她刚要说，"我的——"

他粗暴地打断了她的话："谁家不是呢？"说着，他推开她走进了屋子。她跟了进去，点亮了一盏小灯。他转身关上门，然后疲惫地瘫坐在椅子上，摘下了帽子。

灯光下，让娜能更清楚地观察这位不请自来的客人。他穿着英国军官的制服，他的身上，尤其是鞋子上沾满了泥土，仿佛他一直在泥泞的道路或犁过的田地里跋涉。尽管他长了一张聪明脸，但并不讨喜。他的脸色过于红润，黑色的小胡子衬得他的嘴唇格外丰满撩人。他不时地用舌头舔舔嘴唇，仿佛嘴唇已经干涸了。

"屋里有酒吗？"他的口气听上去更像是命令。

"有一些葡萄酒。"让娜回答道。

"那赶紧拿来给我，我的嘴巴干得跟椒盐脆饼似的。"

父亲离世后，家里一直保存着两瓶酒，让娜拿出一瓶。看到这两瓶酒，她就想起了父亲，一股强烈的孤独感涌上了她的心头。她现在是真正的孤身一人了。她努力克制住想哭的冲动，擦了擦眼睛，开始收拾晚餐时她和母亲匆匆留下的残羹剩饭。军官目光呆滞，没有注意到让娜脸上的悲伤，但一看到酒，他的眼睛便闪烁出期待的光芒。还没等让娜把酒倒进她准备好的杯子里，他就举起酒瓶一饮而尽。这简直就是牛饮，她心想。

"现在我准备吃晚饭了。"他说着，搓了搓手，咂了咂嘴。让娜把这句话当作是命令，这也是他的本意。"把食物拿来，我还要再喝一瓶，小美人。"

女主人开始准备饭菜，尽可能离这个男人远远的。她打第一眼就不喜欢他，因为他对她的悲伤漠不关心。但他现在开始甜言蜜语，这让她不禁感到害怕。不仅如此，他的法语似乎也有些不对劲，他夹带的不是英国口音，而是欧洲大陆的口音，这让她感到奇怪。他开始向她问起附近的军队、弹药库、树林和道路。让娜对军事形势了解甚少，再说了，如果他与附近的英国部队有联系，又何必问她这些问题呢？

当他开始用餐时,他举起酒杯说:"为瓦莱特鲁瓦最漂亮的姑娘干杯!"他的恭维十分拙劣,跟其他男人对乡下姑娘的殷勤一样。她没有理会他的眼神和他廉价的奉承。他并不在意她的沉默,反而因为酒精的作用开始口无遮拦,他不停对她抛媚眼,调戏她的羞怯。她对他愚蠢的讨好感到极度厌恶,于是以轻蔑的沉默回应他。他突然一把搂住她的腰,粗暴地让她坐在他的膝盖上,说:"你不用害怕,亲爱的。"让娜在他的怀里扭过身来,使尽全身力气狠狠地打了他一巴掌,趁他惊愕之际,她迅速起身,气喘吁吁地跑到房子的另一头。

"你这个小恶魔!"他大喊道,踉踉跄跄地站起身来,握紧拳头朝她走去。让娜尖叫起来。

他们两人谁都没有发现在破碎的窗户前有一张脸正注视着这一幕。又过了一会儿,门被猛地推开。屋里的军官伸手去拿手枪。"天呐!"他惊呼道,"居然是个中国佬!"

他还没来得及说出下一个字,"加拉哈德"就已经跳过他们中间隔着的桌子。就在他起跳的瞬间,白人的手枪响起砰砰声,只见男孩的右臂无力地垂了下来,不过他的双脚却依然强劲有力。像让娜第一次看到的那样,他做了个惊人的动作:双脚同时离地,腾空而起,然后直接向上踢去。这一脚比骡子的后蹄还要有力,比神枪手的瞄射还要精准,直接踢中了红脸酒鬼的下巴。白人军官跌回角落里,蜷缩成一团。

"'加拉哈德',你把他杀死了吗?"让娜问道。

"我不知道,我也不在乎,倒是你,有没有受伤?"他焦急地询问,她摇了摇头。"鲁热小姐,这个人是谁?"他有些怀疑地问道。

"我也不知道,但我怀疑他是个德国间谍。"

"如果真是这样,那我最好去看看他的状况。"他查看了那个不省人事的人的情况。"他还没死,过几分钟就会醒过来。请给我一根绳子。"他拿起自动手枪,把那个男人翻过来面朝下,绑住他的手。他让她打绳结时,她觉得很奇怪,但还是照做了。

"你现在必须做好准备,赶紧离开这里,德国人正在打来。我的几个苦力伙伴一会儿就到,我们帮你和你母亲搬东西。"

她一下变得脸色煞白,无力地靠在桌子上。他伸手去扶住她。"哦,'加拉哈德'先生,他们今天下午已经杀害了我的母亲。"她一言不发地把他领到卧室,拉开盖在脸上的被单。眼前的画面让青年悲痛万分,当她向他描述这个可怕故事的细节时,他的眼泪止不住地流了下来。

他坚定且温柔地说:"我们必须把她的遗体留在这里。你要安葬她吗?"就在他说话期间,他听到外面有声音,于是走到门边。门外站着两个强壮的小伙子,他用汉语对他们下了几道简短命令,然后他们找来一些农具,开始挖开一个浅坑。遗体被几条床单包裹着抬了出来,让娜提着灯,以便他们能在黑暗中看清环境。最后他们站在敞开的墓穴上方,她问道:"你能祷告吗?我不想让母亲连祷告都没有就下葬了。"

"我试试看,"他回答,"如果你不介意我用汉语的话。我不会用法语祷告。"

"有总比没有好。"她抽泣着喃喃说道。

于是,"加拉哈德"开始了祷告。起初,苦力们只是戴着帽子站着,等待着填土。后来,他们举起了手,摘下了帽子,恭敬地鞠躬,简短的祷告就此结束。

"上帝啊,您深知我们失去所爱之人的悲痛,正如您的爱子也离开了您,来到了这片苦海。请抚慰路姑娘因失去母亲而悲伤的心,请抚慰每一位因失去爱子而悲伤的母亲,无论在法国还是中国。上帝啊,您是万邦之父,全地之主,请让这场残酷的战争尽快结束吧。请保佑我们今夜旅途平安,让我们所有人在天堂再次相会。阿门。"

"谢谢你。"祷告结束后,她只简单地说了一句,看上去十分平静。

"现在去收拾东西吧。"他建议道。

她离开后,苦力们继续他们的填土工作。当她回来时,坟墓上已经铺满了树枝,还放了几朵鲜花。

"那个人醒过来了,正在大声咒骂着。"她说。

永福带着一个苦力走进屋子,那个苦力遵照永福的指令,松开了被绑的人的脚,但牢牢抓住绑在他手腕上的绳子。"起来,别耍花招。"永福说,他左手拿着自动手枪,"如果你敢逃跑,我就杀了你。还有,嘴巴放干净点,这里可是有位女士。"

"保定府①阴魂不散!"那人用德语嘟囔道,"这真是命运的讽刺啊!我,路德维希·冯·施泰因,征服中国的德国远征军成员,如今竟然被中国人俘虏了!"

让娜匆忙地把随身物品和财物装进一个箱子里。他们把箱子搬出来,吹灭了灯,锁上了门。一个苦力扛起箱子,另一个负责看管间谍。随后,一行人便踏上了旅程。

让娜比永福更熟悉附近的环境,她在黑暗中给他带路。他确实需要人带路,她注意到他左右摇摆,跟跟跄跄,但她以为只是因为他对道路不熟。当他们到达营地时,那里一片忙碌景象。劳工们将在十点钟出发前往战地后方。永福一行人来到上尉的办公总部门前,麦克格雷戈出现了。"哦,你在这儿啊,"他用英语说道,"我正为你担心呢,尧先生。你把女士们带来了吗?"

"只带来了一个,长官,那位母亲今天下午被杀死了。"

"我的天,晚了一步!"麦克格雷戈喊道,"你们在那儿发现了这个人吗?"

"我想他应该是间谍,长官。"

"天呐,真是难以置信!你小子真了不起!"

让娜怯生生地站在旁边,不明白他们在说什么。突然间,永福一个趔趄摔倒在地上。"哎呀,这是怎么回事?"麦克格雷戈说。

"恐怕他受伤了,先生。我只顾着自己的事,没有多问

---

① 清保定府为直隶总督驻地。

他一句,他也没告诉我。"让娜赶紧坐下来,温柔地把"加拉哈德"的头放到自己的腿上,用手帕擦去他脸上的泥土。

"水,水,拿点水来。"上尉大声喊道,有人跑去取水,"我去叫救护车把他送到医院,小姐。"他边说边进屋打电话。

上尉再出来时,一群好奇的人早已围了上去,他们从未见过、也从未想过这么不可思议的一幕——一位白人女士正在给一个中国男人擦脸,而那个中国男人的头就枕在她腿上。"你们这群人赶紧离开这里,快走,快走!"麦克格雷戈喊道。人群散去了,但刚看到的那一幕依然在他们脑海里挥之不去。

"那个德国人去哪儿了?"麦克格雷戈问,但没有人知道。在永福晕倒引起混乱时,那个中国苦力不小心松开了绳子。事实上,他已经把那个德国人忘得一干二净,德国人就这样悄无声息地消失在了黑暗中。

第十一章
死亡之门

救护车从夜色中驶来,没有声响,也没有灯光,犹如一个巨大的幽灵。司机是一个刚从美国来的年轻男孩,车还没停稳他就轻盈地踩着踏板跳了下来。

"谁受伤了?"他问。

"一个中国人,肋骨间中了一枪。"麦克格雷戈回答道。

"看来德国人连中国佬也不放过。"

好在他们说的是英语,让娜听不懂。他们把永福抬上救护车,麦克格雷戈对她说:"我想你最好也上车,这是带你离开这里最快的方法,其他人都已经离开了。"

"我正有此意。"她说。

"嗯,"麦克格雷戈自言自语地咕哝道,"她有主见。"

美国人吹了一声口哨。"来了一位女乘客。动作快点,先生们。"他故意对着她喊道。看到她正要上车,他又问:"你不坐前面吗?"

"什么?"女孩问。

麦克格雷戈赶紧来解围。"他问你要不要坐前面。"在她说了几句话后,他转向司机,"她说不用了,但如果你愿意,可以帮她把箱子拿上车。"

"也就是说,我被拒绝了,对吧?老天爷,她宁愿陪伴一个中国佬,也不愿意陪伴一个真正的白人!这次我失算了,格雷戈。"

"这个中国人和你见过的白人没有任何区别。"麦克格雷戈说,"他今晚还抓了一个德国间谍,这就是他中弹的原因。"

"你说我什么?我后面的头发乱了?"年轻人继续说道,没有听到关于间谍的话。

"夜里看着挺好。"上尉用同样的语气回答。

"行吧,那就这样了。品味这东西真是没个准儿。"

路途十分崎岖,颠簸似乎唤醒了昏迷的永福。他并没有完全恢复意识,而是神志变得混乱不清。他不断地用他会的三种语言说话,先是用这种语言说一两句,然后又换另一种。在说汉语时,他似乎在跟某个人激烈争吵;在说英语时,他似乎在和麦克格雷戈对话,因为他叫了声"长官"。一阵沉默过后,让娜被他缓缓说出的一句法语吓了一跳:"我希望虎斑猫不会咬死它们的鸟宝宝。"

她想看看他是否清醒,但没一会儿,他又开始含混不清地说起了别的话。她心里突然一阵刺痛。虎斑猫在哪里?让娜完全忘了它,但很快又安慰自己,它可以从后门进出屋子，屋子和田地里有许多老鼠可以作为食物，它不会饿肚子的。

对让娜来说，这是一趟令人紧张的旅途。她不停地用湿手帕擦拭"加拉哈德"的头部，她发现他的额头很烫。救护车一路颠簸摇晃，仿佛开车的年轻人想向她展示自己是个多么无所忌惮的人。不过途中他曾放慢速度，递给她一瓶水。

终于，在驶离危险区很远后，他们来到一座古老的城堡前，红十字会在这里设立了一家医院。热心的人们将她扶下来，把昏迷不醒的他抬上担架，直接送往手术室。一位身穿护士服、面容甜美的姑娘把让娜领进了候诊室。弗洛伦斯·巴拉德是一名美国人，她随第一批红十字会救援小组来到这里，由于她精通法语且经验丰富，被派去管理其中一所最重要的战地医院。但那里的压力快让她崩溃了，于是她来到了这个比较安静的地方。她请让娜坐下，自己则跟着担架工走了，但不一会儿她回来说："他留在这里，你可以走了。"

"走？"让娜问，"走去哪里？我已经无处可去了。我才离开炮击区，和他一起来的。"

"你没有朋友可以投奔吗？"

"没有，他们要么死了，要么成了难民。"

"好吧，但我们不能把你留在这里，除非——"她灵机一动，"你愿意留在医院帮忙。我们这儿有个女孩叫安托瓦内特，她今早被叫回家了。"

"哦，请让我留下来吧，小姐。只要能见到他，我什么都愿意做。"她脸颊泛红地回答道。

"见谁，那个中国人吗？你为什么要见他？"

"如果我告诉你他曾两次挽救我的名誉，也许还挽救了我的性命，你就不会惊讶为什么了，而他现在可能会——"她说着说着，开始用手帕擦拭眼泪。

"好了，好了，坐下来把一切都告诉我吧。"护士安慰道。巴拉德小姐早已习惯了各种大场面。从空袭炸毁她的病房，到受伤的百万富翁少校向她求爱，她都已经见怪不怪了。但眼前的却是她从未遇见过的情况——一位中国白马王子拯救了一个法国农家少女。让娜的故事并没有让她失望，随着剧情的推进，她的心弦开始颤动，她想起了芒通的那位年轻英俊的美国医生。

"好吧，亲爱的，"在听完间谍的故事后，她搂着女孩说，"你可以每天都去看他。""加拉哈德"被安置在一个单独的房间里，让娜的任务之一就是保持他的房间整洁。此外，如果她的其他工作完成了，她还可以在下午陪他坐上几分钟。

"我想我这样鼓励她是不对的。"巴拉德小姐自言自语地说，"如果她是个美国女孩，我一定不会这么做。只怪法国姑娘是如此博爱，她们心中给任何类型的男人都留有一席之地，不论他是什么肤色。"

当永福躺在手术台上时，医生们的神情都很严肃。"子弹的位置很棘手，"主治医师说，"我们可以顺利取出子弹，但问题在于它已造成很大的损伤。他的体温应该很高了,对吧,护士?"

"103.4华氏度①。"护士回答说。

"我想也是。"外科医生说。

第二天早上,当让娜穿着整洁的制服走进"加拉哈德"的房间时,他难以置信地瞪大了眼睛。她屈膝行礼问候道:"早上好。"他露出了微笑。但他太虚弱了,没办法说太多话。"我很高兴他们让你来了。"他轻声说道。

第三天,他的情况更糟糕了,连续几天都在恶化。"伤口引发了肺炎。"医生说。子弹击碎锁骨后,嵌入了他的肩胛骨下方。一连几天,他全然不知她或护士什么时候来,什么时候走。她的心情跌入了谷底。

一天早上,巴拉德小姐说:"让娜,我很遗憾地告诉你,你的'加拉哈德'先生能恢复的希望很渺茫。我想你有必要知道这一点。"

她没有哭,也没有崩溃。在她短暂的生命里,她已经面对过四次死亡,每一次的情况都不一样。

那天早上,当她走进他的房间进行日常工作时,他稍微清醒了一会儿,似乎一直在等待她的到来。她说:"早上好。"他伸出手来,他的手变得非常枯瘦。

"鲁热小姐,"他用微弱的声音开口说,"恐怕我的时辰到了。在临死前,我有件事想告诉你。"他顿了顿,似乎在

---

① 约39.6摄氏度。——编者注

积蓄力量:"我能握住你的手吗?我从未碰过任何女孩的手。"她把手放进他的手里。"我想让你知道你对我是多么重要。对我来说,你就是'真安'——真正的安宁。我从不知道女人可以如此美丽、如此纯洁、如此勇敢。你教会了我什么是爱。让娜,我爱你,我只敢在弥留之际告诉你。也许我曾怀疑过你们基督的真实性,但自从遇见你,这些怀疑全都烟消云散了。唉,我多么希望我的母亲、妹妹、伯母都能像你一样!"

她跪在床边,仍然握住他的手。他用几近喘息的声音接着说:"唉,当我想到家乡那些事,我觉得自己还不能死。我不想死,我想活下去,回到我的祖国,把我在这里学到的自由和爱传递给他们。"强烈的情感让他几乎精疲力竭。

让娜把他的手贴在唇边,开始祈祷:"上帝啊,请让'加拉哈德'好起来吧,为了我,也为了中国。"

他静静地躺着,手被她握着。她一直跪在地上,轻声哭泣着,祈祷着。即使他有千言万语,也没有力气再说下去了。他向她坦白了他的爱意,这是他做梦都没有想到的。对他来说,这是一次独一无二的经历。确实,他从来没有见过其他人表达爱慕之情,他没有可以效仿的榜样,没有可以采用的传统方法。在中国人的观念中,没有对浪漫爱情的定义。在揭开新娘红盖头之前,鲜有年轻人见过他们将要迎娶的女孩的模样。谈情说爱在中国是一门失传的艺术。

在这几个月里，当令他感到羞愧的情愫涌上心头时，他常常想起念书时背诵过的《诗经》里那些激情澎湃的爱情诗。这些诗歌正是他新萌生的情感的真实写照，它们比孔子还要古老。中国人为何保留了这些美妙爱情的文字，却失去了它们的灵魂呢？数百年来，老师们为何教授学生背诵和阐释这些炽烈的诗歌，却在学生的心灵和情感中隐藏和压抑这爱情之火呢？世俗传统拒绝给予年轻人自由表达这一神圣情感的机会，剥夺了他们最珍贵的宝物。

永福觉得自己就像一个蹒跚学步的孩子，他自己也感到十分别扭。他还没有掌握这门艺术的首要原理，更不用说去分析这种体验了。他不知道该通过哪些因素来确定他是真的爱她。不怪他如此茫然，男女之间本能流露的爱慕之情未能得到燃烧的机会。中式婚姻太像一桩生意，太循规蹈矩，被安排得太好，太冰冷，太正式了。那种婚姻更像是一种结盟，而不是一场爱情。

新郎和新娘往往素未谋面，她从轿子里走出来，进入他的家门。也许会有"赌徒"压上全部家当，以换取命运之神的青睐，最终喜得佳人而归，但要说产生浪漫的情感，那几乎是不可能的。除此之外，新娘也并不完全属于新郎，而是属于新郎的整个家族。她是儿媳，不只是妻子。她和他都只是家庭这台机器上的齿轮。

相反，在浪漫的爱情中，即使山崩地裂，恋人们也对灾难浑然不觉，他们的眼中只有彼此，情感凌驾在理智之上。这是普通人无法感知的第四维度，在这个维度里，男人和女人坠入爱河。他们不是步入或飘入，而是像掉进糖浆罐的飞虫一样深陷其中。在这过程中，头脑里的冷静计划已被抛在脑后，相互吸引的热烈冲动主导一切。

爱情在西方人的观念里是如星辰般的浪漫，但在中国人心中难以升上地平线，因为中国人的心被礼教的冰山冻住了。西方人会把所爱之人捧到至高无上的地位，渴望占有的念头吞噬了整个人的身心。西方人还坚信，拥有所爱之人是实现幸福不可或缺的要素，没有了爱人，就没有了幸福。此外，西方人的爱情世界里还有恐惧和希望的冲突、辗转反侧与魂牵梦萦，以及对传统的漠视。

如果用西方这些标准衡量永福，那他就不能算得上一个真正的恋人。毫无疑问，爱情的含义对他和对让娜而言是不同的。她的爱慕充满了浪漫色彩。他曾两次救她于危难之中。在照顾生病的他时，她保护弱者的母性本能被激发出来，并奇妙地得到了满足。他们相识的整个过程——他来自远方，她孤身一人——成就了这段炽热的爱情，这是无可争议的事实。它超越逻辑，超乎理性，只关注爱与被爱，此外别无所求。"加拉哈德"无须多言，这对她来说已经足够了，她明白他的心。

次日早上，医生和护士从永福病房走出来时，医生对护士说："发生了什么事？他今天早上退烧了。"

"是的，我知道。"护士说。

"中国人的体质是我见过最不可思议的。"他惊叹道，"白人会立刻丧命的时候，他们却能幸存，可一旦他们觉得自己大限已到，他们就会两脚一蹬，坦然离世。他们就是不折不扣的宿命论者。"

"显然，这个人认为自己大限还没到。"护士笑着说。

"也许吧，"医生说，"我也是这么想的。"

病人一天比一天健壮，但也一天比一天害羞。不知怎么的，只要让娜一靠近，他就显得很不好意思。他不愿也无法多说几句话。这让她很困惑，她不明白为什么会这样。一天他说："鲁热小姐，我想知道你是否会原谅我。"

"原谅你什么，'加拉哈德'？原谅你救了我的命，还差点因此丧命吗？"

"不，不，那不算什么。"他说，"请原谅我病重那天对你说的话。"

"为什么，你不是认真的吗？"女孩问。

"是认真的！比我说的还要认真一万倍。"他承认道，"但这就是问题所在，我没有权利那样对你说话。"

"为什么没有权利，'加拉哈德'先生？"

"因为我是中国人，你是法国人。而且，既然上帝已经回应了你的祈祷，让我重获新生，那我就必须回中国了。但我无法要求你离开美丽的法国、珍贵的自由和你的同胞，不能要求你和我一起在那片土地上共度余生。"

"为什么不呢？"她问，"那些传教的女士们不也是背井离乡去中国生活吗？说不定我也可以作出跟她们一样多的贡献。"

"是的，但她们和你不同。"

"除了没有'骑士'随时出现保护她们,我看不出她们与我有什么不同。你是觉得把我带回去丢脸吗?"

"丢脸?应该是我会成为全山东最骄傲的男人才对。我只是不忍心把你从熟悉的环境中带走,让你忍受那个家里的规矩。我的家风苛刻专横。"

"那我们就为他们树立一个更好的榜样。"让娜坚定地说。

"我的同胞们文化程度低,对陌生人不信任。"

"难道爱不能克服一切障碍吗?"她认真地回答。

他已经尽他所能去收回前一天所说的话,他在给她自由。但她不想要自由,她要的是比自由更美好的东西,那就是"做一个完整女人",为了它,她愿意走遍天涯海角。

他审视了自己的内心,发现了纯粹而自发的爱,他为之欢欣鼓舞,以为自己理解了爱的真谛。他的爱是一种发现,而她的爱却是一种启示;与他现在看到的她心中的爱相比,他的爱只不过是一棵盆栽里的微型松树,而她的爱却是一棵参天大树;他的爱充满了英雄色彩,而她的爱却充满了神性。

他躺在那儿,仰望着让娜,她的身影似乎在逐渐远去,直到她站在一片宛若紫水晶的云堆上,彩虹般的小云朵在她身边飘荡。她身披一袭轻盈的长衫,在微风中翩翩摇曳。一群笑靥如花的少女们优雅地聚在她周围,每一位都长得神似让娜,她们疑惑地一会看向她,一会看向他。她似乎要离他而去,他痛苦地闭上眼睛,生怕这一切是真的。

"那么，你是不想让我和你一起去中国吗？"

"哦，别这么说。"他睁开眼睛，大声说，"我需要你。不知怎的，我们似乎注定要在一起。我们中国有句谚语叫'千里能相会，必是有缘人'。说出刚刚那一番话，好比砍掉我的手一样痛苦，但我这么做都是为了你好。"

"等我一会儿。"她去拿了本书很快便回来了，"我想给你读点东西。"她说着，把椅子拉到床边，开始读《路得记》①的故事。他从未听过这个故事。当她读到拿俄米说服路得回到她自己的土地上时，他意识到这就是让娜的回答。

"路得说，'不要催我回去不跟随你，你往哪里去，我也往哪里去。你在哪里住宿，我也在哪里住宿。你的国就是我的国，你的神就是我的神。'"

她抬起头，看到他眼中含着泪。"我亲爱的。"他热切地说。她弯下腰，两人的嘴唇贴在一起。她把脸靠在他的枕头边，激动得说不出话来。然后她听见他问："你觉得我们的小云雀现在过得如何呢？"

---

① 《路得记》(*The Book of Ruth*) 是《圣经》旧约的一卷书。故事中，拿俄米和路得是婆媳关系。——编者注

第十二章
恋爱课程

　　过了许多天后,"加拉哈德"才恢复得可以四处走动,但对他们俩来说,这些都是快乐的日子——真正的、老式的"恋爱时光"。让娜以她深情的本性,全心全意地投入其中。对她而言,这正是她多年成长后的完美绽放。她天生就善于恋爱。鲁热家的氛围就是相亲相爱和自由地表达爱意。

　　而永福却不得不从头学起。他来自一个压抑的国家,除了蔑视和愤怒得以表达得淋漓尽致之外,其他的情感都应保持内敛。夫妻之间的亲昵被视为不合礼仪。如果某个年轻男子碰巧爱上了自己的妻子,那么警惕的婆婆往往会用猜疑这一"毒药"来扼杀这段稚嫩的感情。当长期在外的丈夫回到家时,尽管他心里最渴望见到的家人便是妻子,但仍要对她视而不见,要先表现出与父母、兄弟姐妹重逢的喜悦。他可以毫不客气地称呼妻子为"做饭的"或"拙荆",把自己的孩子叫作"小崽子"。

正因如此,永福在恋爱方面的笨拙不足为奇。中国还没有发展到男女可以自由相恋的地步,女性被过于谨慎地保护着。

一天,让娜开玩笑地问道:"我猜你们家人都不怎么亲吻对方吧?"

"我不记得这辈子有亲吻过任何家人。"

"什么?你父亲没有亲吻过你和你母亲吗?"

"我父亲?他认为亲吻自己的孩子无异于亲吻一头驴;而在母亲看来,亲吻这件事太傻了。"

"不管傻不傻,这就是《圣经》里说的,'要用圣洁的吻彼此问候'。"她引用道,"我们从小就被教育要遵守《圣经》。"她一边开玩笑,一边给了他一个蜻蜓点水般的吻。

"我没说这很傻。"男孩反驳道,同时也回敬了一个吻,"我已经准备好遵循《圣经》的教义了。"

"多加练习,你会做得很好的。"让娜说。

"还需要适当的指导。"他补充道,"我可以请巴拉德护士跟我一起练习,直到我熟练为止吗?"

"有胆子你就试试看。"她挑衅地说道。

他自然不可能去试。鉴于他人生前二十五年的"空白",他已经算得上是进步很快的学生了。不过,单是坐在那里和她握手、聊天就已经让他非常满足了。在中国,握手是男人之间的礼仪。他也喜欢贴着她的脸颊,感受她柔软的头发拂过他的额头。

"还有谁比我更幸福吗？"他问。

"有。"她轻声回答。

"请问是谁？"

"'鹅'。"她用他教会她的第一个汉语代词回答。

他笑了："你的音调不对。你刚才说的听上去不是'我'，而是'鹅'。"

"好吧，那我就是你的小鹅。"她说着，与他依偎得更紧了。

医院的常客中有一位虔诚的牧师，他在城堡南面的一座爬满常春藤的教堂里供职。拉尼尔牧师认识让娜的祖父，因此特别关注这个女孩。他有时也会坐下来和这个面容俊朗的中国小伙子聊天。一来二往，他很快便知道了两人为人熟知的浪漫故事。

让娜每个礼拜日都会去他的教堂做礼拜和领圣餐。在一个安息日，她做完礼拜后留了下来。她有些紧张，想单独见见牧师。一直等到其他人都走了，她才突然问道："拉尼尔牧师，您愿意为我和尧先生主持婚礼吗？"

"亲爱的，如果尧先生是个法国人，哪怕是美国人，我都很乐意为你们主持婚礼。"他回答。

"可为什么不能是中国人呢？"她严肃地问道。

牧师看着这位法国姑娘。"你确定你不是被东方的魅力所蛊惑了吗？中国人对我们欧洲人有一种奇怪的力量，无疑具有催眠作用。那天，尧先生向我讲述他家乡的历史和中国古代人民的伟大成就时，我就感受到了这种力量。他们有一条长达一千英里的大运河，还有建于公元前两百多年、至今依然完好无损的万里长城。正如我刚才说的，中国人似乎对我们施了魔法，女人尤其容易中招。"

"我承认，这魔力确实把我牢牢套住了，"她笑着说，"不过是爱情的魔力。"

"你确定不会在清醒之后发现为时已晚，从而抱憾终身吗？"他追问道，"你有没有想过你的孩子可能会长着一双小眼睛？"

"是啊，说不定还扎辫子。"她戏谑地说。她被一时的荒谬感冲昏了头脑，当意识到自己冒犯到牧师时，她请求他的原谅。"我已经清醒了，我还意识到，没有'加拉哈德'的人生对我来说毫无意义。"让娜更严肃地补充道，"一个人能在同一件事上连续清醒两次吗？"

"可是亲爱的，我担心你没有充分考虑到你孩子将来的身份问题。他既不是中国人，也不是法国人，而是混血儿，欧亚人，不受两个种族待见，也不被两边平等对待。据我了解，欧亚人在东方的命运将是悲惨的。他们就像有双重人格的人，时而这一面占主导，时而那一面占上风。他们的性格中缺乏某种统一因子，因此总是与环境格格不入。"

"我不是很理解这些高深的论点。"让娜有些困惑和不安地说，"我还没怎么想过孩子的事，但是——"

"这正是我担心的情况，"老人温和地打断了她的话，"你还没有想清楚这件事。你也不想犯下终身大错，对吧？"

"我不认为我犯了什么错。"让娜平静地说。

"但你考虑过中国离法国有多远吗？你很可能再也回不来了。在那个遥远的国度，你将一个朋友也没有，在思想、语言和习俗上，你都会成为一个外人。"

"我有考虑过这个问题，但至少我不会成为我丈夫的外人。"

"跨国婚姻通常都不会幸福的，依我愚见，跨种族婚姻更是注定以不幸收场。"

"我并不认为我们的婚姻会走向不幸，拉尼尔牧师，因为我们彼此相爱。"让娜认真地说。

"我并不怀疑你们彼此深爱着对方，但你对他的家庭和个人情况了解多少呢？你怎么知道他不会再娶一个中国女人来取代你在他心中的位置？要知道这样的事并不罕见。"

"哦，'加拉哈德'不会这么做的，"她对他的信任战胜了她恐惧的念头，"他是个基督徒。"

"基督徒也有堕落的时候。他成为基督徒多久了？"

"好几年了，我们还计划着在结婚前请您为他洗礼。"

"也是，我是绝不会赞成你嫁给一个异教徒的。不过，我亲爱的姑娘，在我与尧先生讨论洗礼问题之前，我是不会答应你之前的请求的。"

带着些许疑虑，让娜答允了这一安排。要是拉尼尔牧师的职责就是劝告"加拉哈德"不要娶她，那该怎么办？他会不会说一些不中听的话，让"加拉哈德"误以为那就是她的意思？她得确保不会发生这种情况，她要向"加拉哈德"保证她的爱和忠诚。

拉尼尔牧师并不是唯一对这桩婚事感到不安的人。一天晚上，巴拉德护士邀请了几位朋友共进晚餐。其中包括医院的员工本尼迪克特医生，一位名叫英格尔斯的英国上尉，还有来探望永福的麦克格雷戈上尉也受邀留了下来。

英格尔斯开启了这个话题："我听说你们这儿有个中国男人要娶一个法国姑娘。"

"是的，"巴拉德小姐说，"他是麦克格雷戈上尉的翻译员。"

"这种事就不该被允许。"这位英国人看着麦克格雷戈说，"法律应该禁止这种事。呸！想想看，一个白人女人要嫁给一个肮脏的中国男人。"

"英格尔斯上尉，这你就错了，永福可不是一个肮脏的中国男人。"麦克格雷戈答道。

"他们都是肮脏的家伙。巴拉德小姐，你觉得呢？"英格尔斯问。

"要我说，永福是个很不错的小伙子，是我见过最友好的中国人。他和我们家乡那些油头滑脑的洗衣工完全不同。但我还是宁愿嫁给霍屯督人，也不愿嫁给他。"

"那是当然。"本尼迪克特医生插话道，"从生物学上说这完全是错误。你不能违背自然，也不该试图这么做。大自然造就了不同的种族，目的就是把他们区分开，甚至还为此给每个种族赋予了一种独特的气味，让我们彼此厌恶，从而防止种族通婚。种族通婚从未有过好结果，将来也不会有。"

"我也是这么认为的。"英格尔斯赞同道,"违背自然就是一种罪。"

"看看两者结合的后果吧。"医生继续说,"两个种族的劣根性都被强化了,这些混血儿都不是好东西。"

"那布克·托利弗·华盛顿①呢?"麦克格雷戈问道。

"那只是个例外,正好印证了这一理论是正确的。"医生不慌不忙地回答。

麦克格雷戈反驳道:"如果真要论证这个问题,我想我可以列举出很多例外。比如,据我所知,美国现任第一夫人是波卡洪塔斯②的后裔,她为自己身上流淌着印第安人的血液而感到自豪。还有弗雷德里克·道格拉斯③,他不也是有白人血统吗?至于说种族混血是生物学上的失败,我认为这一理论还有待证实。就拿俄国人来说吧,人们普遍认为他们身上混杂了蒙古血统,但你很难说他们是生物学上的失败。同样的,匈牙利人和土耳其人也是如此。"

辩论差点就偏离到对土耳其人是否堕落的讨论上。不过,大家都公认土耳其人是战争中涌现出来的优秀战士,而在当时所有人的心目中,战斗技能占据了种族评价的最高地位。

---

① 布克·托利弗·华盛顿(Booker Taliaferro Washington)是美国政治家、教育家和作家。其父亲是白人奴隶主,母亲是黑人奴隶。——译者注

② 波卡洪塔斯(Pocahontas)是北美印第安部落酋长的女儿,与当时初到北美殖民拓荒的英国白人结婚,这段婚姻在一定程度上缓解了当地印第安人和英国殖民者之间的紧张关系。——译者注

③ 弗雷德里克·道格拉斯(Frederick Douglass)是美国废奴运动领袖。其母亲是一个黑人奴隶,父亲是一个白人。——译者注

"美国的下层阶级不也有很多这样异族通婚的例子吗?"英格尔斯问道。

"我们确实有。"本尼迪克特医生回答道,"这些例子恰恰证明了大自然对他们的愤怒。"

"的确如此。"女主人补充道,"我们南方人叫他们为'棕皮黑鬼',他们是最不可信的一群人。"

"不仅不可信,还诡计多端。"她的上司说,"他们的道德感还不如纯黑人,而且还傲慢无礼,搞不清自己的位置。"

"当然,我们也不会忘记,"麦克格雷戈提醒道,"并不是所有黑白混血儿都是诡计多端的。此外,我们必须承认,黑人中最睿智的领袖也有白人血统。虽然我承认你说的有道理,但我仍然相信环境对于这些异族婚姻后代的影响比遗传更大。你们需注意,英格尔斯上尉说的是'下层阶级',这才是真正的关键。纯种白人的下一代有时也会出现坏胚子,如果把贫困的白人坏种和贫困的黑人坏种结合在一起,结果不可能有别的,只能是坏种。再想想家庭因素,或是缺乏良好家庭环境对混血儿的影响。我们又见过多少两个种族的精英尝试这样的结合呢?"

"我们没有,也不会去尝试,因为这违反了自然规律。"本尼迪克特坚持地说。

"还违反道德。"英格尔斯补充道。

"我并不是在提倡大规模的跨种族婚姻。也许在大多数情况下,跨种族婚姻会以失败告终,尤其是那些底层人民结合时。不过我坚信，如果一对男女品行端正、知书达理，哪怕种族不同，他们依然有能力组建一个真正的家庭，他们的后代不会比父母差，甚至可能更好。如果尧先生和鲁热小姐想要迈出这一步，我是不会反对这两个优秀的年轻人的。据我对他的了解，他完全不亚于，甚至超过了这个农家女孩可以选择的任何伴侣。"

"但他是个中国人。"巴拉德小姐说，"如果换成娶一个中国女人，你不觉得反感吗？"

"唔，就我个人而言，我并不会主动选择她们。但我见过成百上千的中国女人，她们有姣好的容貌、温和的举止和真正的谦逊，她们与世上其他女性没什么不同。有的传教士还娶了中国妻子。你们听说过马偕①吧？最近涌现出了一批这样的人。"

"我不了解你们那群传教士，他们都很古怪，不是吗？"英格尔斯说。

"再怪也怪不过那些把成千上万的欧亚混血儿留在印度的英国人。"麦克格雷戈反驳道。

"你们打平了，英格尔斯。"本尼迪克特医生笑道，"我们不得不承认，就跨种族通婚引起人们的反感而言，生物学的作用可能不如社会规范所起的作用大。我们遵守社会群体的规范，或受到这些规范的约束，群体认为不合规矩的，我们就避开它。"

---

① 马偕，全名乔治·莱斯里·马偕（George Leslie Mackay），是当时在中国台湾地区传教的加拿大籍牧师，与当地女性结婚后育有三个子女。——编者注

"所以你不会劝阻那个中国人别去犯——唔,按你们这些传教士所说的——罪?"

"我当然没有理由向他提出这样的想法。如果他征求我的意见,而我觉得这对他们俩都不是一个明智的选择,那我可能会劝他不要结婚;但我非常尊重那位年轻人的品格,因此我不会轻率地给他提建议。"麦克格雷戈说。

"尊重一个中国人的品格!我真是不懂你了。"英格尔斯咕哝道。

"那是因为你不像我这样了解中国人。"

"可你怎么能尊重这种低等生物的品格呢?"

"低等?比谁低?比印度人还是比黑人?"

"不,是比白人低。"

"你为什么认为中国人低人一等?"麦克格雷戈语气柔和、近乎谦恭地问。

"为什么?这不是明摆着吗!如果他们不低劣,就不会住在山沟里了。"

"过去三年,我们大部分时间都在壕沟里,难道在山沟里比在壕沟里更丢人吗?"麦克格雷戈笑着说。

"砍柴的和挑水的,永远都是社会的下等人。"

"这也许是真的,但你不能因此就贬低整个民族。中国有千千万万的人一辈子没做过一天的体力活,他们以自己柔软且灵活的手指为荣,挥起墨笔来娴熟自如。男人的细足和女人的小脚都是高贵的象征,他们绝不是卑贱之人,而是一群骄傲、聪明、有教养的人。他们是那四亿人口的智慧所在。从我们的角度来看,与这群人对应的另一极端是农村人口,但中国人公正地将农村人口置于社会的第二等级。在这个庞大的群体中,有百分之八十五是农村劳动者,他们独立自主、不屈不挠、自力更生,无异于世界上任何地方的农民。他们耐心、勤劳、节俭、强壮,绝不是下等人。"

"但他们是如此不思进取,"英国人坚持说,"他们没有科学,只靠在土中刨食过活,一点微薄的收入就让他们心满意足。"

捍卫中国的人坦率地说:"我承认,他们现在的科学发明落后于西方,但你肯定知道,他们是最早使用纸张的人,早在古腾堡发明印刷术的几百年前,他们就知道如何运用活字印刷了。"

"是的,但他们用它做了什么?"

"创造了丰富的文学作品,比我们这个时代白人所了解的文学更为广泛。在公元前五百年,中国就已经是文学之邦了。说他们低劣只能证明我们并不了解事实的真相。"

"麦克格雷戈上尉,你毫不留情地揭露了我们的无知。"巴拉德小姐说。

"请不要认为我无礼,是你们把我引到了这个话题上,我认为这比讨论盎格鲁-撒克逊人的至上论更让我有兴致。我对愚蠢的北欧优越论略有了解,对于这群自鸣得意的理论拥护者而言,他们的问题在于他们确信自己是纯北欧人。他们没有时间或意愿去查证大量的数据。至于科学,本尼迪克特医生，你可能知道，在科学诞生之前，中国人就提出了物质是两种力相互作用的结果，一种是正力，一种是负力。对于当前的物质理论和原子组成观点，中国人的观点是多么富有哲理和科学预测性！如果没有中国的科学，我们的祖先永远也到不了美洲，我们今天也不会在战神的祭坛上点燃战争的烟火。"

"你是怎么得出这个结论的？"本尼迪克特和英格尔斯异口同声地问。

麦克格雷戈顿了顿，看着桌边几张饶有兴致的脸，微笑着说："因为中国人发明了航海罗盘和火药。"

"那他们后来还发明过什么吗？"英格尔斯上尉依然半信半疑地问道。

"我并不是说中国是一个富有创造力的民族，我只想证明他们的能力并不比其他种族差。你们不是对他们的瓷器啧啧称奇吗？它们不是永恒的美吗？"

"的确如此。"护士赞同道，"还有他们的丝绸和锦缎！"

"如果让我发表演说，这似乎是我一直在做的事，很抱歉我一直占着话题，我一定讲他们的宗族和村政府体系，他们的贸易和商业工会，他们的寺庙、佛塔和长城。这些都能说明中国不是一个劣等民族。我就说这么多吧。"

"我们都很感谢你，麦克格雷戈上尉。"本尼迪克特医生说，"你真是让我大开眼界，只可惜你还没有说服我，让我觉得异族通婚有明智之处。"

"我并不打算说服你，本尼迪克特医生，我只是希望你能做出公正的判断。"

也许该庆幸的是,"加拉哈德"并没有听到大家讨论他的婚事。他在医院很受大家喜爱,但他想娶一个白人女孩的决定还是遭到了所有人的谴责,没有一个人出声为他辩护。如果他听到那些预言者告知的灾难,看到那些先知们断言的大自然的怒火,耳闻那些高级祭司倡导社会不应宽容的论点,他也许会掐断这个念头,也可能不会。

拉尼尔牧师没有耽搁,立即安排了与永福的会面。永福彬彬有礼地接待了对方。他曾与这位老牧师有过几次有趣的交谈,对牧师的学识和善良十分敬佩。在一阵寒暄后,拉尼尔牧师谈到了让娜。他强调让娜的祖父读过大学,以及他希望孙女能嫁给同种族、同阶层的男人。正如牧师的品性所呈现出来的那样,他的态度非常温和,但他的意图也很明确。

永福聚精会神地听着。"是让娜让您来和我谈的吗?"他问。

"不,尧先生,是她找到我,请求我为你们主持婚礼。我告诉她,我得先和你详谈,否则我无法答应。坦白说,我曾劝过她,现在我希望也能劝你不要迈出这一步。我确信,如果她嫁给白人,她一定会更加幸福,如果你娶了你们同种族的人,你也会更加幸福。"

"可是拉尼尔牧师,婚姻跟肤色有什么关系呢?上帝不是创造了我们所有人吗?"

"是的,孩子,但他也让我们各不相同。"

"只是外表不同,但你们的《圣经》上不是写了上帝'他从一个本源造出了万族'吗?我们的经典里也写过'四海之内皆兄弟也'!"

"没错,但在下一句话中,《圣经》也说了上帝'定了他们的期限和居住的疆界'。他显然不希望我们越过这些界限。"

"但我们为了生意、宗教和战争已经越过了这些界限,为什么为了爱情就不行呢?"

"我不知道该怎么解释才不会冒犯你。如果我冒犯了你,请原谅我。让娜是一位大学生的孙女,嫁给一个来法国当苦力的人,这实在不妥当,简直不可想象。你明白我的意思了吗?"

"我明白了,拉尼尔牧师。您认为因为我的皮肤是黄色的就低人一等,您认为让娜嫁给我就是自贬身份。她这样纡尊降贵是不可想象的。"

这位老人沉默了,他没有反驳永福。永福稍做停顿,等待对方纠正,无果后继续说道:"如果这是我个人配不上让娜的问题,我愿意承认,我一开始也这么告诉过她。但如果是从家族地位的角度来评判的话,我否认自己低人一等,我才是那个降低标准娶让娜的人。"

拉尼尔牧师惊讶地睁大了眼睛。"什么?"他的语气比平时更加尖锐。

"没错。"永福说,"您说她的祖父是大学毕业生,而我的爷爷和外公都是清朝的学士。其中一位是才华横溢的诗人,他的诗歌曾受到皇帝的赏识和嘉奖。我家大门两侧立着两个石鼓,门口还立着两根旗杆,唯有获得认可的人才享有此等荣誉。"

"你跟让娜说过这些吗?"

"没有,我觉得没必要炫耀我的家族背景,在我们中国人看来,这样做不合适。她要嫁的是我这个人。我的家人虽然是农民,但他们也有文化。"

"他们也许是文人,但他们的文化是什么呢?不过是异教徒的文学罢了。"通常这位谦逊的牧师不会如此为自己的学识而自傲,也不会如此直率无情地说话。

"的确,""加拉哈德"说,"他们不了解西方的文学,但你们西方学者也不了解我们的经学典籍。至于它们是否是异教徒文学,如果其中包含了真理,就不能如此轻蔑地称呼它们。你们的学者不也学习拉丁文和希腊文的作品吗?那他们不也是异教徒吗?"

"我倒是从未想过这一点。"牧师承认道,"你说得对,我不该说得这么草率。"

尽管不愿意承认,拉尼尔牧师还是开始对永福产生了敬意。他意识到对于自己无理吹捧的西方教育,永福的反驳是多么有力。中国的经典佳作也许与希腊和罗马的一样有深度。这个年轻人的头脑并不简单,事实上,他的思维极其敏锐。在辩论中,这个中国人逻辑清晰,更重要的是,他非常诚实,拉尼尔牧师不得不承认他是一位真正的绅士。他没有占让娜的便宜,没有利用自己显赫的家庭地位(显然他的家庭比牧师想象的要殷实），也没有编织关于他祖国的浪漫故事来迷惑女孩的思想。

此外，他还意识到对永福和让娜来说，他们的婚姻问题已经得到了明确的答案。再多的恳求和争辩都无法动摇他们的决定。因为"加拉哈德"的伤口尚未恢复，于是牧师用中国人的方式与"加拉哈德"握了握手，然后去告诉了让娜，他同意主持他们的婚礼。

"噢，我太高兴了！"她说，"是'加拉哈德'说服您了吗？"

"恐怕我也被东方的魅力所折服了。"老人不好意思地笑道。

于是双方约定，如果下周四"加拉哈德"能出院，他们就举行婚礼。

有一次，让娜问"加拉哈德"："如果我是一个中国姑娘，我们会举行什么样的婚礼呢？"

他笑了。"这个嘛，我会坐着红色轿子去你家，后面跟着一顶绿色轿子。接上你之后，我再换坐绿色轿子，你坐红色轿子，一路跟着来到我家。在路上，我们的随从会安排我们在彼此不见面的情况下交换手帕。到了我家后，我们全家人都会聚集在院子里，我的伯父会把三杯酒倒在地上表示祭奠。你下了轿子后，所有人则向天地鞠躬，感谢新娘的到来。"

"你觉得你的家人会为了我感谢上天吗？"让娜问。

"我希望他们会。"永福略带严肃地回答，"然后我们会走进屋子,面对面坐在炕上。有人会给我们倒上一小杯酒,我们先抿一口,然后交换酒杯。第二天会有无数客人来访,第三天我们会去祖庙祭拜我的祖先,然后再向我父母叩头。"

"'加拉哈德',我必须要这么做吗?"让娜忐忑不安地问。

"我并不认为你非做不可。"他回答道。

他们的仪式非常简单,实际上是两个仪式合二为一。永福先是接受了洗礼,教名是"加拉哈德"(这当然是让娜的主意),然后他们互相宣誓。麦克格雷戈上尉出席了婚礼,负责将新娘交给新郎。新娘穿着一身淡粉色的连衣裙,看上去端庄甜美。加拉哈德穿着一身新制服,尽管他脸色苍白,手臂还绑着绷带,但还是站得笔直,步履坚定。巴拉德小姐是伴娘,医院里的一些人和一两名伤兵也参加了婚礼。

让娜目前留在医院,加拉哈德则回他的营队。像许多战争期间的婚礼一样,他们在圣坛前就分开了。那是一个忙碌的秋冬时节。虽然已经宣布了停战,但劳工旅和医院仍有许多工作。此外,加拉哈德还在加紧学习。他参加了基督教青年会的课程,曾在中国担任过男校校长的麦克格雷戈上尉也给了他宝贵的建议和帮助。实际上,上尉给了永福很多额外关照和宝贵时间。

让娜和丈夫之间的书信往来十分频繁,他还去医院探望了两次他思念已久的妻子。大约在次年二月初,麦克格雷戈说："如果通知我们下个月就要被送回家，我一点也不会感到惊讶。今年春天，大多数人的服役时间就要结束了。"

"您会很高兴再次回到中国吗？"加拉哈德问。

"会的。现在对我来说，那里就是家了。"上尉回答。

"当然，对我来说更是。"

"你这趟回去和来时已经大有不同了。"麦克格雷戈说。

"我即将成为二十万来法中国人中最富有的一个。"

"我相信你肯定是。你很幸运，有一个愿意陪你走到天涯海角的姑娘。"这位苏格兰人略带伤感地说。麦克格雷戈曾经有过一位未婚妻，但当她发现他打算将一生奉献给中国这片土地时，她解除了婚约。

正如上尉所预料的，一个月后他们收到了命令，中国劳工旅一三八营将在两周后启程返回中国。让娜回到老房子，找到了一个愿意购买这所房子的买家。除了前院的炮弹坑外，屋子完好无损。虎斑猫看上去胖乎乎的，好像被人饲养着，它也跟着房子一起归于新的主人。这笔买卖给了让娜所需要的全部资金。

永福把在法国期间的薪水几乎全攒了下来，现在已经是一笔不小的数目。他一直不确定该如何安排让娜的行程，因为他的合同要求他在船上跟劳工们待在一起，直到回到中国被遣散。自封为这个家庭的教父和守护神的麦克格雷戈安排好了所有事宜，这么一来，让娜就能和她的丈夫乘坐同一艘船的二等舱了。让娜喜欢这个安排，因为他们能待在一起。

三月六日，他们乘坐阿拉里克号从布雷斯特启航。船上人数众多，大部分乘客都被安置在甲板下方，总共有两千名苦力。

让娜通常在二等舱的甲板上做礼拜。有一次，她正在进行常规的仪式，麦克格雷戈看到了她，像往常一样下去和她聊天。

"老天爷！看那个二等舱的漂亮姑娘！"两个身穿制服的年轻人倚靠着上层甲板的栏杆，其中一人说，"我敢打赌她是法国人。"

"你不知道她是谁吗？"另一个人问道。

"不知道，但她可以属于我。"他回答说。

"她不会看上你的，人家有更好的伴侣了。"

"谁？那个和她说话的上尉吗？"

"不，是一个中国人。"

"你不会想告诉我这个美人是中国苦力的新娘吧？"

"没错，他来了。"

永福走到下层甲板与两人会合，他向麦克格雷戈鞠了一躬，然后深情地看向妻子。"亲爱的，你觉得冷吗？"他问，"我把你的披肩拿来了。"

"谢谢，你想得真周到。"她说。他帮她把披肩披上。

"真是男才女貌啊，伙计，你说呢？"那个知情的年轻人说。

"老天爷！瞧他们卿卿我我的样子。"另一个年轻人说，

"真希望我也能带这么漂亮的姑娘回家。"

"也许是你没找对地方。"他的朋友嘲笑道。

"我想你说得有道理。"他若有所思地回答。

横穿加拿大的旅途壮丽无比,称得上是一次完美的蜜月之行。让娜从未见过如此壮观的高山,其中十几座山峰高一万英尺以上,山顶白雪皑皑,冰川密布。对加拉哈德来说,树木才是最让他赞不绝口的。他从未在山东见过森林,只见过寺庙周围的雪松或很高的白果树,但这些树木在道格拉斯冷杉前不值一提。这是多么辽阔的土地!多么巨大的差别!他们整日在湖区航行,看到富饶的农田、壮丽的山峦和无边的森林,这让他们对新世界的浩瀚广阔有了更深的认识。

他们走的是北航线,太平洋上的航程天气寒冷,风雨交加,他们无法经常待在甲板上。到达青岛的胶州湾时,所有人都松了一口气。

阿特曼夫人是负责劳工旅遣散站的军官的妻子,她非常高兴把这位美丽的姑娘接到自己家中。劳工们领完薪水后返回各自的村庄。永福必须留下来直到一切结束,届时他就不再是外国政府的雇工,而是再次成为中国土地上的中国公民。

由于从青岛到叶岸村路途遥远,加拉哈德决定乘坐一艘日本汽船到芝罘,这样他们就能在一天半内回到家,让娜也不会感到太辛苦。

他们站在船尾,向码头上的麦克格雷戈挥手告别,直到他消失在他们的视野中。码头上,上尉转身离去时,叹了口气说:"愿上帝保佑这朵身处荆棘中的鸢尾花吧。"

第十三章
芝罘

芝罘港周围被岛屿和沙洲环绕,是中国北部著名的美丽海湾。这里的海水深邃蔚蓝,高达一千英尺的峭壁高耸成锥形,山顶云雾缭绕,让游客们联想起维苏威火山和那不勒斯湾。

汽船在离岸四分之一英里的防波堤内下锚,此时正值清晨,加拉哈德和让娜来到甲板上欣赏风景。他们左侧是老爷山,这是一座岩石高地,在古代无疑也是一座岛屿。顶上矗立着一座白色灯塔,红白相间的灯光彻夜闪烁着警示的信号。各国的国旗在微风中欢快地飘扬,这些国家的代表们都居住在这座山上。让娜看到了英国的米字旗、日本的旭日旗和美国的星条旗。

城市坐落在西南边的山脚下,灰瓦屋顶看上去单调乏味。城市南面环绕着一排错落有致的棕色山丘,几乎和峭壁一样高。山上的几条道路清晰可见,蜿蜒而上的山道在六月的阳光下闪着耀眼的光芒。加拉哈德指着其中一条山道告诉让娜,那就是前往叶岸村的必经之路。

在城市西南方向的一座低矮山丘上,有一座寺庙坐落在一片灌木松林中。它是"玉皇大帝"的圣殿,山丘也因此得名。这座山就是这对夫妻的目的地。麦克格雷戈的好意再次得以体现。他坚持让加拉哈德带让娜去他的一位传教士老朋友埃尔贝家里。加拉哈德曾犹豫是否要去打扰这位热情好客的老传教士。他记得曾在集市上见过他一次,他的名字在山东家喻户晓。但麦克格雷戈向他保证,他会事先交代好他的老乡埃尔贝夫人,并给加拉哈德写了一封介绍信。加拉哈德希望能在回到家里之前尽量给让娜舒适的环境,于是他同意了。

正当他们站在甲板上向海岸和山丘眺望,一队形似乌龟的舢板迅速围住了汽船。加拉哈德与其中一艘舢板船主讨价还价后,让他把他们和行李送到码头。这是一艘平底方头的舢板,靠船尾的一根桨来推进和操控。船夫站在船尾划桨,不一会儿他们就到达了码头,一群锲而不舍黄包车夫立刻包围了他们,他们争先恐后地抢着搬运行李,直到一位穿着卡其色制服的警察拿着棍棒把他们教训了一顿,这才罢休。加拉哈德给船夫付完钱后,为让娜单独找了个车夫。他厉声说了几句话,在场的人听出了其中的威严和教养。黄包车答应将他们送到埃尔贝家大门口。让娜踏进黄包车,随着车子移动,她觉得自己就像在婴儿车里的孩童。

她对看到的一切感到兴致盎然，一切都那么新奇。他们穿过石块铺成的狭窄街道，由于不断有手推车来来往往，路面已被磨出了车辙。让娜看着路边的小商铺，随着太阳升起，店铺的木板门也相继敞开。店铺的柜台后面，年轻人普遍穿着蓝色长袍，他们有的根据顾客的喜好丈量丝绸、缎子或棉布，有的在包装茶叶和其他商品，有的则站在柜台前，轻快地用手指敲打着噼啪作响的算盘。在一条街道上，缝纫机呼呼作响，年轻的男孩们踩着缝纫机缝制布鞋的鞋面。再往前走，铜匠们费力地用铁砧和锤子敲打出器皿，铁匠们用废铁制作成一枚又一枚的鞋钉，锡匠们则擦拭着闪闪发亮的香炉。

所有人都忙得不亦乐乎。小孩子的身影随处可见，但除了极少数底层的妇女外，其他女性并不多见。让娜对见到的一系列新鲜事物感到很好奇，想要询问，但在行驶的黄包车内不便于交谈。尝试了一两次后，她便放弃了。

埃尔贝夫人正在等待他们。她通过阳台上的一架望远镜看见日本汽船已经进港了。她热情地迎接他们，带他们沿着小路走向房子。让娜凭借着一双阅历丰富的眼睛，注意到了花坛和精心打理的花园。

房子只有一层，低矮的瓦顶延伸下来，形成了房子前廊的屋顶，由方形灰泥柱支撑着，柱子之间连接着圆弧形拱顶。藤蔓几乎覆盖了整个平房，遮挡着花坛、盆栽，再加上中式草席和柳条家具，让露台在六月温暖的阳光下显得格外凉爽宜人。

他们透过其中一个拱门眺望外面的风景，让娜不禁感叹道："太美了！从这里看海湾更漂亮了！"城市在他们脚下铺展开来，虽然算不上什么美景，但为这幅画面增添了一抹灰色的边框。白色的风帆点缀着海湾。码头边的帆船扬起了红褐色的风帆，昨晚的阵雨打湿了船帆，此时正在晾干。一艘带着红色烟囱的轮船正缓缓驶入锚地，一艘灰色的美国驱逐舰静静地停靠在防波堤外，即使相隔甚远，也能清晰辨认出船首上的白色数字。在蔚蓝的海面上，光秃秃的峭壁平缓地向上延伸，团团白云犹如一把巨伞笼罩着山顶。此等美景确实值得远道前来观赏。

他们在午饭时间见到了埃尔贝牧师。他是一位八十多岁的老人，身材高大瘦削，白色的胡须垂在胸前，慈祥的眼睛带着微笑。他简单却热情地欢迎他们的到来。让娜立刻就对这位牧师产生了好感，加拉哈德也不由得对他心生敬畏。牧师发现让娜不会说英语，便用汉语问道："你会说汉语吗？"

"会一点，"让娜也用汉语回答，"我丈夫教过我。"

"是的。"加拉哈德说，"我们去年在法国上过几堂课，在船上我们也一直在学习。"

"哎呀，这么短的时间就能说得这么好！"埃尔贝夫人惊叹道。

为了方便让娜听懂，他们开始用汉语来交谈，不过她很少参与到谈话中。事实上，这位善良的牧师凭借其机智和友好，引导加拉哈德谈了很多。牧师问起了他的家族、父母和学业，问起了战争和法国的劳工营，问起了基督教青年会和他们的旅程。加拉哈德绘声绘色地向他们娓娓道来。让娜很想讲述她的故事，让他们知道她的丈夫是个英雄，但一直没有机会。即使有了机会，她的汉语水平也不足以表达，因此他们只知道从麦克格雷戈那儿听说的关于他"英勇事迹"的只言片语。

"您在中国待了很久了吧？"加拉哈德问埃尔贝牧师。

"五十五年了。"他回答道。

"那您一定见证了很多变化。"

"确实，无论是芝罘还是整个国家。我们刚来的时候，芝罘只是一个仅有几百户人家的渔村，现在已经有十几万居民了。以前我们站在开阔的田野上一眼就能看到老爷山，今天早上你们上山的时候，应该看到的是繁忙的街道。以前大部分房屋就在城墙内，也是现在这座城市的中心。我们刚来不久，芝罘就被发展成开放口岸，从那以后，城市就一直在稳步发展。人们从山东各地和其他省份蜂拥而至。我们见证了电报和电灯的出现、邮局的开设、码头和防波堤的建成、学校和医院的开办，人们对我们的态度也发生了明显的变化。"

若不是出于礼貌，他也许还会告诉他们，一八六〇年战争①时，驻扎在城墙内的法国士兵是如何惨无人道地侮辱中国妇女的。以至于多年来，只要看到欧洲人或美国人，

---

① 指第二次鸦片战争。

当地妇女就会吓得飞奔回家,迅速把门关上并上锁。白人的名字就是专门被用来吓唬顽皮孩子的。半个世纪以来,他和夫人与这些老一代家庭几乎没有建立友谊,也几乎没有保持来往。对这些家庭而言,白人并不高人一等,而是野蛮和残暴的象征。白人能带来什么优越的文化和宗教?在如此令人刻骨铭心的野蛮行径之后,又何谈兄弟情谊?

以前,倭寇经常袭击中国海岸,就像北欧人袭击高卢的沿海城镇一样。一如众多的山东沿海城镇,城墙内的这个镇子建立之初就是为了躲避倭寇。但在这里,有一批比倭寇更可怕的侵略者,他们配备现代化的枪炮,还有军舰加持,而且采取的不是小规模的行动,而是国际联盟的勾结。中国历来如此,一次又一次地被迫面对一群欧洲列强,面对长枪背后的威胁咆哮。然而,为了欺骗中国人,白人经常援引文明的好处、商业的进步和安全。加拉哈德是聪明的,他能识破骗局,不正当的动机在中华大地上是不会得逞的。

"当然,芝罘并不能代表整个中国。"加拉哈德说,"我们必须越过山丘回到家乡,才能让尧夫人了解真正的中国。如今芝罘、青岛以及国内其他港口都非常欧洲化。我们国家的风俗习惯变化不大,沿袭下来的思维方式改变得很慢。说实话,我希望很多事情永远不要改变。"

"比如?"埃尔贝夫人问。

"嗯,我对西方生活的印象是人们太过匆忙了。人们很少有闲暇时间交谈,他们四处奔波,虽然大有作为,却从未停下来休息。"

"是啊，"埃尔贝牧师同意道，"我认为我们西方人不太考虑休息的问题。我们觉得不忙点什么是很丢脸的。要么制造点什么，要么生产点什么，要么改变点什么，这就是我们的生活理念。你说得没错。"

"如果我遇到的人都是典型代表的话，那么他们的生活确实缺乏平静和安宁。我们中国人认为，生活本身是美好的，能给我们带来大部分快乐和满足。我们喜欢简单的东西：花朵、优美的诗歌、山峦、鸟鸣或一棵盘根错节的古树。"

牧师笑着说："这让我想起了联兴号船长给我讲的一件事，他开的是一艘新式蒸汽船，专门在海岸线上航行。那次是他第一次驾驶这艘船去芝罘，他邀请了一批中国商会的人上船参观船上的现代化设施。但令船长大为沮丧的是，那群中国人在船上发现了一盆花，于是他们兴致勃勃地观察和讨论起来，不是讨论发动机或客舱，而是那盆花。"

"其实我们的生活方式很简单。"加拉哈德继续说道，"你们的房子固然很美，但我们中国人只觉得眼花缭乱。你们有那么多没必要的东西，要想打理好它们，将它们物归原处，一定要花很多心思。我希望中国人能保持简朴的生活方式，但恐怕我的希望要落空了。现在芝罘街道的商店里充斥着各式各样来自日本和德国的商品，这些新奇亮丽的东西把我们的房子弄得乱七八糟。"

"是的。"埃尔贝太太赞成道，"过去十年里，城里的商店发生了很大的变化。玻璃窗取代了木板门面，平房变成了两层和三层的建筑。正如你所说的，商店里各种小玩意数量多得惊人。中国人一定养成了对这些东西的喜好，否则也不会有这么大的销量。"

"这正是我的意思。"永福说，"这些廉价、俗气的小玩意正在拉低我们的品位。甚至在农村家庭里也能看到这种情况。以前，人们会饶有兴致地品鉴一幅雅致的书法作品、一幅中国著名画家的山水画或一件朴实至美的瓷器，现在只看到插在廉价日本花瓶里的纸花、印着战争场景的德国彩画，以及刺耳的留声机。玻璃灯和锡灯取代了我们精致的灯笼，而那些工艺粗糙的脸盆架、花里胡哨的洗脸盆，这些丑陋的家具取代了我们昔日的雕花屏风。我们中国人正面临着失去艺术审美的危险，也可以说我们的艺术审美被淹没在一堆堆涂漆锡器和彩色玻璃中。"

"我同意你的看法，尧先生。"女主人说，"那些古老的中国物品比这些新奇怪异的东西更值得称道。我们必须齐心协力，保护它们和人们对它们的鉴赏品味。"

埃尔贝牧师温和地问："你们俩是不是都忘了，瓷器和精美的画卷都是有钱人的专属。穷人也希望为家里增添一抹亮色，而这些在我们看来廉价又俗气的东西，在那些家境贫寒的人看来却是极为迷人的。而且这些东西的价格也在他们的承受范围之内。"

"您说得非常对，埃尔贝牧师，穷人除了苦活之外几乎一无所有。我希望有一天，农村的生活会变得更舒适、更幸福，但我希望它仍然保留中国特色，不要失去我们中国文化自身的元素。现在就可以买到廉价的江西瓷器复制品，它们也很精美，而且农村也不乏书法家。"

"但你在西方也的确看到了很多希望被引入中国的东西，不是吗？"埃尔贝夫人问道。

"的确如此。比如漂亮的道路，我是多么渴望我的祖国也能拥有那样的道路啊！更好的交通方式一定能为中国创造奇迹。我们对自己的人民了解得太少了。还有你们西方人的团结协作能力，你们能够将个人利益置于共同利益之下，而我们却对彼此有太多的猜疑，太少的信任，就连住在村子北街和南街的家庭都很难团结起来为自家的孩子办一所学校。"

"那么教堂呢？"女主人问。

"这个嘛，"加拉哈德犹豫了一下，似乎从未思考过这个问题，"当然，大教堂是宗教奉献精神的伟大纪念碑，但它们是欧洲的。我无法想象它们会出现在中国。不知怎的，它们与中国格格不入。不管怎么说，我是个乡下人，在我看来，山东的大教堂就像个怪物。我并不希望看到教堂占据中国景观的主要地位。对我来说，看到基督教在普通民众中作为一种流行的道德和精神运动发展，远比看到它像在欧洲那样被关在石墙里要好得多。"

"你觉得那个男孩怎么样？"他们回到房间准备午休时，埃尔贝太太问丈夫。

"我认为他是新中国的代表。他有思想，而且不怕表达出来。他身上没有一丝屈从，不会因为是西方的东西就崇拜它们。他骨子里是个中国人，但又足够开明，能看到中国需要一种新的精神。过去我们很少见到这样类型的人，但以后我们将会越来越多地与他们打交道。我很高兴遇到这样的人。当然，你要记住，他并不是我们宗教教育的产物。"

"没错，我在想，我们的教育方法是否让学生丧失了一些独立性，这种独立性在他身上体现得淋漓尽致。"

"我也在想这个问题。"牧师说。

为内陆之行准备的骡子要两天后才能送来。加拉哈德和让娜利用这段时间购买了一些旅途所需的物品，并把钱存进城里的一家外国银行。让娜还参加了埃尔贝夫人为她举办的茶会。

茶会在舒适的门廊里举行，对让娜来说这是一次相当受折磨的经历。参加茶会的美国、欧洲和中国的女士们虽然试图掩饰对她的看法，但并没有成功。她打破了阶级制度，做了一些她们强烈反对的事，社会排斥的阴影开始笼罩着她。怜悯、蔑视、冷淡甚至厌恶，她都能从语调、挑眉、扇子背后的悄悄话或不经意捕捉到的眼神中察觉。在茶会的笑声和嘲弄中，让娜受到了谴责。尽管表面维持着传统社交礼仪，她还是被驱逐到了黑暗之中。

她多么希望加拉哈德就在身边！如果她们看到他，就不会这么想了。她们一定会钦佩他，看到他真正的价值。为什么中国的太太们会如此疏远她？她们和其他人谈笑风生，无拘无束。她们也会有同样的感觉吗？难道她一生都要带着耻辱的烙印？难道她永远都要与这些微妙、隐晦的暗示作斗争，仅仅因为她愿意嫁给一个中国人？

晚上，加拉哈德回到面色凝重的让娜身边。埃尔贝牧师带他参观了壮观的礼拜堂（也可以称得上是一座博物馆）。他对动物和鸟类标本的热情让埃尔贝牧师很是高兴，这座独特的礼拜堂把牧师的创意体现得淋漓尽致，他还收集了来自世界各地的有趣展品，以展示造物主赐予的奇迹。晚上用餐时，加拉哈德注意到让娜一直心事重重，敏锐的女主人埃尔贝夫人也发现了这一点。

"你今天辛苦了。"晚饭后她对让娜说，"明天将会更辛苦，早点休息吧。"

让娜听从了对方的建议，向他们道了晚安，留下她的丈夫和埃尔贝牧师继续讨论中国的未来。然而，却没有人可以和她讨论她的未来。

第十四章
旅程

加拉哈德为让娜准备了一个惊喜。她从没想过自己接下来会乘坐什么交通工具,当它出现时,她忍不住大笑起来。她看到的是一种叫"神轿"的轿子,不过是由两头骡子拉着。两根十五英尺长的杆子固定在轿身两侧,与一前一后两头骡子身上的木鞍相连。在骡子身体两侧的杆子上方,搭着一个后部封闭的席篷。杆子之间的绳子上绑着稻草,上面放着被褥,装在一个叫"被套"的大布袋里。在篷内,坐轿子的人被许多小包裹、箱子和袋子包围,可以坐着或斜倚,轿子悬在两头骡子首尾之间,距离地面四英尺高。其余的行李则由另一头骡子驮运。

这种奇怪的交通工具有着复杂的运作方式,其中包含了钟摆、船只摇晃和活塞运动,以及这三种方式的变体。如果不晕船的话,很快便能习惯这种奇怪的颠簸。轿子固定在骡子背上时没有被踢得七零八落,它是中国人利用原始材料进行创造的典范,其非凡之处不亚于"底特律的巫师"①用铁皮、钢铁和橡胶制作的产品。

让娜在爬进轿子时笑得开心极了,她踩着加拉哈德的膝盖当台阶,然后转过身来面对着前方的骡子。埃尔贝夫人给了她几个枕头,这是埃尔贝牧师多年来在轿子里使用的,让娜舒适地垫着它们。起初,她的双脚似乎无处安放,她还没有学会像中国人一样轻松自如地盘腿而坐,所以她就像坐在沙发上那样靠着枕头斜躺,脑海中浮现出大卫画中雷卡米耶夫人的坐姿②。

加拉哈德和他的外国新娘向心地善良的埃尔贝夫人,以及从书房走出来为他们送行的老传教士挥手告别后,便向家的方向启程。对让娜而言,那是一个充满未知的地方。

加拉哈德走了一上午的路,他本可以和让娜一起坐在轿子里,虽然会有点拥挤,或骑在驮货骡子背上,但他更愿意在轿子旁步行,为让娜指出有趣的风景,回答她急切的问题。

他们花了半个小时才到达在汽船上看到的山丘。路上到处都是骡子和驴,男人们在肩头挑着担子,担子两端挂着沉重的包袱。快到山顶时,加拉哈德建议她再看一眼"大城市"。她爬出轿子,和丈夫一起回头望向芝罘。

---

① "底特律的巫师"通常是对20世纪初一批杰出的底特律的汽车工程师、设计师和企业家的称呼。——编者注

② 指雅克·路易·大卫(Jacques-Louis David)的作品《雷卡米耶夫人肖像》。——编者注

再次从新的视角欣赏这番美景,让娜不由得发出了欣喜的惊叹。尽管道路边是陡峭侧壁,但由于地势较高,视野更加开阔。底下的陆地就像一把巨大的灰色扇子从老爷山脚铺展开来,红瓦屋顶的洋房、教堂的钟楼,以及躺在蓝色海洋上的蒸汽轮船和军舰,这些是把她与她熟悉的世界连接起来的最后一根线,而这根线正在迅速变细。

"让娜,你会后悔吗?"永福问道。

"只要和你在一起,我就不后悔。"她笑着深情地回答。

他们转身告别了美丽的风景,跟在骡子后面走了几步上山,山的另一面仍然隐藏在他们的视线之外。当他们到达山顶时,加拉哈德说:"你看。"让娜抬起头向南望去,看到了连绵起伏、一望无际的山脉。它们宛如清晨暴风雨过后的海面,连波叠浪的山丘从远处地平线翻涌到前方,在蓝色和绿色之间夹杂着紫色、乳白色和琥珀色,点缀着斑驳的阳光。让娜仿佛听到了海浪的咆哮声。他们脚下是一片树木矮小的果园,稀疏的松树沿山挺立,直至山顶,在山腰处则是种植着谷物的梯田。柳树和杨树环绕着几乎干涸的河床,簇拥着山谷中的村庄。

让娜站了一会儿,仔细打量着这片景色。"我喜欢这里。"她宣布,"这里太棒了。"加拉哈德听了很高兴,紧绷了几天的神经也放松下来。这是他的国家,他的山东,他的故乡。

中国的大致轮廓就像一个大茶壶,而山东就是那个伸入黄海的茶壶嘴。与中部的辽阔平原不同,山东东部地区山峦起伏，土壤贫瘠，因此人口密度较低。山脉自北向南延伸，主要公路沿着山谷修建。在某些地段，道路则沿着河流的流向延伸至分水岭，分水岭位于北边的渤海湾和南边的黄海之间。干涸的河床可能是条天然的公路，其地势高于周围。两侧是长满野玫瑰和柳树的砾石堤坝，在洪水期能有效将河水拦截在河道内。狭窄的小径则蜿蜒曲折，时而穿行在巨石之间，时而跨越岩石台阶，穿梭于涓涓细流的山间小溪之上。

他们一路前行，让娜很想知道什么时候能走上大路。他们脚下的路似乎越来越窄，有些地方甚至只是一条小径。他笑着说："这就是我们的大路，是不是和你们法国宽敞的道路不太一样？"

整整一天，他们都在山地和麦田里慢慢绕行。麦田里没有栅栏，谷物一直生长到小路上。让娜从轿子里探出身子，不用力便能触到成熟的麦穗。

当地的农民赤裸着上身，扶着锄头站在田里目送他们经过，那一幕就像《扶锄的男子》①。他们有的还跑到轿子旁边往里偷看。田地里还能看见人们用轭套着牲口，吃力地拉着小小的犁，这犁只能浅浅地划过土壤的表面。

在漫长的一天里，她没有一刻是感到枯燥的。新事物不断涌现，让她应接不暇。蓝紫色的山脉上掺杂着一道道红色或一缕金黄，还洒有深浅不一的绿色，地衣给黑色和

---

① 指让·弗朗索瓦·米勒（Jean Francois Millet）创作的一幅现实主义油画。——译者注

灰色的岩石染上了古铜色。由于山坡上植被稀少，雨水肆虐成灾。雨水的侵蚀呈现出一幅悲壮又瑰丽的画作。山体经过日雕月琢后，裸露出形态怪异的褐色土地，有的像雕刻粗糙的石像鬼，有的像布满凹槽的管风琴，仿佛在遥远的某个时代，它们也像亚拉拉特山的挪亚方舟一样，被退去的洪水留在了这里。坐落在山顶的众多庙宇为这片美景增添了一道亮丽的色彩。在其他山丘上则屹立着农民用来躲避太平天国运动时期劫掠活动的堡垒，它们已经有半个多世纪无人问津，如今摇摇欲坠，除了增添一丝传奇色彩外，已经没有其他用处了。然而，当时的景象毫无传奇可言，只有残酷又彻底的恐惧、被焚烧和洗劫的村庄、被蹂躏的妇女、被掳走的小孩，人们趁着夜色逃亡，躲在山中，受尽苦难。对于那些裹小脚的女人而言，每走一步就像踩在刀尖上，但她们依然背起惊恐的孩子，领着其他人，爬过陡峭的岩石，到达峭壁的顶端。那里筑起了一道环形墙，但没有遮挡物，人们不得不忍受风吹雨打，日晒干渴。这些都成了不堪回首的痛苦经历。

如今，这片风景看起来无比宁静，仿佛恶魔从未祸害过这里。永福向让娜讲述了一个山洞的故事，它位于叶岸村上方一英里处蜿蜒的山沟里。这个山洞的建造耗费了大量的人力，狭窄的洞内只能容纳八十人，而叶岸村却有两百多户人家。

随着他们深入内陆，生活气息越来越浓——农业、宗教、战争，甚至爱情。说是爱情，也不过是四个健壮的村民快速扛起红色的新娘轿子。轿帘紧闭着,看不见新娘的身影。当轿子停下来时,让娜向外窥视,轿子里的姑娘微微掀起帘子,露出一张白得诡异的椭圆形脸蛋,脸颊两边和嘴唇上的胭脂也红得不自然。

加拉哈德为让娜摘来了许多路边生长的鲜花,他知道她特别喜欢花,其中有紫色的鸢尾花、毛茸茸的羽扇豆、淡红色的野豌豆、芬芳的百里香和繁茂的玫瑰花。一群羽毛艳丽、歌声甜美的鸟儿在他们前方的树木间飞翔。一对深蓝色的燕子时而露出白色的腹部,时而露出背上的棕色斑点,它们从领队骡子的鼻子下掠过,又从它的后背飞上来,围着轿子一圈又一圈地盘旋。布谷鸟恢复了去年收割后哑掉的声音,哀怨地催促着懒惰的农夫:

"懒汉懒汉多锄地,

不然贫穷会缠你。"

他们穿过了几条河流,但大部分河道都干涸了。"为什么没有水?"让娜看着宽阔的河床问道。

"我们的河流就像挂在你门外的瑞士晴雨表上的小人,下雨的时候才出来。"永福说。

这条路穿过了几十个村庄。从山顶上看,灰色、棕色和白色的石屋在树木的映衬下闪闪发光,多么赏心悦目!但近看这些房子常常是又脏又乱的,实在叫人失望!许多人家的猪圈就建在门前,脊背发黑的猪在臭气熏天的淤泥里打滚,黑色的污水从房屋下水道里流出,沿着村庄的小路流得到处都是。

然而，并非所有的景象都那么不堪。一个挂满旗帜、映照着嫩绿柳树的鸭塘，两棵扇形叶子随风摇曳的白果树，以及崭新干净的亮黄色茅草，都可以弥补许多的丑陋。当然还有那些生动的人物：向一群女人展示五颜六色丝线纺锤的小贩、编织花边的女孩，以及引导麻雀把扔到寺庙门上的红色飞镖叼回来的一群男孩。

他们路过了一个集镇，恰逢赶集的日子。每五天，成批成批的男性就会从三十里外赶来这里，每个人都希望能买到便宜的好货。出售同类货品的小贩聚集到一块，蹲在各自的货物后面。放眼望去，似乎中国人生活的基本需求都能在这里得到满足。这边是粮商，那边是水果和蔬菜摊，绿油油的菠菜和红彤彤的萝卜浸泡进水里再拿出来，以保持新鲜。一筐筐的虾和鱼、五金和皮革制品、祭祖用的纸钱和香火、织布机织出的棉布以及零散的柞丝绸，都在争相吸引买家的注意。

再往前是卖柴火的摊子，再过去还有卖牛的。露天的馆子热气腾腾、香气扑鼻，人们在低矮的桌子上吃着美味佳肴，厨子们时不时大声吆喝路人进来尝一尝他们的手艺。一大群人聚集在赌徒的棚子周围，如同苍蝇围绕着一小块污物。

大多数人都戴着低矮的圆锥形帽子，让娜觉得十分有趣。这些帽子是用劈开的玉米秆做成的，呈圆形或六边形。帽子内部宽一英尺半，里面有一根秸秆编织而成的帽带，可以让帽子向后倾斜。帽子有一根绳子，可以系在下巴上，也可以系在下嘴唇下方，或用一串珠子将整顶帽子固定住。

他们穿过这个繁荣的集市时，骡夫可没少大声吆喝。为了让轿子通过，卖家们不得不拉起用绳索固定的遮阳棚，这些棚子几乎遮挡着整条街道。不死心的买家还在锲而不舍地讨价还价，完全不顾自己的安危，骡夫不得不把他们推到一边去。好奇的乡下人也被挤到了一旁。

目光所到之处是一张又一张脸，数量多得吓人，像积云一样密密麻麻，称得上是一片真正的云海。让娜从未见过这么多长相奇特的人。轿子在人群中艰难地穿行，各种形状的脸映入她的眼帘——圆的、长的、胖的、方的、梨形的、下巴突出的、干瘦的，还有月牙形的。有的脸脏兮兮，有的脸胡子拉碴，还有的脸布满了皱纹。

最令她不安的大概是每张脸上的眼睛和嘴巴。那是些怎样的眼睛！斜着眼瞟着，鄙俗地盯着，呆呆地望着，愤怒地瞪着。那是些怎样的嘴巴！轻蔑地上翘着、沮丧地耷拉着、惊讶地张大着、欣喜地大笑着，或是歪歪斜斜、牙齿全无。眼睛和嘴巴形成了各种各样的组合，再加上蜡黄的、因醉酒而潮红的或是晒黑的肤色，诞生出千奇百怪的表情。有的像憨厚的牛，有的像狡黠的狐狸，有的眉头紧锁，有的一脸茫然，有的闷闷不乐，有的扭捏傻笑，有的面带愉悦，有的面露讥讽，时不时还会看到一张真诚或聪明的脸。在摆脱了汹涌喧闹、汗出沾背的人群之后，尽管不承认，其实她还是大大地松了一口气。

让娜对村里的妇女和小孩特别感兴趣。每隔一段时间，他们就会经过一群在田里除草的妇女和小孩。这群人的服装大多是蓝色，只有一位刚出嫁的新娘穿着鲜艳的红色礼服。有两次他们遇到了拄着拐杖、提着篮子的妇女，她们拖着疲惫的步伐从一个村庄跋涉到另一个村庄。家犬们都冲着她们吠叫，这是它们经过训练后看到乞丐的反应。

骑着驴或骡子的妇女穿着更为讲究。她们要去拜访别人，必须把自己最好的一面展现出来。她们穿着宽袖的丝绸外套，上面绣着精美的图案，这种款式在城里早已过时，但依然能吸引来羡慕的目光。有时他们也会看到身穿一袭白衣的妇女，表明她正在服丧。一名仆人、一位弟弟或家中的其他男性陪伴着这些女人出行。他们还看到一位母亲坐在骡子背上，孩子则被放在挂在骡子两侧的大篮子里。一张明亮的脸庞从篮筐边缘探出来，还戴着一顶由彩色丝绸或纱线制成的帽子，上面装饰着镀金饰品，整幅画面十分吸引人。

让娜的骡夫是个逍遥自在的人。他一整天都迈着松散的步伐，兴高采烈地挥舞着鞭子，用精心挑选的词语咒骂骡子，以维持它们的士气。咒骂对骡子十分有效，如果不用一些粗俗的语言来强调命令，它们就不会明白发令者的意思。他用奇怪的话语引导着这些头脑机灵、脚步稳健的牲畜，就像车夫指挥拉车的牛一样。随着上午时间的流逝，太阳越来越毒辣。骡夫从腰带上取下毛巾，叠好，用辫子将毛巾绑在额头上，以遮挡照在眼睛上的阳光。每当有人询问他们要去哪里时，他就兴致勃勃地和对方讲述不同的故事。他两次要求让娜挪到轿子的另一边以保持平衡，除此之外，他对她并不在意。她不知道是否应该适当与他交谈。

午后不久，他们在一家客栈停下来喂骡子，并开始享用埃尔贝太太为他们精心准备的午饭。当让娜看到客栈的内部时，她不由得对这顿午饭心生感激。要想进入院子里，整个队伍必须穿过厨房，而厨房通常位于客栈或饭馆的前门。

一旦把轿子从骡子背上卸下来，骡子们立刻不顾主人的打骂，在地上舒服地打起滚来。泼出去的脏水在院子里积成了水坑，脚下到处都是粪便和稻草。一个打下手的人把水桶扔进一口巨大的井里，井一直延伸到地下，井口与地面齐平。那些早早就来吃饭的人把行李几乎放满了整个院子，再加上骡子们不稳定的蹄子，让人寸步难行。在大院的尽头是供人居住的客房，两侧是牲畜的棚屋。在这样的环境下他们并没有太多的选择。

加拉哈德买了一碗热气腾腾的面条，按照他们的习惯，左手端着碗，右手拿着黑色的筷子吃了起来。他不断地把碗举到嘴边，把长长的面条吸进嘴里，发出响亮的吸吮声。让娜不喜欢看到加拉哈德这副吃东西的模样，这显得太原始了。

他们的到来虽然悄无声息，但还是引起了人们的注意。很快，村里的女人们便趁着大多数男人去赶集，摇摇晃晃地挪着她们的小脚来一睹这位外国女士的芳容。光着身子的孩子们或被抱在怀里,或跑来跑去,挤满了门口和窗户的空隙。年轻的女人们不时发出阵阵嬉笑声。

让娜就像廉价博物馆里的怪人一样被盯着看,这让她感到十分尴尬,但她决定不要生气。她还记得中国人刚到瓦莱特鲁瓦时,当地人是如何好奇地看他们,如何对中国人开玩笑的,而此时的她正代替自己的同胞接受惩罚。让娜试着用汉语说了几句话,尽管她的发音是正确的,但人群却没有听明白,因为她们没有料到一个外国人竟然会说她们的语言。但她能听懂她们说的大部分话,但那些话并不是对她说的。加拉哈德此时不在房间里。

"你们看,她的脚真大啊!"一个小脚不超过三英寸的女人说。

"是啊,她的头发真奇怪!"

"不过她长得很可爱,皮肤也很白。"另一个女人称赞道,她脸上涂了很厚的粉来掩饰自己的肤色。

"你们猜他花了多少钱买下她?"一位老妇人问道,加拉哈德回来时恰好听到了这句话,老妇人赶紧退到其他人身后,但加拉哈德没有搭理她们。

骡夫似乎并不急着出发,骡子还没吃饱,食物也没准备好。结果当他们到达要过夜的客栈时,天色已经很晚了。

让娜尤其不喜欢这一段路程。天黑后的大部分时间里,她都是孤身一人。加拉哈德骑着驮货的骡子跟在队伍后面,骡夫则走在骡子身后,让娜完全看不到加拉哈德。

除了闪烁的星光和隐约可见的巨大黑影,其他什么也看不见。骡铃叮叮当当地响个不停,轿子晃得让娜头晕目眩,铃铛声让她的脑袋隐隐作痛。她渴望安静,渴望踩在坚实的地面上。他们已经在路上走了九个小时,还花了整整两个小时在午饭上。有一次她试着叫骡夫,但她不知道该怎么称呼他,于是把他误称为"老大"。骡夫以为她在叫她的丈夫,告诉她说:"他在后面。"如果她叫他"大哥"或"伙计",他就会明白了。

当黑暗中出现了一堵黑墙和几棵树时,轿子在一扇紧闭的门前停了下来。骡夫走上前,用鞭柄敲门并大声呼喊。突然,一张脸出现在轿子旁,探头往轿子里看。

"你们从哪里来的?"一个声音问道。

"芝罘。"骡夫回答,"你们不会拒绝外国客人吧?"

对方停顿了一下,似乎在权衡这个问题。那张脸又一次紧紧盯着轿子,然后消失了。接着,只听见那个声音朝里面大喊了一声,里面的人赶紧取下门闩,打开大门,让他们进了院子。

这家客栈与他们吃午饭时歇脚的那家很像。客栈主人看到这名外国客人是位女士,不禁大吃一惊。加拉哈德紧随其后,由于他负责打理一切,起初客栈的人还以为他是这位外国女士的厨师。

为了给两人腾出地方,原先安排住在这里唯一一间包房的客人被请到了另一间不那么私密的房间。他们的住处包括一个大房间和一个小房间,两间房都同样昏暗和布满灰尘。小房间有一扇窗户,对着一面砖墙,显得又闷又热,砖砌的床看起来也很不舒服。好在大房间有两扇窗户，可以把窗纸撕下来通风。一个木板搭在长凳上，上面铺着草席，这就是睡觉的地方，连床也称不上。

那一晚的休息既不安宁，也不惬意。骡子咀嚼草料发出很大的声响，吃完饲料后又猛烈地摇晃缰绳，在亲昵地互相啃咬时还会发出尖叫，引起一片骚动。这些喧闹往往需要一个伙计出面呵斥它们，声音大得足以惊醒其他人，而且用词也没有文雅可言。

村里的守夜人每隔几个小时就会经过这里，敲打着一只巨大的铜锣报时。好不容易安静下来，隔壁屋的婴儿又开始唱起了悠扬的夜曲。当清晨来临，他们又要上路时，让娜只觉得松了口气。

让娜没有立刻上轿，而是陪在永福身边走了几英里。在离开了客栈压抑的气氛后，她多么感激这凉爽清新的空气！蓬松的粉色云朵布满了东边的天空，云雀展翅高飞，将时高时低的歌声洒满大地。成熟的麦田在微风的轻拂下连绵起伏，让娜不禁想起了波光粼粼的黄色丝绸。放眼望去，尽是绿色和金色，一切都凉爽宜人。

第十五章
宣布消息

永福带着他的法国新娘回叶岸村的消息并不令人意外。几个月来，这一直是村里年轻姑娘和妇女们谈论的焦点，也是那些蹲在祠堂附近抽烟的老人们摇头叹息的原因，他们追忆起往昔儿女们更孝顺、更遵从父母意愿的美好时光。

春节前尧家人收到了一封信，这封信所带来的惊愕与沮丧，不亚于在尧家院子里引爆一颗六英寸的炮弹。加拉哈德一回到劳工旅的岗位，就立即将结婚的消息告知了家人。这封信写起来并不容易。他知道，对于他那深受保守主义影响、以恪守传统为荣的家庭来说，他自主选择妻子的消息无异于一份表达独立的宣言。

尽管他深爱着让娜，比他母亲对瓷制佛像的爱还要深厚，但他并没有因此被爱冲昏头脑，他深知这个高傲的家族听到他与外国人结婚时会露出多么厌恶的神情，因为外国人在他们眼中是卑鄙的、可恶的。在他们看来，这不仅是任性,更是肆意妄为。他们是否允许他回家都是个问题。

加拉哈德生性诚实坦率,他觉得自己无法隐瞒已经接受了基督教的事实。这无疑是导致他与家族疏远的最终因素。没有得到父母的祝福就远赴他乡已经够糟糕了,未经父母同意就胆敢娶一个外国女人,那就更糟糕了。然而,摒弃祭祀祖先而去祭祀一个"外国的神",这在家人眼中无异于叛国。

加拉哈德也知道这一点。他沉思了很久,在砚台上不停研磨墨条,加了好几次水,又继续研磨。将毛笔尖蘸好墨似乎是一个异常漫长的过程,最后,他终于开始提笔写信、修改和抄写。他对这封信并不满意,但这已是他能做到的最好了。

敬爱的父亲大人、母亲大人:

距离我上次写信已经过去许久,因为我生病了。我因重伤住进了医院,若不是朋友们的祈祷和上天的眷顾,我现在也不可能给你们写信。这段经历让我与一个人结缘,我觉得现在有必要告诉你们一些事。

还记得我信中提过的那个法国家庭吗?她们对我这个远离故土的孤独游子一直关照有加。那位姑娘的父亲在战斗中牺牲了。因为她们家处在危险区,有一天,我去劝她们离开,在奋力保护那位姑娘免受一个德国间谍侮辱的过程中,我自己也受了伤。她的母亲当天下午被杀害了。

我把女孩带到了一个安全的地方，但后来我因为失血过多晕倒了，醒来时发现自己躺在一家美国医院里，而那位法国姑娘鲁热小姐正在照顾我。一连几天，他们都以为我熬不过去了，我也确信，若不是这位年轻的女士，我早就撒手人寰了。她是我的救命恩人，你们也应该感激她，因为她，你们的儿子才活了下来。

从最初相识开始，我就爱上了她，后来发现她也爱着我，哪怕我们种族和语言不同。还有什么能比让她成为我的妻子更顺理成章的呢？于是我们在五天前结婚了。她在世上无依无靠，尽管拥有相当多的财产，但她却无法实际使用这些财产。她愿意在我合约到期后随我返回中国。你们将会看到她是位真正的淑女，受过良好的教育，举止优雅，为人谦和，性情温婉，任何家庭都会为拥有这样的女儿而感到自豪。

我已与相关机构做好安排，这个月再给你们寄去五十美元，以便你们在张罗我们回来的各项事宜时不会有过重的经济负担。

向全家致以问候，儿在此三拜

这封信到达尧家时，正值一月份的一个严寒的下午。凛冽的北风刮了一整天，空中大雪纷飞。几个男人穿着厚厚的棉衣沿着街道匆匆而行，活像几个移动的被褥，他们正奔向家中温暖的炕。其中一人走进尧家大门，抖落肩膀上的雪花，从怀里掏出一个信封。"我去了趟集市，"他说，

"他们给了我这封信,我猜是永福寄来的。"

永福的父亲来到门口,接过信件。"不进来喝杯茶吗?"他敷衍地问道,这只是客套,并不期待得到回应。

"谢谢,我还得在天黑前赶回去呢。"

加拉哈德的伯父和伯母都在屋里,女人们正坐在温暖的炕上缝制新年的衣服。

"瞧,我说什么来着?"伯母说,她下午还在一直安抚加拉哈德的母亲,"我就知道他没有被德国人杀死。快把信拿过来,念给我们听听。"她对永福的父亲喊道。

信交到了老先生手上,他扶了扶眼镜,永福的母亲把一盏小灯点亮,以便他能看清。在开始阅读前,他快速扫了几行字,忍不住发出一声厌恶的惊叫。

"怎么了?"永福的母亲问,"他死了吗?"

"没有,但跟死了差不多。"伯父恶狠狠地说。

"那他是受伤了吗?"

"他干了件大蠢事。"

他大声把信念完,然后把信甩在桌子上。

"这都是什么意思啊?"母亲困惑地问,她只理解了信的部分内容。

"意思是这孩子已经跟家里断绝关系了。"伯父提高嗓门回答道,"他抛弃了我们。"

"你不会是说他留在法国永远不回来了吧?"她大声问道。

"他还不如永远别回来了,回来也只会玷污我们家的名声。我们家从来没有出过这样的逆子。基督徒！外国媳妇！呸！真是不知廉耻。"

"唉，他怎么能这么做！"母亲悲叹道，"但凡他还有一点孝心，就不会让我们这般蒙羞。"

"这一代人还在乎什么孝敬？"伯父打断道，"自从中华民国成立以来，就只有自由、进步和改革。年轻人践踏父母的权利，无视对祖先的敬重，一心只想颠覆世界，凡事只考虑自己。我再也不想见到他了。"

全家人一下陷入了消沉的情绪中，但有一个人例外，那人便是眼睛里隐隐闪烁着喜悦的伯母。她开始急切地为侄子说话。

"我们也不能说永福只考虑自己，别忘了，他每个月还把一半的收入寄回家里，没有哪个男孩能做到这点。"

"也是，"他母亲喃喃说道，"这孩子在钱的方面一直很懂事。"

"这封信还说了，他要再寄五十美元回家。"伯母继续说道。

她无须提醒丈夫，这笔钱比他一年挣的还多，她也无需强调永福一直是家里的经济支柱。他就是一座金山，对于普通中国人来说，经济实力最具有分量。那额外的五十美元是出于最实际的考量。这既是一个提醒，也是一个承诺。

"他说不会回来了吗？"母亲又问。

"不，不，弟媳，他说他会回来的，他还寄了五十美元来修缮房子，好让这个法国姑娘住得体面些。"

"哎呀，我该拿这个法国儿媳妇怎么办好啊！"母亲激动地大叫道。

"当然是让她干活了，儿媳妇就是干这个的，要是她不听话，就好揍她一顿。"老先生在讲完这番"至理名言"后，恰好瞥了妻子一眼。"你笑什么？"他质问道，"这件事很好笑吗？难不成你很乐意当一群白人小崽子的长辈？"

"我只是在笑你对女人的深刻见解。你真以为永福会允许任何人打他的妻子吗？别忘了他现在是基督徒，基督徒是不会打女人的。"

"管他是不是基督徒，总之这个女洋鬼子休想掌管这个家。她要是来了就得搞清自己的位置。我说得对吧，弟弟？"他转身问道。

"对，对。"弟弟像往常一样表示赞同。

在中国，消息的传播速度比最快的信使还要快，显然，"保密"是一个陌生的概念。第二天午前，哪怕天气仍然恶劣，几乎全村人都知道永福娶了一位法国妻子，还成了一名基督徒。论人性，全世界都是一样的。他们的邻居第一时间赶来，别人哭他们也跟着哭，别人笑他们也跟着笑，但最重要的是，他们都想看看永福一家如何应对这一切。

加拉哈德的伯母显然对这件事感到很高兴。"我觉得年轻人挑选自己的伴侣没什么不好的。"她对那些充满好奇的女人说。

"你怎么尽是些奇怪的想法。"她们笑着说。

伯母督促着家人在春天建造新的房屋,并亲自把房子打造得既美观又舒适。她不断重复着她从侄子送给她的一本书里学到的一句话:"己所不欲,勿施于人。"她不知道这是一条黄金定律,但她记得当年自己坐在封闭的轿子里,前往未来丈夫所在村庄时的恐惧。她还记得人们对她舒适与否漠不关心,对她的感受毫不体谅,以及丈夫母亲对她的严厉管教。于是她下定决心,要尽可能让这个新儿媳享受到她当时想要却没能得到的东西。

她哥哥的妻子有一个小丫鬟,是她哥哥从北京带回来的。哥哥把小丫鬟买下来时她还是个十一岁的小孩子,她的父亲是个大烟鬼,由于鸦片价格飞涨,他不得不卖掉孩子,以换取钱财。

小丫鬟的脾气本来就不好,在这个家待的时间越长,她就变得越暴躁、越难管教。他们曾多次劝说永福的伯母把这个女孩买走。她没有女儿,本想收养这个孩子,但又觉得自己没这个经济能力。

她不是因为女孩的性格而犹豫,她知道丫鬟的女主人脾气不好。她到哥哥家做客时,曾亲眼看见嫂子对女孩肆意打骂,对方稍有不慎就是一顿毒打,还用最恶毒的语言威胁她。有一次,她听到嫂子说:"把你嘴巴放干净点,不然我就割了你的舌头。"还有一次,"你再那样看我,我就把你的眼珠子挖出来"。她看到女孩被揍、被扇耳光、被揪头发、被拧手指,种种残暴的行为让她感到无比痛心。她曾向嫂子提出抗议,却被告知不要多管闲事。丫鬟跑来向她诉苦，向她展示自己伤痕累累的身体。"您把我买下带走吧。"她苦苦哀求，"我一定会好好听您的话。"

当她哥哥听说新儿媳妇的消息时，他提议说，也许那个"大洋鬼子"可以管管这个"北京小鬼"。一想到这儿他心里就痒痒的，忍不住为自己的机智放声大笑起来，冲动之下就提出象征性地收点钱把丫鬟卖掉。伯母已经考虑这件事有一段时间了，但为了避免显得太急切，她假装不情愿地同意让丫鬟在自己身边试一个月。她认为，试用期会让丫鬟努力取悦她，这样一来也就更容易让丫鬟接受她打算给予的训练。她的丈夫一如既往地反对她的计划。但由于她是用自己的嫁妆钱买下的这个丫鬟，所以他也不好阻拦。不过，对于她为永福妻子创造一个幸福归宿所做出的努力，他丝毫不掩饰自己的厌恶。

"你这纯粹是在这个外国人面前出丑，你指望我也向她磕头吗？"他轻蔑地问。

"我从未见过你认可女人的优点，也未见过你善待她们，我想现在指望你这么做已经太晚了。"

好在永福的父母都是性情温和的人，虽然很担心儿子的莽撞会在村里掀起轩然大波，但他们对他和他的新娘并无恶意。既然事已至此，那就只能接受了。虽然离他们的期望相去甚远，但他们也只能顺其自然，希望能有个好结果。

第十六章
到达

　　加拉哈德从麦克格雷戈那里得知劳工旅要返回中国的消息后，立即给家里写了信。一到青岛，他就立刻寄出另一封信，信中说明了抵达的大致日期，因此家里人一直在等着。巧的是，加拉哈德在芝罘的街上遇到了一个同乡，这个人比他们早一天动身回家，所以他不仅把确切消息直接传给了永福家，还传给了叶岸村的每一个人。听到消息的人当下就决定，无论到时他们有多忙，都要第一时间赶到现场。他们也确实说到做到了。

　　叶岸村，顾名思义，是一个坐落在河流沿岸的村庄。一排排柳树和杨树沿着低矮的河堤生长，所有树木都顺着盛行风向东弯曲，姿态就像芭蕾舞演员一样。许多柳枝都被无情砍掉当作柴火，树顶上的断枝看起来像是插在高杆上的脑袋。黄昏的暮色更是增添了这种错觉。

　　夏季的洪水穿过山脉开辟出一片山谷，几近干涸的河床高低不平，布满了鹅卵石。主干道沿着河床贯穿南北。山谷两侧的山丘像梯田般层层叠叠，有如皱巴巴的纸。到了春天，山丘上绿意盎然，到了收麦子季节则金光灿灿，到了七月就会变成翻耕后的土褐色。西北方向矗立着一堵花岗岩墙，顶部高矮不齐，两侧在雨水冲刷后像新铸造的银子一样闪闪发光，而到了傍晚时分又会蒙上一层绿色的薄雾。条条支流从河床向两侧的山谷蜿蜒而去，在山坳里还隐藏着一些村落，村民们在不甚肥沃的山地上艰难地维持生计。

叶岸村就坐落在比河道略高的狭长地带上，位于河道与西边的山丘之间。村子里较宽的街道向东延伸，从山脚下较高的地方逐级而下，一直蜿蜒至河边。在雨季，这些街道也会成为河道的支流。

尽管没有文字记载，但叶岸村有着悠久的历史。十九代村民一直居住在这块狭窄的台地上。在人们还未砍伐山上的树木之前，这条河一定是一条水势浩大的河流。和大多数山东村民一样，这里的村民也来自遥远的云南。明朝时期的一场血腥叛乱，加上随后爆发的瘟疫，使得该地区人口锐减，不得不从外地引入新的人口，安置在这些山丘之间。人们笑称，裂开的小脚指甲正是他们身份的象征。

村民都是吃苦耐劳的人，大部分是农民，他们的土地就在附近的山上。以前为了相互保护，他们把房子修建在一起，但现在更多是出于习惯。村子里没有商铺，小贩和三英里外的集市为他们提供无法从土地获得的物资。养蚕大大增加了他们本来微薄的收入，他们用桑叶和橡树叶喂养蚕。然而，经营丝绸厂的却是来自更西部的资本家。丝绸的成本极高，每解开一个蚕茧就会牺牲一只飞蛾。桑树粗糙扭曲的树干也表明，它们牺牲了自己的容貌来为他人增添美丽，就像衣衫褴褛的老太婆牺牲了青春和美貌换来儿女的丝绸衣服。

叶岸村的房屋大多是用茅草盖的，偶尔出现的瓦片屋顶则是富裕的象征。简陋的石墙通常由泥土砌成，这使得少数富人家的大理石门面和大理石门槛更为引人注目。在这些大理石上，石匠们充分发挥精湛的技艺，在切割精细的石块上雕刻出圆圈、桃子、葫芦，甚至还有瓶子和茶壶。在房屋之间有一块专门种植葱或韭菜的菜地，周围砌着一堵矮墙，墙顶上种着粉红色的荆棘丛。骡子和牛被拴在街边，许多满身泥土和汗水的农民把头靠在石台上午睡。

就在正午前，轿子翻过了村子北面的山顶。这一幕没能逃过人们的眼睛。消息迅速在邻里间传开，传遍了每家每户，传遍了大街小巷。

女人们开始朝轿子必须经过的街道跑去，裹着的小脚使得她们的步态不同寻常。衣衫不整的小孩跟在后面。年轻人放下手中的活儿，匆匆向河边跑去，以便先睹为快。大家都满怀期待，欢声笑语，一片祥和。他们既不是来欢迎，也不是来嘲笑，既不仇视也不友好，只是出于纯粹的好奇，并无冒犯之意。但对于他们好奇的对象来说，这可一点也不好受。

加拉哈德走在最前面，他踩着踏脚石轻松地过了小河。轿子紧随其后。当他们一拐进大街，男女老少蜂拥而至，让娜一时也搞不清自己是参与了胜利游行，还是坐在了灵车上。她的丈夫亲切自然地和大伙儿打招呼。永福一直深受村民的喜爱，很多人都向他表达了良好的祝愿。

让娜实在不知道该往哪儿看好。无论走到哪里，都会有黑色的眼睛直勾勾地盯着她。妇女和姑娘们都伸长了脖子往轿子里头张望，时不时还窜出一个小男孩跑到前面想再看一眼。她感到手足无措，不知该对这些好奇的人微笑，还是视而不见。虽然身处在人群之中，但她感到前所未有的孤独。尽管有些困难，但她还是试着露出微笑，而这似乎是成功了，因为一个女人看到了她的笑容后，对她回以微笑。当她的轿子经过时，让娜听到她们开心地说："她在笑。"这让她感到了不少安慰。

当他们在她未来的家门前停下来时，看热闹的人热心地帮忙把轿子从骡子背上抬下来。加拉哈德扶着她从轿子里走出来，然后转身面向一个从家门里走出来的男人。让娜看到这个男人和她的丈夫长得有点像，便知道那一定是丈夫的父亲。两人之间的问候非常得体。没有握手，当然也没有亲吻。

"你回来啦。"男人说道。

"是的，回来了。"回答很简洁。

然而，老人却激动得浑身颤抖，为了掩饰自己的情绪，

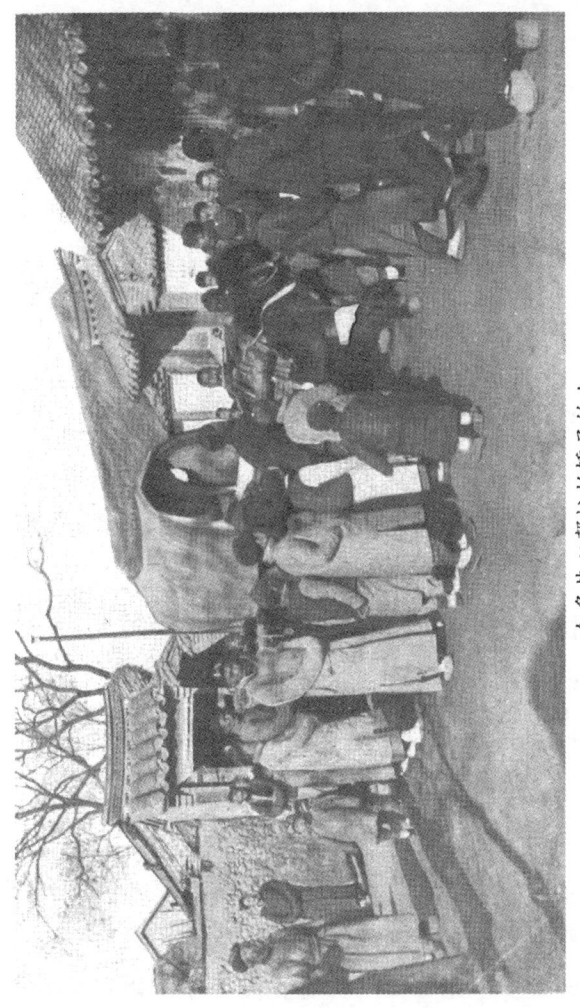

众多热心帮忙抬轿子的人

他狠狠地打了一下身边的小狗,因为它丝毫不掩饰自己的感情,正用全身的力量和高亢的声音迎接它年轻的主人。

让娜在加拉哈德的陪同下走向她的公公,并向他伸出了手。神奇的是,他握住了她的手,但又不知道接下来该怎么办好,只好微笑着把它放下,神情中带着几分尴尬。

很多人在照看他们的行李,于是加拉哈德立刻带着新娘穿过大门,绕到挡着街上视线的砖砌屏风后面,他的母亲就站在屋外的台阶上。她是个体弱多病的女人,面容憔悴,脸色苍白。她日渐稀疏的黑发紧紧地从额头向后梳,在后脑勺处扎成一个简单的发髻。她穿着深蓝色的棉布衣,极其朴素。这件宽大的外衣有两个飘逸的袖子,衣服长度刚好及膝,盖过底下宽松的裤子。让娜注意到她纤细的脚踝上缠着白色的布条,向下逐渐变成小小的裹足,让娜不禁打了个寒战。

加拉哈德走在让娜前面,他握住母亲的手,柔声问道:"娘,您还好吗?"

"好,好,稷儿。"她回答道,用的是他的昵称。

当让娜把目光从那双吸引她注意的脚上移开时,她发现加拉哈德母亲的目光正越过他的肩膀打量着她。

"娘,这是我的妻子,真安。"母亲没有注意到他没有用"儿媳"这个词,因为让娜走上前来,突然在这位爱整洁的小妇人脸上亲了一下,这把她吓了一跳,赶紧用袖子擦了擦脸。她没有回礼,为了避免进一步的亲密举动,她走到门边说:"来,快进来,你们一定饿了吧。"然后抬起下巴指了指让娜，略带怀疑地问："她能吃中国菜吗？"

"我们感恩家里的美味佳肴。"加拉哈德说着，发现屋内有一张笑脸，不禁大喊道，"哎，这不是伯母吗？"

伯母一直坐在砖灶前，用松树枝给火添柴，她闻声站起来，高兴地走上前。不等介绍，她就握住了让娜的双手说："你能来真是太好了。"她没有亲吻让娜，而是亲切地拍了拍她的肩膀。让娜感受到除了丈夫以外，还有人对她的到来感到高兴，这是她第一次感受到欢迎。

永福把两个妹妹和一个弟弟逐一介绍给他们的嫂子。两个妹妹分别是十六岁和十九岁，容貌清秀，刘海垂在前额，两边耳朵上方各挂着一缕短发，后面的辫子上缠着一股鲜艳的纱线。她们穿着花外衣和蓝裤子，在让娜看来十分吸引人，但她们的脚比她们母亲的还小，这让她心头一颤。她喜欢她们乖巧端庄的外表和举止，她们对她也充满了好奇。

"现在就差见到我伯父了。"永福说，"我希望你不会介意他的无礼。我想他这会儿应该在学堂吧。"

尧家大院与山东农村其他上等宅院别无二致。它原本由三排朝南的单层房屋组成，各排之间是庭院。所有房子都是同样大小，宽约十二英尺，结构也大致相似。每排中间有个大厅，前后各有一扇门。第一排房子有厨房，大厅两侧的房间用作卧室；后面两排房子则用作粮仓和仓库。

地板是夯实的泥土，有些地方凹凸不平，部分隔墙也是由未抹灰的泥砖砌成。房椽暴露在外，上面落满了灰尘，挂满了蜘蛛网，炉灶的烟把房梁熏得发黑。让娜尚未有机会仔细观察这所房子，但她瞥了几眼两边的房间。房间都十分狭小，除了一张宽大的炕，其余什么也没有。

第二个院子里有一个牲口棚。一头牛、一头驴和一头骡子正在吃饲料槽里的草，似乎对这个陌生人并不感兴趣。然而，一只大鹅注意到了她的到来，并对她表示不满。它大声嘎嘎叫着，低下头准备攻击这位新来的人。永福迅速抓住大鹅的脖子，把它关进了鹅圈里。院子的一角有一个石砌的猪圈，里面住着一头胖乎乎的黑母猪和四只小猪崽，它们可以在院子里自由活动。还有鸭子、狗和母鸡，可以预见清晨院子里将会奏响美妙的旋律。

加拉哈德的弟弟带着他们来到最后一个院子。这个院子比其他院子稍宽一些，他们的新住处建在一侧，由两间单层的房间组成，但比旧房子要高一些。屋顶覆盖着瓦片，在未上漆的抛光木头上，铺了一层编织的柳条来支撑瓦顶，衬得天花板非常美观。地板是用方砖铺成的，墙壁则用新的熟石灰刷成了白色。

主屋像一间书房或客房。后墙有一个狭长的餐具柜，上面雅致地摆放着一对花瓶、一个带底座的奇形怪状的地质标本，以及一套漂亮的茶具。墙上挂着稀有的书法卷轴和田园风光画。所有家装一目了然，让娜还注意到窗户上贴着白色的薄纸，虽然很适合六月的天气，但对于一月的天气来说就太单薄了。餐具柜前摆着一张大方桌，上面涂着漂亮的清漆，还有一对与之相配的硬椅子。

卧室大约有主屋的一半大，里面有一个衣柜和一个箱子，和桌子一样也是由暗红色木头制成的，还有一张炕。炕下有一个冬天可以生火的地方，床上铺着一张编织细密的草席和一张印着精美蝴蝶图案的毛毯。床头有两个绣有鸳鸯图案的方枕，寓意着夫妻间的忠贞，床尾则叠放着颜色艳丽的被子。伯母还在墙上贴了一些色彩鲜艳的图画，这在她看来十分适合新婚夫妻。

"我猜这一定出自我伯母之手。"加拉哈德说。

虽然这不太像家，但它无疑展示了一个女人的好手艺，也明确地向让娜表明，她想让这位新人感到舒适和快乐。让娜一开始就被伯母的热情所打动，这些陈列所表现出的友好更是加深了她对伯母的好印象。

他们没有和家人一起吃饭，而是盘腿坐在炕上的小桌旁。加拉哈德的弟弟是一个相貌英俊的十五岁男孩，他为他们端来了伯母准备的美味饭菜。家里没有叉子，让娜不得不用筷子和手指吃饭。在一阵阵欢笑声和一连串小插曲中，她终于将食物送进了嘴里，并宣布总有一天她会掌握用筷子这门技巧。

"我猜你们家不用筷子。"她的丈夫开玩笑地说，让娜想起自己也曾用类似的话调侃过丈夫家没有亲吻的习惯。

他们吃完饭后，一只小鸟开始在窗外唱起歌来。"哎呀，是云雀先生！"让娜叫道。

加拉哈德打开格子窗，看见一只笼子挂在樱桃树上，这只笼子和他们俩曾经拥有的那只一模一样。让娜疑惑地看着丈夫。

"这一定是弟弟的。"他说。

他们沉默了一会儿,聆听着云雀的歌声。不知不觉,他们的手握在了一起。

"你觉得我们的云雀在法国过得开心吗?"加拉哈德若有所思地问。

"我想它们一定很开心,因为它们彼此相伴。"让娜回答道。

他从窗前转过身来,低头看着妻子,然后弯下腰来亲吻了她。这时一个轻微的声响传来,他们转过身,发现回来取盘子的弟弟正目瞪口呆地望着他们。

"弟弟,你有一个很棒的歌唱家。"加拉哈德说。

"呃?什么?"年轻人说,试图摆脱刚刚看到的画面。

"我说,你有一只很棒的鸟儿。"

"很高兴你能这么想。"弟弟的脸红到了脖子,他飞一般地离开了。

"亲爱的,你也看到了,我们家的人不习惯亲吻。"加拉哈德说。

"你觉得他们会学着这么做吗?"他的妻子问。

"除非他们有幸娶到法国妻子。"他回答道。

整个下午,或者说是漫长的午睡后剩下的时间,他们都在整理行李,其中有为家中每个人准备的礼物。到了晚上他们安顿下来,这才有了家的感觉。

之前在介绍家庭成员时,他们并没有介绍丫鬟。现在伯母把她带进来,让她为让娜和永福端茶送水。让娜注意到丫鬟并没有裹脚,永福立刻明白了她的身份。让娜回想起在门口曾看到她粗鲁地推开一个她认为靠得太近的男孩,还向另一个显然骂了下流话的人做鬼脸。

伯母告诉他们,她是为了让娜才买下这个孩子,永福听后表情十分复杂。然而伯母并没有注意到他的困惑,而是滔滔不绝地讲起了丫鬟的来历。虽然丫鬟也在场,但并不妨碍伯母谈论起她以及她前主人的脾气。

让娜自然听不懂所有的对话,但她已经听懂了大概,她对这个女孩感到非常同情。她伸出手,把丫鬟拉到自己身边,问道:"我该怎么称呼你呢?"

"丫鬟。"她回答。

"我知道,但你的真名叫什么?"

"我从来没有名字,他们只管我叫丫鬟。"

"从来没有名字!那你想不想让我给你取一个名字?"让娜微笑着问她。

"太太,您真是太善良了!"女孩哭了起来,她扑通一声跪在让娜脚边,向她磕头。

这一举动使让娜感到一阵奇怪的剧痛,她于心不忍,赶紧把这个小可怜扶起来,并在她的额头上吻了一下。女孩紧紧抓住让娜的手,看着伯母。伯母笑着问道:"现在你愿意服侍她了吗?"

"我愿意服侍你们俩。"左右为难的女孩最后回答道。伯母吩咐丫头把茶端出去后,自己也很快跟了出去,在门外守着让娜。让娜并不知道有多少人出于好奇而突然登门拜访，希望能再近距离地看看这个外国人，而伯母以她旅途劳累，需要休息为由，成功阻止了他们的打扰。

"我得去找我伯父。"永福说，"他这会儿应该已经下课了。"

"不必麻烦了。"一个严厉但不失温和的声音说道。

加拉哈德猛地直起身子，恭恭敬敬地站到一旁。他的伯父走进来，坐在了永福空出来的椅子上。他环顾了一下房间，没有继续说话。加拉哈德等了一会儿。

"伯父，这位是我的妻子。"加拉哈德轻声说道，指了指坐在窗边炕上的让娜。让娜本想从炕上下来，但不知道该怎么做才能表现得优雅。

尧鸿泰慢悠悠地转过头来，像打量一件家具一样看着她。他没有起身，也没有微笑。他张了张嘴，似乎想说点什么，但又闭上了。他只是严肃地点了点头，长长地"嗯"了一声，然后转向他的侄子说："既然你已经看够了你想看的外国人和他们的习俗，想必很高兴再次回到文明的国度吧。"

"我很高兴能再次回家。"加拉哈德回答说，他的脸微微红了一下，咽回了快到嘴边的反驳。

"是啊，到处走走，去看看其他国家，倒也不成问题。但游子最终都得回到中国，因为这里才是最好的。"老人接着说道。

他填满烟斗，继续大肆谈论他最喜欢的话题——中国的优越性。加拉哈德仍然毕恭毕敬地站在那里,如同站在老师面前的学生,任由对方继续说下去。他没有心情争论,即使有,他也意识到这位老人的思想已经封闭到无可救药,对事实充耳不闻,自己精心书写的信件没有给他留下任何印象。伯父只相信中国的教育是最有深度的,中国的家庭是最模范的,中国的文明是最完美的,无论多少事实都无法让他改变自己的信念。

老人抽着烟,一语不发地坐了一会儿。抽完烟后,他用烟斗敲了敲鞋子,把烟灰磕在地上,然后起身准备离去。从最初的点头之后,他再也没有朝让娜的方向看过一眼。他完全无视她的存在,就好像她不在房间里一样。他现在也没有看向她。他说了一句"我回家吃点东西"后,便穿过客厅,走向了院子。

加拉哈德礼貌地送伯父到门口,待他回来时,让娜正坐在窗边往外看。她的脸转向一边,他看不见她的表情。

"我希望你不要把我伯父的无礼放在心上。"他说。

"他是不是不喜欢我?"她问。

"他并不是针对你,他只是不喜欢中国人之外的人。"

"真希望我有办法让你的家人都喜欢我。"

"他们会喜欢你的,只不过伯父将会是最后一个屈服的人。家里倒是有几个人比他热情多了。"

正说着,迎春和杏花两姐妹穿过院子,怯生生地在门口停下了脚步。

"进来吧,"永福喊道,"你们嫂子有东西要给你们看。"

然后转向妻子:"姑娘们看到你的漂亮饰物,一定会很高兴的。"

加拉哈德走了出去,留下让娜展示她的漂亮饰品。虽然不是什么了不起的东西,但却能引起女性的共同兴趣。对于这两个从未离家超过五英里的农村女孩来说,这些东西给她们带来了极大的新鲜感。

加拉哈德回来的时候,看到让娜坐在椅子上,头发披散在肩膀。女孩们正在梳理她栗色的卷发,三个人都以女孩特有的方式咯咯地笑个不停。

"看来这里不欢迎我呢。"永福探头进来说。

"她们想看看我是怎么盘头发的,所以我就让她们把发夹取下来了。"让娜回答道。

"既然发型是今天的主题,那我就去找弟弟,在晚饭前把他的辫子剪掉。"

第十七章
做衣裳

天还没亮让娜就被屋后传来的悠长但诡异的号角声吵醒了。

"那是什么声音?"她叫醒丈夫问道。

"我什么也没听见。"他睡眼惺忪地回答。

"天呐,那声音能把死人唤醒,太可怕了,简直令人毛骨悚然。你听,又来了。"她颤抖着低声说。

"哦,那只是村里的牧童在叫唤牛群,带它们出去放牧。"他安慰她说。

夜晚很暖和,窗格一直敞开着。她丈夫均匀的呼吸声告诉她,他又睡着了,但她却辗转难眠。透过窗户,她可以看到柔和的月光洒在白色的泥墙上,还有摇曳的树影。这一切看起来多么怪异啊!号角声引起的紧张感还没有完全消失,她不禁打了个寒战。前方还有许多奇怪的事,也许有些并不愉快,但她不会退缩,哪怕在思想上也不会。

她将以冒险精神去迎接一切。

在寂静的黑暗中,她的头脑变得无比清晰,她迅速简单勾勒出自己未来生活方式的轮廓。她要学着喜欢这些人,要与他们一起生活,不带任何优越感。她要适应他们,学习他们的生活方式,努力寻找一切美好的事物。

这并不是一个期望用新文明取代古老文明的计划,也不是一场希望颠覆世界的改革,但对于一个嫁入中国家庭的年轻女人来说,这是一个非常明智的开端。这个家庭对于儿子娶了外国媳妇这一命运虽没有完全排斥,但仍然心存疑虑。

当黎明的第一缕曙光洒向大地时,四面八方的狗叫声开始此起彼伏。她能听到附近磨坊吱吱嘎嘎的声音,以及早起磨高粱的女人赶着驴子不断前行的尖锐叫声。同样响起的还有男人们的喊叫声,学童们高亢的读书声。

让娜本就习惯乡村生活,早起对她而言并不是什么负担。她以前就不喜欢自来水和瓷浴缸,如今没有了这些东西她也不会感到焦虑和不便。

打扫他们简陋的屋子并不是一件费力的事,也花不了多少时间,因为既不用清扫地毯,也不用擦洗玻璃窗,把被子叠起来就算铺好了床。她能找到的只有一把短柄扫帚和一个鸡毛掸子,她用这两样工具清除灰尘,很快就把屋内的一切都打扫得干干净净,从中国人的角度看也称得上一尘不染。做完这些后,让娜开始出屋去征服"新的世界"。

如果说婆婆期望自己的儿媳是一个端坐在垫子上、细心缝制出精美衣物的淑女,那让娜肯定很得婆婆心意。

加拉哈德身穿中式服装,一套素净的白色棉布衣裳,外加一件深蓝色的短外套,这也成了他后来一贯的穿着。他也有适合他乡绅身份的丝绸和缎子,但华美的衣服对他来说意义不大,他也很少穿。加拉哈德起床后不久就出门了,让娜也紧随其后。她来到第一排房屋的厨房里,发现女人们正忙着准备早饭。

其中一个女孩正在添柴。添柴就像喂婴儿一样,是一件需要花费心思的苦活。女孩们对她露出了灿烂的笑容:"姐姐,你起床了吗?"她学会了这句话,并用它来问候婆婆。

"我能帮忙吗?让我做点什么吧。要不,让我来烧火吧。"杏花让出了方形泥砖炉灶前的位置,炉顶上是一个薄铁制成的水壶。炉前有一个方洞,可以把干松树枝插进去,让火苗更靠近水壶。要想看火烧得旺不旺,就必须蹲下来或盘腿坐在地上。让娜很快就发现这并不是件容易的事,她的膝盖疼得要命。此外,她的裙子也十分碍事,就像她从炕头爬上爬下时一样。

由于缺乏经验,火焰有时会熄灭,然后炉子开始冒烟,熏得她眼睛刺痛。有时她柴添多了,炉火开始熊熊燃烧,差点儿把烟囱也点燃了。要是换作中国媳妇,准会因为粗心大意或挥霍无度而挨骂。但话又说回来,如果是土生土长的中国新娘,在做中国家务活时就不会这么生疏了。

姑娘们笑话她，让娜也笑了。母亲看着让娜努力融入家庭生活，内心暗暗感到高兴，并没有想过要责备她。母亲不是一个喜怒形于色的人，但她对儿子的妻子似乎少了许多冷漠，对于未来的婆媳关系也少了很多担忧。还有一件事也对她态度的转变起到了重要作用。

头几个星期，让娜的访客络绎不绝。客人们从叶岸村和南村，甚至更远的地方赶来，有的成群结队，有的独自上门，只为一睹这位外国儿媳的风采。其中一位森太太被伯母带到了让娜的房间。

让娜注意到永福的母亲对这位太太十分尊重，从她考究的衣裳、精美的烟斗和烟袋判断，她一定是位家境殷实的朋友。她年约五十，身材高大，面容虽不和善，却透着精明。让娜并不喜欢她。森太太有着农村妇女少有的从容和自信，她干脆利落的态度表明，她习惯了与陌生人打交道。她大大方方地走上前来，握住让娜的双手，礼貌地询问让娜的健康状况。在这位年长女性的审视下，让娜的目光不由自主地黯淡下来，她费了很大功夫才克制住因被触摸而颤抖的身体。让娜快速地抽回自己的手，不顾森太太轻微的抗议，温柔地把她领到桌子右边的贵宾席位。伯母坐在另一边座位上，让娜和婆婆则坐在靠近门口的凳子上。杏花和桃花（桃花是让娜给丫鬟取的名字）忙着为客人准备茶水和糕点。

几人的谈话轻松且有趣，让娜的厌恶感很快就消失了。突然，森太太开始从头到脚剧烈地颤抖起来，她压低声音说:"他来了,他来了。"

"谁来了?"让娜疑惑地问。

"狐仙。"森太太回答道,她的声音渐渐低了下去,眼睛变得呆滞无神。

刚刚倒好茶的小丫鬟敬畏地说:"狐仙上她的身了。"伯母示意她保持安静。

让娜起身去扶森太太,但伯母警告说:"别碰她,等等。"

受惊的女人眼睛向上翻,只剩下眼白,身体变得僵硬。从她胸腔深处传来一个低沉的男性声音,缓缓说道:"我来也。"停顿片刻后,她的手臂抽搐着猛然抬起,直到与肩膀齐平,环绕一圈后指着让娜的方向,声音再次响起:"福祸由人。敬重此女者得福,不敬者则遭祸。"

说完她的手臂无力地垂到身侧,身体也放松下来,头耷拉在胸前,呼吸沉重地睡了过去。伯母嘴里发出一声叹息。几分钟后,大家依旧一动不动。这时森太太睁开眼睛,抬起头,环顾了一圈周围的人,仿佛什么事都没发生过一样。她连忙站起身来,拍了拍衣服,说她得走了。

"不喝茶了吗?"永福母亲紧张地问。

"谢谢。"那位奇怪的女人回答道,但没有接过茶杯。

她们陪她向大门走去,她却说不必送了,回去忙自己的事吧。在她的敦促下,她们一个个停下了脚步,最后只剩伯母同她告别。她们没有看到伯母把一卷铜钱塞到森太太手里,也没有注意到伯母瞥向永福母亲那张严肃的脸时眼里闪烁的光芒。

"那个女人是什么人?"她走后,让娜问道。

"那是南村的神婆,她能治好各种疾病。"杏花回答道。

"神婆!"让娜不安地说,"她指向我的时候说了我什么?我完全听不懂。"

"她说你将为我们所有人带来福气。"伯母回答道,她和蔼地拍了拍让娜,同时看向永福的母亲。

"那真是太好了!"让娜喃喃自语,"我希望她说的是真的。"

让娜很快就掌握了家中的日常事务。女人们似乎有很多活要干,磨面、做饭、洗衣、缝纫。此时正值麦收时节,加拉哈德从早到晚都在田里和打谷场上忙碌。他已经有三年没有做过繁重的体力活了,晚饭还没吃完,他就已经打起了瞌睡。

在收割的日子里,每日的晚饭是让娜和他一起吃的唯一一顿饭,这远不如人意。头两日,当杏花把早饭端到他们面前时,加拉哈德和他的父亲及雇工已经干了三个小时的苦活。他们高兴地在空地上坐下来,吃点粗茶淡饭,休息一会儿,再继续投入到割麦和捆麦的重活中。杏花坐在一边等着空碗和热水壶,小狗则躺在有红薯藤遮挡的凉爽犁沟里,或在附近田地里的土坟间追逐小鸟。

第三天,让娜陪着小姑子去送午饭。他们的收割工作即将结束,其他人已经开始打谷了。整个乡村都在专心致志地干着同一件事。在阳光明媚的打谷场上,女人们用木叉翻动着麦穗。就连孩子们也来帮忙，赶着嗒嗒作响的驴子往返于家和打谷场之间。

没有驴子的穷苦男人则赤裸上身，稳稳地挥舞着连枷。其他人则赶着驴子或骡子一圈又一圈地拖着石碾子，在割下的麦穗上滚来滚去。女人们有的清扫分离出来的谷粒，有的用芦苇簸箕簸谷。

这是一年中除秋季以外最繁忙的日子（秋天收割完豆子后就得赶紧种冬小麦），这几天的成败决定了接下来一整年的收成。如果小麦收成不好，那这一年就不好过。哪怕真正的主食红薯供应充足，也无法弥补歉收。每个人都在忙，每个人都知道自己在忙，每个人都想告诉别人自己有多忙，这种忙碌象征着繁荣。

在尧家，没有让娜熟悉的家庭生活——没有家庭聚餐，没有夜灯下的阅读，没有家庭祈祷，没有全家出游。她和加拉哈德一起吃饭，但这只是丈夫对她的迁就，并不是惯例。通常在家里是男人和男孩先吃饭，然后才轮到妇女和女孩。

在这个有两百多户人家的村子里，没有真正意义上的社交活动。虽然这里有很多年轻人，但没有男女同席的聚会，没有召唤人们聚在一起做礼拜的教堂钟声。诚然，亲戚们偶尔会来拜访一天，但这些活动都被既定的礼节搞得生硬呆板，结束后大家反倒都松了一口气。有些家庭偶尔会举行宴会，但只有男性才被邀请。婚礼和葬礼打破了单调的生活，给人们带来一丝情绪的起伏。有一次，走南闯北的戏班子还进行了戏剧表演,这是专门献给当地某位神灵的演出,男女老少皆可欣赏。

尧家是教书世家,非常注重家族在村子里的地位,他们过着相当隐居的生活。正如母亲所说:"我可不希望每次听到狗叫或孩子哭,咱们家人就跑到街上去凑热闹。"因此,女人们很少走出家门,除非是轮到她们去磨坊干活,去小贩那里买点油,或者去河边洗衣服。

河岸边是年轻女性享有最多自由的地方。在阳光明媚的日子里,或在暴雨后涓涓流淌的小溪微微涨水时,经常可以看见十几个女孩和妇女端着装有衣服的铜盆出现在河岸边。她们或盘腿坐在草垫上,或跪在河边,用木棍在平坦的石块上敲打几件衣服。她们会在这里待上几个小时,一边洗衣服一边闲聊。

让娜和妹妹们来过好几次这个聚集点。在这里,她与其他人有了共同语言。姑娘和妇女们对她都非常友好,但她还是觉得自己身上的洋装太显眼了,她们总想看看她是怎么穿上这些衣服的。此外,她的裙子总是被水打湿。

于是她做了个决定。直接原因是,在去河边的路上,那些没见过裙子的家犬总是凶猛地朝她冲来。有一次六只狗把她围住了,她的处境极为危险,多亏了一位站在附近的男人大声呵斥出手相助,这才阻止了那些狗。他半带歉意地对陪同她的迎春说:"那些狗是看她穿的衣服很怪异才这样的。"

回到家后,让娜对妹妹们说:"我要做一件事,但你们

在河岸边

不能说出去。我想做几件和你们一样的衣服,你们能帮我吗?"

"你是说真的吗?"迎春问。

"当然是真的,我受够了被人指指点点、摸来摸去,受够了展示这些裙子如何扣上和解开,受够了街上的每只狗都对我狂叫不止。"

"噢,太好了,太好了!"杏花拍着手喊道,"我们要把你打扮得像个真正的新娘,一身的红色。"

让娜让她们保守秘密。接下来的几天里,不知道的还以为妇女们在密谋反抗行动,每当听到布贩子嗒嗒嗒地摇着拨浪鼓经过时,她们就冲到街上,仿佛有大事要办。

"你们几个在窃窃私语什么?"永福问。

"等着瞧吧。"妹妹打趣地说。

小妹非常想看让娜穿红色衣服,当让娜拒绝买大红色布料时,她差点就哭了。她一次又一次地拿起那块布料。"真好看啊。"她说。但让娜还是坚持己见,打算让自己变得不那么引人注目。让娜觉得穿上红色的衣服,自己就会像一只绯红的唐纳雀一样扎眼。

她们最终选择了更素雅的布料。一连几天,她们一有时间就开始缝缝剪剪。一天下午,四下无人的时候,让娜把她们藏好的重要衣裳拿回了自己房间。

换了衣裳的让娜仿佛是从魔法衣柜里走出来的年轻女子,整个人焕然一新。如果此时有外国人看到她,会觉得她是从童话故事中走出来的人物,彼得·潘可能是她的双胞胎弟弟。即使是最华丽的高级礼服，也无法比身上这套衣裳更能完美地衬托出她的魅力。

这身服装简单质朴。上身是一件蓝色短外套，肩膀和腋下用白色的盘花纽扣固定。下身是一条宽松的蓝色印花棉布长裤，裤子往下逐渐收窄，脚踝处系着一条正红色丝带。脚上穿着白色长袜和边缘绣有鲜艳中式编织带的黑色布鞋。让娜把头发分开，低低地扎在脖子后面。

她一走进院子，两姐妹就目不转睛地看着她。让娜不禁羞得面红耳赤，恨不得赶紧跑回去，免得被加拉哈德或她的公公看到。

女孩们的欢呼声引得伯母走了出来，她抱住让娜说："你看起来太可爱了！我去把我的发饰拿来。"

她从一扇通向让娜院子的窗户爬进自己的屋子，很快又以同样的方式回来，手里拿着满满的银饰和珐琅饰品。这些漂亮的挂饰对于中国女人来说，就像十个银币对于寓言中的女人[①]一样珍贵。

"我还把我的胭脂盒带来了。"伯母气喘吁吁地说，语气里充满了急切和渴望，"让我在你的嘴唇上涂一点，这样你看上去就会像个真正的中国人了。"

"我想这些饰品就够了。"让娜说着，轻轻推开了胭脂盒，把其中一件饰品递给伯母，"这件怎么戴？"

[①] 指《路加福音》(*Gospel of Luke*) 第 15 章关于妇人找钱的寓言故事。讲的是一个妇人有 10 枚银币，掉落了 1 枚，于是她点上灯，打扫屋子，直到找到它。——编者注

老妇人熟练地调整着别针,为了让妹妹们看到效果,她喊让娜转过身来,面对着她爬出来的窗户。突然,让娜发现窗内有一张男人的脸,她吓得大叫一声,迅速跑回自己的房间,不见了人影。

其他三人转过身来一看,原来是尧老先生。老先生一看自己被发现对这些女人的事感兴趣,不由得恼羞成怒,他大声质问道:"我的烟斗呢?"

"不是插在你领子后面吗?"他的妻子回答道。他羞愧地把烟斗掏出来。她接着说:"下次突然出现在别人面前时,至少要咳嗽一声。"

"我又没感冒。"他说着,从人们的视线中消失了。

她们花了好大功夫才把让娜从卧室里劝了出来。

"我还是别穿这身衣服了,这让我感觉自己就像个演员。"她说。

"什么,我们花了那么多时间做的衣服,你真的不穿了吗?"小妹悲伤地说。

"你看起来就跟我们一样。"迎春说。

"没错,但我知道我一见到男人还是会逃跑。"

就在她说话的时候,丈夫的声音从前面的院子传来:"让娜,在吗?过来一下。"

"现在不行。"她惊慌失措地说。

"快出去给他一个惊喜。"加拉哈德的伯母一边催促,一边把她推向门口。

"我做不到,请不要这样。"她不停抗议,但转眼便发现自己来到了院子里,身后的门也关上了。

"让娜,我有东西要给你看。"丈夫又叫道。

她不敢待在院子里,生怕伯父又会透过窗户瞪她,她快步走进了中间那排房子。那里的光线有些昏暗,加拉哈德在外面的院子背对着她,他蹲在一个大桶旁边,桶里有几条金鱼,眼睛圆鼓鼓的,尾巴像薄纱,十分有趣。听到她的脚步声后,他回头瞥了一眼,还以为来人是他的妹妹,便说:"我没叫你,我叫的是让娜。"

"可我就是让娜。"来人用法语缓缓地说。

他一下跳了起来,忘记了双手还在滴水,一把抱住她,开始无拘无束地跳起舞来。突然,他停下脚步,把她推到一臂远的地方说:"让娜,你真是太完美了。"

千言万语都无法表达他的感情。他冲进屋子,把挂在墙上的一把旧剑从剑鞘中抽出来,又跑到院子里。让娜急忙跟在后面,不知道他要做什么。

当她来到院子时,他摆出了一副他是王子,而她是公主的架势。假想中,她面临危险,他拔剑相助。敌人数量众多,但他一跃而起,落到敌人中间,开始猛砍猛刺,又挡又劈。进攻时他挥舞着利刃锐不可当,撤退时他依然顽强地战斗。即使被包围,他也能杀出一条血路,巧妙地绕过攻击,并将敌人一一击退。

头颅必须落地,更不用说胳膊和腿了。在这场可怕的战斗中,侥幸保命的被他逼得从伯父刚刚窥视的窗户里跳窗逃生,他将剑锋直指他们撤退的身影。然后,作为战场的胜利者,他在门口笑着朝偷看的妹妹们挥舞几下利剑,当着他公主的面重新摆出威风凛凛的姿态。

在妹妹们眼里,这不过是一场嬉戏打闹,但对让娜来说,这却是一次新的爱情宣言,是丈夫向她保证他会保护她不受任何人的伤害,无论是家人还是敌人。

他站到她面前,让娜的眼里闪烁着钦佩和爱意。她双手合十,再次用法语说道:"我的中国加拉哈德骑士。"

她的两个"同谋"和伯母开怀大笑,从门后探出头来问:"我们现在出来安全吗?"

"安全,"加拉哈德回答道,"而且我还会给你们每人两条金鱼作为奖励。"

第十八章
是妻还是妾

这位穿着中国服装的法国小妇人显然正在被中国的古老文明同化，这一文明总是能同化它的征服者，并按照自己的标准塑造他们。然而，这种同化只是表面上的。实际上，她虽然来到这个家只有两个多月，但她已经在许多细节上深深影响了这个家的方方面面。加拉哈德在法国也学到了很多东西，他和妻子二话不说对这里进行了大刀阔斧的改革。

他们改善了卫生条件，大大减少了苍蝇的数量。食品柜装上了纱门，窗户钉上了纱窗。让娜唯一讨厌的就是灰尘，除了把自己房间打扫得纤尘不染之外，她还向小姑子们传授了"从地窖到阁楼"的房屋清洁奥秘。虽然这座宅院并没有地窖和阁楼这两个落灰最多的空间，但此前能随处见到蜘蛛网和布满灰尘的横梁。这座宅院从来没有像现在这样整洁漂亮。

从中国人的角度来看，让娜的婆婆并非不擅长持家，但看到家务能在轻松又愉快的环境中完成，她不禁庆幸自己有这么一个勤劳的儿媳。她也没有忘记给观音菩萨多烧几炷香，以感谢菩萨的慈悲。

让娜经常和女孩们待在一块儿，她们发自内心地喜欢她，也对她无比崇拜。她们问让娜如何像她一样打理头发，她很高兴地向她们展示，告诉她们如果不再用亮油把头发抹平，她们的黑发将会变得多么美丽。没过多久，村里的其他女孩也开始纷纷效仿这种"来自巴黎"的新发型。

永福的伯父是家里唯一一个依旧端着态度的人。让娜常常在早上打扫门房时见到他，她始终恭敬地向他问好，哪怕他经常无视她的问候，只有很少时候才会用单音节词回应。有几次，他停了下来，欲言又止，想了想又走开了。

一天上午，她比往常晚来到门房。老先生正和一个年轻人沿着街道走来，直到他们在门前停下，她才注意到他们。当那个陌生人道别时，他转过身来看着让娜。她注意到他脸上有一道伤疤，眼神中带着一丝猥琐。一股怪异的厌恶感在她心头油然而生，那张脸有种说不出的熟悉，她忍不住张口询问没打招呼就从她身边走过的伯父。

"先生，请问刚刚那个人是谁？"

老先生转过身，往回走了几步。"那个人嘛，"他慢悠悠地说，"是永福妻子的哥哥。"

"永福的妻子？我不就是永福的妻子吗？"

"不，"老人继续无情地说，仿佛这番话已经在他心里排练了好几遍,"你只是他的妾。"

"妾?"让娜倒吸了一口气,"这是什么意思?他还有另一个妻子吗?"

"我的意思是,永福在认识你之前,就已经和这个姓李的小伙子的妹妹订婚了。"

"但他娶的是我。"女孩理直气壮地说。

老人竖起一根瘦骨嶙峋的手指,纠正她说:"不,对我们中国人来说,订婚和结婚一样具有约束力,不能解除。和李家的婚约是事先定好的,虽然婚礼还没有举行,但李家妹妹是真正的妻子,而你只是妾。"

消息来得如此突然,如此出乎意料,哪怕尧鸿泰一拳打向她额头,也不会比这件事更令她头晕目眩。她的朋友们曾劝她不要嫁给加拉哈德,此时这些忠告全都在她脑海里浮现。一股冰冷的恐惧攫住了她的心。难道加拉哈德欺骗了她?难道她不远万里来到中国,就为了成为家庭中的第二个妻子?她必须和另一个女人分享她的丈夫吗?莫非她要牺牲在一夫多妻制度的祭坛上?难道她不是加拉哈德的妻子、伴侣或配偶,而是属于这个家庭的人力财产,就像站在槽边的牲畜一样?这些念头让她两腿一软,眼前一黑,她扶着墙撑住自己,然后深深低吟一声,倒在了地上。

老先生走到砖墙另一边,大声呼唤他的妻子。她急匆匆地跑出来,用围裙擦了擦沾了面粉的手。他指了指在地上失去知觉的让娜说:"她晕倒了。"

"那你为什么不扶她起来?"妻子愤怒地问道。

"难道我还要碰她不成？"他傲慢地回答。

"又不会少你一块肉。你对这个可怜的孩子说了什么？"她怀疑地问，随着疑心越来越重，她继续指责道，"你对她说了李家的事，是不是？"

但她丈夫已经走了。她小心翼翼地扶起瘫软的让娜，在丫鬟桃花的帮助下，把让娜抱回了房间。

与此同时，李拙笨——正是之前调戏让娜的那个人——正在街上走着，在下一个街角被一位老同学拦住。"刚刚跟你一路的是那个老先生吗？"朋友问。

"是的，我刚去了趟学堂，然后跟他一起走回家。"李承认道。

"你是想让他把你介绍给他们家的法国儿媳吗？"对方打趣说。

"我不需要介绍。"

"你认识她？"

"何止，我还认识很多像她那样的女人。那种女人以前老在我们军营附近转悠。"

"不是吧！"

"是真的。"李继续说，听众的惊讶使他备受鼓舞，"法国女人被我们中国男人迷得神魂颠倒。你知道她们很多人在战争中失去了丈夫，所以她们巴不得在山东安个家。"

"那这个的长相和其他人比起来怎么样？"

"哦，也就一般般吧。做个妾倒是挺不错的。如果永福能养得起妾，我们也没什么好反对的。"

"妾？你的意思不会是他把她当二房了吧？"

"我不知道他是怎么想的，但我知道我的权利，我也知道我妹妹将要嫁给他。这是我们在法国的时候就定好了的。"

"哎呀，你瞧，李大哥，你就没想过，现在这个外国姑娘来了，那份婚约还能有效吗？"

"还能有效吗？那当然有效了。你以为李家会在全村人面前丢脸吗？要么他们把我妹妹带走，要么我就榨干他们的每一分钱。"他一边说着，一边狠狠地用手拍打另一边手心。

"你最好悠着点。"他的朋友提醒道，"我们现在生活在一个新时代，衙门对退亲不像以前那样严肃了。要是把升堂当儿戏，小心自食其果。"

"你相信我就成，我又不是个愣头青。"

"你当然不是。"李拙笨离开时，那人心想，"但是法国也没有让你变得更好。"

没过多久让娜就恢复了意识，她颤抖得非常厉害，哭得无法自控，伯母坚持让她立刻上床睡觉。不幸的是，加拉哈德去了芝罘，第二天才能回来。

整个下午，让娜都在不停地呜咽和哭泣，她拒绝进食，这让家里人感到非常不安，有人建议叫医生来。伯母明智地说："吃药对她不管用，她只是受了惊吓，等永福回来就好了。你们把她交给我吧。"

挤在小卧室里的人们离开后，让娜似乎松了一口气，但还是可怜巴巴地紧紧抱着伯母。好心的伯母什么也没问，而是试图转移让娜的注意力，安抚她，哄她吃一点自己做的菜。前两样暂时成功了，但当夜幕降临时，让娜几乎快要疯掉。她的思绪就好比手持鞭子的恶魔，将她鞭打至发狂。她高烧不退，紧张得浑身发抖。

她一整夜都没合眼，到了早上，她面容憔悴，脸色惨白，就好像经历了一场疾病的折磨。伯母整晚都陪着她，没有离开她超过几分钟。尽管伯母坐在床边的椅子上频繁打瞌睡，但为了在一定程度上弥补她丈夫的行为，这个中国女人所表现出的善良对这个法国女孩来说却是实实在在的安慰。

上午十点，加拉哈德回到了乡里。前一晚他到达客栈后，心里一直有种不祥的预感，总觉得家里出事了。但当时天色已晚，无法继续赶路，他便等到凌晨四点再启程。他在第一个院子遇到了母亲，她开门见山地说："她病倒了。"

"我知道。"

"你知道？谁告诉你的？"

"没有人告诉我，我就是知道。"

他没有停下来解释这种出现过不止一次的直觉。让娜听到他的脚步声后，坐起来迎接他。他一进门，她就伸开双臂，他立刻环抱住她，她把头靠在他的胸前，紧紧地抱着他。这个受伤的可怜人尚未确定自己的安危，便因压抑已久的情绪而不停颤抖，宛如一只被老鹰追逐而受惊的小鸟躲在灌木丛里喘息。

"我可怜的宝贝,现在没事了。"他抚摸着她的头发安慰道。

"哦,加拉哈德,你带我来中国不是为了这个吧?我那么爱你,你怎能让我与别人分享你?"

他以为她在抱怨他离开太久了。"我尽快赶回来了,亲爱的,我甚至没有在芝罘待上一整夜。如果这让你担惊受怕,那我不会再离开了。"

"不,不,不是那样。你告诉我,我到底是不是你的妻子,还是说我只是你的小妾?"

他像被什么击中一样猛地站了起来。"谁那么大胆子敢这么说?谁告诉你这样的谎言?"

她捕捉到了他眼中的光芒,这让她想起了那两个时刻:他为了她与四人殊死搏斗,以及他前一阵通过剑术表达对她的爱和忠诚。

"这么说这是个谎言了?"她问道。

"当然是谎言,一个肮脏的谎言。你怎么能这么想呢,让娜?"

"你伯父说你和一个姓李的姑娘订了婚,你很快就要娶她了。"

"我伯父?我猜就是他。他说我订婚了?这可是我头一次听说。听着,让娜,我离家出走去了法国,就是因为我伯父强迫我和那家的女孩结婚。我撕掉了他写的婚书,断然拒绝与此事有任何瓜葛。我以为这件事就此作罢了。对了，那天在桥边侮辱你的就是那女孩的哥哥。"

"我就知道我见过那张脸。"

"你是说他还有胆子来这里?"

"他昨天和你伯父一起走到门口，我看他觉得很面熟，就问伯父他是谁，然后伯父就告诉了我。但你伯父说，按照中国的法律，婚约是不能解除的，是这样的吗?"

"如果真是这样，那我就立刻带你离开这个家。上帝在让我重获新生的同时，把你也赐给了我。你对我来说比世上的一切都要珍贵，你怎么能怀疑我的爱呢?"

"我从未怀疑过，但中国的习俗对我来说是那么陌生，我不知道你是否会违背自己意愿成为牺牲品，我知道你对自己家族的忠诚，我以为——"

"你以为我会牺牲自己的妻子来维持家庭的和睦?你还记得我用汉语给你读的第一句话吗?"

"我不记得了。"

"我没忘记，那句话是：人要离开父母，与妻子连合。"

第十九章
法律

加拉哈德很明智,他给了自己一天时间来缓和他对伯父的愤怒,然后才去找这位肆意掌控他命运的人正面交锋。当他把话说完后,老先生意识到,这次自己面对的不再是一个任性的男孩,而是一个意志坚定的男人。暴跳如雷无济于事,苦苦哀求也毫无效果。他的侄子在这个问题上决不妥协。尧鸿泰的情绪越来越低落,而永福依然坚持己见。

"如果你要这样对我,还不如把刀架在我的脖子上,叫我死了算了,反正我再也无颜面对所有乡亲了。"

老先生面容憔悴,恳切地望着永福。他一贯的傲慢荡然无存,下巴颤抖着,双手摸索着烟袋和烟斗。永福注意到,在他去法国的三年里,他的伯父变得苍老了许多。

他对这位既是伯父也是养父的人产生了强烈的怜悯之情,他渴望找到一种能让伯父好受些的办法。这是老先生一生中少有的意志遭到挫败的时刻,是一次非常痛苦的经历。此外，老先生最看重的面子可能要丢光了。如果让村里人知道他的养子废黜了自己在尧家的领导地位，他十四年的威望将会丧失殆尽。他说自己宁愿死，这是他的真心话。

"您千万别这么说。"永福说，"现在解除婚约是常有的事，您也知道，即使我没有娶真安，我们也有充分的理由不和那家人联姻。既然是您做的安排，为何不把媒人叫来，告诉他们是您决定解除婚约呢？"

"什么？"老先生恢复了之前的火气，"你叫我毁约？你一定是忘记了我当年的教导。你想保全我的面子，却让我失去了信誉，你怎么敢叫我做这种事！如果真要毁约，那也是你，不是我，现在却要我蒙受耻辱。你竟然认为老天会觉得娶两个妻子比违背家族承诺更罪过，我实在无法理解。"

"您忘了，那不是我许下的承诺。"永福提醒道。

"我没忘记那是我的承诺。"老先生厉声反驳道。

加拉哈德一家很快就明白了李拙笨的意图。没到一个星期，两个狡猾的人就找上门来，要求见老先生。老先生的妻子把加拉哈德叫来，加拉哈德来到伯父的客厅会见了他们。

"两位先生从哪里来？"当他们起身时，他礼貌地问道。

"从南村来的，我们想和老先生谈点小事。"

加拉哈德仔细打量他们。这两个人的长相截然不同，回答他问题的人活像一只老山羊，他原本光滑的脸颊上长着两撮长长的灰胡子，下巴垂着一簇异常浓密的山羊胡。他的上唇很长，嘴角总是挂着一成不变的微笑，笑声干巴巴的，假笑时整张脸皱成一团。他常常和身边人说他是个天性善良的人。让大家情绪高昂是他的任务，何必这么严肃呢？笑就和哭一样容易。他从没遇到过解决不了的问题，只要保持心情愉快，好运自然会降临。

他的同伴身材更为壮实，脖子短粗，脑袋方方正正，圆脸上长着一双猪一样的小眼睛，瞳孔几乎看不见。短短的上唇里露出长长的黄牙，牙根已经腐烂，下排中间的牙齿不见了踪影。当他叽里咕噜地阐述他那与众不同的人生哲学时，其他牙齿也跟着咯咯作响。他也是个风流人物，但他在与人交谈时从不掺杂玩笑。沉默是他的长项，说话会妨碍他观察对方的一举一动。当决定性的时机来临时，他随时准备好冲上去，用他咯咯作响的獠牙撕咬对手。加拉哈德想，他们俩真是一对奇妙的组合，一个像萨蒂尔①，一个像野猪，却肩负着两个人类的婚姻命运。

"你肯定认识我，"前者轻笑着说，"我是替人解决问题的行家。方圆二十里的人遇到麻烦都会来找我帮忙。如果你杀了你的妻子，或干了类似的事，我就是你要找的人。"他一边说着，一边从嘴里取出长烟斗，用湿漉漉的烟嘴熟练地敲了敲加拉哈德的胸膛。这是他一个讨喜的小习惯。他的同伴像猪一样哼了一声，似乎在肯定他的玩笑话。

---

① 萨蒂尔（Satyr）是古希腊神话中半人半兽的森林之神，长有公羊角。——编者注

"伯父今天不在家，实在抱歉。"加拉哈德说，"想必您二位就是媒人，负责安排——"

"没错，这就是我们来的目的。李家希望快点把事情定下来，早点安排婚期。"

"就此问题，我可以代表伯父回答。请你们转告你们的朋友，我已娶有一妻，不可能再娶一个。"

"多一个妻子或少一个妻子又有什么关系呢？"那位乐观的人问道，"你总不会因为这个就悔婚吧？"

"据我所知，我们根本就没订过婚。"加拉哈德平静地说。

"但两家已经正式交换了婚书，你的彩礼也已送到了准新娘的手里。"

"这件事我近几日才听说。"

"那我们是否可以理解为，你要承担毁约的责任？如果是这样的话，我认为我们根本没必要见你伯父了。"

"我也认为没必要，一年前我就结婚了，这个问题也就到此为止了。"

"或许从你那边来看是到此为止了，"长着猪眼的媒人咕哝道，"但从我们这边看就未必如此了。"说完他们便起身要走。

"再坐会儿喝杯茶吧？"加拉哈德的伯母已经烧好了热水。

"不必了，我们不渴，先告辞了。"

加拉哈德把两人送到门口，回到房间后说："好了，这件棘手的事结束了。"

"这就结束了?"伯母问道,"你没听到那人最后说的话吗?"

"我当然听到了,我知道事情不会就此结束的,但目前为止进展还不错。今天我们相安无事,明天他们就会去县衙告我们,到时候我们必须以意志和智慧取胜。"

"永福,你似乎不太担心这件事。"

"既然我做的是正确的事,又何必担心呢?"

出于报复和贪婪的动机,李拙笨果然像加拉哈德预测的那样做了。县衙的传令官给加拉哈德送来了传票,让他就李广福提起的违反婚约诉讼作出回应。加拉哈德立即前往县衙,请求将案件延期半个月,以便他准备诉状和收集证据。县衙同意了这一请求。

被告当晚回到家,准备第二天一早启程。他对其他人说他要离开几天。只有让娜知道他要去哪里。邻居们还没睡醒,加拉哈德就上路了,十二天后他才再次出现,虽然脚步蹒跚,但精神奕奕。还有两天就要开庭了。

"加拉哈德,他们会怎么对你呢?"他的妻子问。

"哦,可能会在我的心口割下一磅肉吧,就像我在一本英文书里读到的一样。"他逗她说。

"请不要开玩笑了,认真告诉我。"

"唉,他们真正想做的只有一件事。李拙笨根本不在乎他妹妹,也不希望我娶他妹妹为妻。他只想把我在法国攒的钱占为己有。当然,如果我愿意付封口费,案子就会撤销。要不是李拙笨是个十足的混蛋，我倒愿意把钱送给他的家人，以补偿他们丢失的颜面，同时弥补我伯父闹出的荒唐。"

"我需要出庭作证吗？"

"这万万使不得啊！"她丈夫眨了眨眼睛，"要是法官看到了你，说不定会判我和李拙笨的妹妹结婚，好把我赶走别妨碍他追求你。"

"现在我知道你在开玩笑了。你一定是被告违反婚约案里情绪最高涨的一个。你最好规矩点，年轻人，你可能还需要一个鲍西娅把你从夏洛克的魔掌中解救出来。"[①]

"如果我是原告，而你是被告，那我肯定高兴不起来。"

牟平市是牟平县的县政府所在地，是山东东部最好的城市之一。它的城墙由砖砌成，维护得十分完好，四面都设有城门。两条主要街道将整个城市一分为四，一条从东门通到西门，另一条从北门通到南门。东西向的道宽阔又平坦，大部分商铺都集中在这里。打官司是备受追捧的行当之一，对某些想从中获利的人来说更是颇具吸引力，这一切活动都是围绕着衙门展开的。

一扇朝南的大门将当事人引入好几个空旷的庭院和尘土飞扬的屋子，他们穿过这些庭院和屋子来到公堂（也就是法庭）。公堂的布置极其简单。两把椅子放在略高的平台

[①] 鲍西娅（Portia）和夏洛克（Shylock）是莎士比亚著名戏剧《威尼斯商人》（*The Merchant of Venice*）中的重要角色。鲍西娅用法律智慧阻止了夏洛克割肉复仇，成功解救了朋友并维护了正义。——编者注

上，中间放一张小桌子，这就是知县的座椅（也就是法官席）。下面还有一张桌子和两把椅子，供师爷（也就是书记官）和官员（助手）使用。以上便是公堂的全貌。

一个人踏入衙门后，他必须通过官员、捕快和信使的层层考验，他们往往见缝插针地收取好处，并根据贿赂金额的大小，决定是帮助还是阻挠这位与知县打交道的人。

永福在案件审理的前一天去了城里，他找了一家僻静的客栈住下。李拙笨在城里转悠了好几天，结交了不少在公堂上阿谀奉承的人，把钱花在了看似最有用的地方。

前厅里人头攒动，几个诉讼案的当事人聚在一起。李拙笨来得最早，他和那位长得像山羊的媒人站在屋子一端的人群里，两人有说有笑。加拉哈德独自站在一旁，静静地观察着。

随着一声令下，官员、捕快、师爷和衙役像一群受惊而出的马蜂，与当事人和访客一起排成两列，知县大人从两列中间走了出来。他步入公堂，登上高台，人群又涌了过来，跪在砖地上。

知县大人是个年过半百的男人，身材肥胖，面色潮红，一副巨大的玻璃眼镜挡住了他那双水汪汪的近视眼。他仍然穿着朝廷官员的服装。他威风凛凛的官帽上镶着一颗水晶扣子，一根孔雀羽毛从官帽垂下来搭在肩上。紫色长袍前后都绣着红色和金色凤凰补子，手里拿着一把大扇子。厚底布鞋让他看起来更高了。

十名衙役戴着高高的圆锥形红帽，站在台子周围。为了让当事人肃然起敬或至少行事上有所收敛,他们在知县面前摆放了一些物品:一副手铐、一根竹棍和一个用来扇罪犯脸颊的鞋底状工具。此外,还有一个装有竹签的筒子,用来决定犯人应该挨几下打。如果被告或证人说了冒犯知县的话,知县就会用一块方木拍打桌子。

"跪下,跪下!"一名戴红帽的衙役大声喊道,那些还站着的人连忙服从。加拉哈德站在人群后面,大部分人没有注意到他。他本可以跪下,也许这么做会更妥当。但他知道,根据中华民国的规定,任何人在地方知县面前都不需要下跪,而且他在法国的经历和他新的宗教信仰都支撑着他保持站立姿态。他摘下了帽子,其他人没有这么做。这位站立的清秀年轻人没有逃过知县的眼睛,对方锐利地看着他。

这位牟平知县在位多年,以其所罗门般的判决而闻名。然而,使他声名远扬的不是他对正义的执着,而是他侦查罪犯的聪明才智。关于他英明的传说不胜枚举。在他的公堂上总是挤满了拥护他的观众,他们因他的妙语连珠而捧腹大笑,热衷于观看他如何将证人绕入他们自己编织的谎言中。

知县的办案能力是人们津津乐道的话题,比如一个关于麻风病人的故事。这个人被指控偷了一个铁壶。他举起自己残缺的双手让知县看,可怜兮兮地问道:"知县大人,我连手指都没有,怎么可能偷水壶呢?"知县勃然大怒,责备原告给麻风病人扣上了明显莫须有的罪名,最后命令原告去给麻风病人买一个水壶。水壶买来后被放在了知县面前，他对被告说："好了，无辜之人，拿上你的水壶安心离去吧。"麻风病人连声道谢，然后弯下腰，将残废的双手放在大铁壶的下边，动作迅速地把铁壶翻转过来，顶在自己的头上。正当他准备就这样走出公堂时，却听见知县严厉地说："回来！我还以为你拿不走铁壶呢。铁壶是不能赏你了，赏你五十大板吧。"

还有一次，一位农夫在县衙门口拴好他膘肥体壮的毛驴后走进衙门听知县断案。当他回到驴子身边时，却发现不知哪个无良之人把他的毛驴调了包，只给他留下一头瘦骨嶙峋的驴子。他急忙跑回公堂，向知县讲述自己不远千里而来，只为领略他的博学，汲取他盛名之下的智慧，以使自己焕然一新，没想到在自己忘情地跪在大人面前时，竟有卑鄙小人偷走了宝贝毛驴。知县弄清情况后，低声吩咐了随从几句，那人随即走到门外，解开那头瘦弱的驴子。驴子立刻沿着街道一路嗒嗒小跑，转进一条小巷，绕过一个街角，停了自己家门口。农夫随即在那家的院子里发现了自己的毛驴，它正津津有味地吃着新主人的草料呢。

当天下午开堂审理的第一个案件涉及拆除地标的问题。取完证，知县对双方进行严厉的审问后，他做出了裁决。接着是一位父亲控诉儿子虐待自己。知县对这个不孝子进行了道德训诫，并警告说如果他再不悔改，不给予父亲应得的孝敬，他就会面临牢狱之灾。在犯错之人承诺将会改过自新后，知县才把他释放了。

随后审理的便是加拉哈德一案。李拙笨跪着向前移动，加拉哈德则走到知县面前。他穿着一身套装，看上去整洁利落。

"跪下，跪下。"一名衙役喊道。

加拉哈德仍然站着。

"你不跪下吗？"知县问道。

"这是知县大人的命令吗？"

"不，"他说，"这是自愿行为。"但他显然不太高兴。

公堂上响起了一片窃窃私语声，他们认为这是对知县的大不敬。

"尧永福，"知县透过眼镜，看着手中的文书说道，"你被传唤是因违背婚约，你在两家按照惯例交换了婚书后，拒绝与李广福的妹妹结婚。我已仔细审查过文书，确定上述指控真实无误。你有什么理由不履行你的婚约吗？"

"知县大人，"加拉哈德用清晰而坚定的声音说，"我之所以不娶原告的妹妹，原因有三。第一，我是基督徒，我已经有了一位妻子，根据我的宗教信仰，我不能再娶。"

"你是耶稣教会的信徒，对吧？如今有不少人都想躲在教会的庇护下。我对这个信仰略知一二，也了解他们的一些做法。要不你唱一首他们的歌，让我们看看你有多虔诚。基督徒都会唱歌。"他冲永福瞪大了眼睛，然后又眯了起来，直到完全闭上。

人群中泛起一阵窃笑声。他们很清楚，没有哪个假冒的基督徒能通过这个考验。加拉哈德清了清嗓子，一字不差地唱了两段。

"可以了。你们结婚多久了？"

"一年。"

"但这些文书是两年前的。根据中国法律，你已经有了一个妻子，作为基督徒，你有什么权利再娶一个妻子呢？"

人们认为加拉哈德这次肯定逃不掉了。他等了一会儿，直到笑声平息，说道："这就是我不该娶李家姑娘的第二个原因。我在一个月前还从未听说过这一婚约。我在法国待了三年，没有人征求过我的同意，我也没有在任何文书上签名。我是一个成年人，我有权选择自己的妻子。"

"那你不承认父母为子女做决定的权利吗？"

"权利当然有，但在父母或统治者的专横行为下，他们就不再有任何权利可言了。我们尊敬的圣人孟子不是也有类似的观点吗？"他引用了一段话。

"看来你对这些最新的观点和经典著作非常熟悉。"知县语气稍缓地说，"我知道你娶了一个外国妻子。当然，再娶一个说不定就会引发国际争端了。"

这位喜欢开玩笑的知县等待着旁听者的笑声。在此期间，跪在地上的李拙笨引起了师爷的注意。师爷站起来，在知县耳边低语了几句。知县看似轻松，实则在玩猫捉耗子的游戏。

"虽然本堂承认你无法履行婚约，但我们希望你能意识到，你的毁约行为会有损李家在邻里间的良好声誉。声誉是无法用金钱购买的财产，其损失也无法用金钱来补偿。

尽管如此，本庭有权要求你就他们受伤的感情和受损的名誉支付一笔赔偿金。你有什么异议吗？"

加拉哈德瞥了一眼李拙笨，他的眼里闪烁着胜利的自信，然后他面向知县。

"我一开始就说过，我有三个理由，我本希望前两点就足以驳回此案。但很遗憾我要谈到第三点，您让我别无选择。我希望您能明白，在我要陈述的内容中，没有一句是针对李家姑娘的品格。您谈到了家族的良好声誉，就原告的家族而言，正因为他臭名昭著，我要求免除任何赔偿。任何一个正直的人都没有义务为一个赌徒、小偷和杀人犯的名誉进行赔偿。"

"一派胡言！"李拙笨尖叫道。

"这些都是非常严重的指控，"知县打断道，"想必不用我提醒，你应该知道如果没有事实根据，你将面临严重的后果。"

一名随从走进大堂，向知县耳语了几句，知县点了点头，随从又走了出去。

"你有证据吗？"知县转向加拉哈德，继续问道。

"这个姓李的男人也在法国待过，我们曾在同一个地方工作过一段时间。我在法庭上担任翻译，他曾多次因赌博被传讯，两次因为偷窃，还有——"

"全是谎言！"李挑衅地喊道，"你的证据呢？"

"没错，"知县说，"如果只是一面之词，那么本堂上他的话和你的话可信度别无二致。"

在知县说话期间，有两名男子被领进了大堂。一位是四十多岁的男子，身穿英军上尉制服。另一位是个年轻的中国人，显然是另一位的翻译。知县彬彬有礼地请这位外国人坐在高台的另一把椅子上，翻译站在外国人身边，手里拿着一个皮公文包。

大家再次就位时，加拉哈德偷偷看了一眼李拙笨。他的脸变成了病态的蜡黄色，眼睛紧紧盯着面前的地板。麦克格雷戈上尉好奇地环顾四周，然后和加拉哈德交换了一下眼神。

"你的指控必须有证据支持。"知县严厉地对加拉哈德说。

"知县大人，刚才进来的那位先生可以为我的话作证。"

知县惊讶地转向麦克格雷戈，他原本以为对方只是个访客。翻译说："麦克格雷戈上尉与青岛的劳工营关系密切，听闻要审理此案，他专程赶来，并带来了这两人在法国营队的官方记录。如果知县大人允许，我将宣读这些记录。"

知县表示同意。翻译首先阅读了加拉哈德的记录，里面详细介绍了他是如何从底层一步步走上顶峰，并且从未受过任何指控。然后他拿起李广福的记录，里头记载了李广福屡次违规、因赌博受罚、因盗窃入狱，最后的"顶峰"是在一次赌博斗殴中，杀死了一个叫王文子的人。由于这一不光彩的罪行，他被劳工旅开除，并被遣送回中国，交由中国法院审判。最后一项记录是：抵达中国后，在拘留期间逃脱。

　　这就是加拉哈德被要求赔偿的"良好声誉"。知县接过翻译手中的记录,看了一眼,又递了回去,然后站起身来向前走,仿佛是愤怒的正义化身。他猛地伸出一只手,用如雷般的声音问道:"那个无耻之徒在何处?"

　　李广福在知县的脚边卑躬屈膝地哭喊道:"大人,饶命啊,大人!"

　　"把他带走!"暴怒的知县大喊一声,他的手下们冲上去,把这个不幸的家伙拖出了大堂。"退堂。"师爷宣布道。

　　知县向加拉哈德招招手,让他跟着自己和麦克格雷戈走进一间小休息室。当他们的身影消失后,观众们都站起身来,不禁感叹自己目睹了一场跟戏剧不相上下的精彩表演。

第二十章
神奇的蕾丝

与麦克格雷戈会面后的几天,加拉哈德似乎心事重重。这并没有逃过他妻子的眼睛,她还注意到他开始翻阅他仅有的几本英文书籍。

"你和麦克格雷戈上尉那天晚上都谈了些什么?"她停下手中的针线活,问道。

他顿了顿,放下手中的书,内疚地问:"你刚刚在说话吗?"

"是的,"她眨了眨眼睛回答,"我说了两次。"

"对不起,我没听见。"

"看来你已经提前患上'丈夫耳聋症'了。"

"丈夫耳聋症?"他一头雾水。

"是的,有一边耳朵聋了。"

"哪边?"他掉进了圈套里。

"靠近妻子的那边。"让娜笑着说,"你已经严重犯病好几天了。"

他没好气地看着妻子,她被他的窘态逗得开怀大笑。

"我问你,"她继续说,"到底是什么话题这么有趣,让你和麦克格雷戈先生聊到了半夜?"

"哦,我们聊了关于你的一件事。"他闪烁其词。

"关于我?绅士们谈论自己的妻子,这符合中国的礼仪吗?"

"不,当然不。"他充满歉意地说,"我也不该这么做,只是他提到了这个话题。"

"那他是怎么说我的?"让娜追问道。

加拉哈德犹豫了一下:"哦,说了很多好话。"

但让娜没轻易放过他:"好话?什么样的好话?"

"哎呀,他说你勇敢无私,是个通情达理的年轻女性,不会——"她的丈夫开始支支吾吾。

"这真是太有意思了。继续说呀,不会什么?"

"也就这些了。"他慌忙说道,"当然,他还告诉我他打算任职芝罘那所学校的校长,但我之前已经告诉过你了。"

"听着,年轻人,"他的妻子假装严肃地说,她对自己的盘问很是满意,"他没有告诉你,不要让你的学业半途而废吗?"

"嗯,他的确说过我应该继续学习英语。"他拿起书假装看了起来,试图结束对话。

"加拉哈德,你在听吗?麦克格雷戈上尉是不是说你必须去芝罘读书,而我是个通情达理的年轻女性,不会阻拦你追求自我提升？"

可怜的小伙子看上去一脸痛苦。"难不成我睡觉的时候说梦话了？"他喃喃自语道。这时一个电话打进来，祝贺他打赢了官司，这才中断了这场对话。

让娜已经听得够多了，没听到的她也已经看到了。她的丈夫无法向她掩饰他内心的焦躁不安。她知道，他渴望与现已升任为校长的麦克格雷戈上尉重聚，他们彼此感情深厚。然而，显而易见的是，加拉哈德并不打算背叛他的渴望，但又为自己的想法感到愧疚。除非她能让他明白，她不是依附他的藤蔓，她能独立生长，否则他绝不会同意去沿海地带，把她留在内陆。丈夫的未来完全取决于妻子的足智多谋和才华。这位"通情达理的年轻女性"立即开始想方设法说服这位不理智的年轻人去做他最想做的事。

一天，让娜从箱子里拿出几块瓦朗谢讷花边铺在床上。这些蕾丝花边看似没有什么特别的用途，但实际上却经过了精心布置，有如猎人布设陷阱一样，任何人一进门都一定会看到它们。她想要捕获的对象正在外屋阅读英国散文。

"加拉哈德，我能借用一下你的铅笔吗？我的坏了。"来自女猎人的呼唤。

她的丈夫手捧着书，拿着铅笔出现在门口。不出所料，他的目光落在了美丽的蕾丝上。

"你手里拿的是什么？我以前没见过这个。"他边问边把它拿起来，"真漂亮呀。"

"这是神奇的蕾丝。"

"神奇的蕾丝?"

"是的,如果你用恰当的角度看它,就会看到一个年轻人坐在教室里。"

加拉哈德把它举起来对着光仔细看。"我什么也没看见。"他疑惑地说。

"这可是神奇的蕾丝,不是每个人都能看到这个图案的。你换个角度看,就会发现一个年轻的女人在开心地做事。"

加拉哈德好奇地看了她一眼,继续把蕾丝翻来覆去地琢磨。"告诉我怎么看。"

"首先,让我问你,你觉得村里的姑娘们是否愿意学做这个?"

"做来干什么?穿吗?"

"不,是拿去卖。"

"她们做得来吗?"他怀疑地问。

"你这是什么问题?我见过中国姑娘制作的精美刺绣,我相信没有什么复杂的东西难得倒她们灵巧的手指。哎呀,你妹妹哪怕用一把钝拙的剪子,也能把一张红纸剪得极为精致。没有比这更能证明她们的艺术感和技巧了。她们当然能做到。"

"可谁来教她们呢?"

"我来。我母亲是位技术高超的蕾丝工,在她身体虚弱,做不了重活时,她就开始大量制作蕾丝花边。我是她的学徒,虽然比不上她,但我懂得如何制作。"

"嘿,你可以办一所蕾丝学校!"加拉哈德满腔热情地说。

"这正是我的主意。她们会来学吗?"

"来?恐怕镇上的房子都容纳不下她们。"

"但我不想只教她们制作蕾丝,我想让她们学更多。你说过,整个城镇只有十几所女子学校,我们就不能半天学习,半天做手工吗?"

"你的想法棒极了。"她丈夫说,"但你需要一位老师。"

"你伯父会帮我们吗?"

"伯父?绝不可能。他对女性受教育的观念十分陈旧,我简直能听到他说:'女人读书?这对她们有什么好处?学做饭和缝纫就够了,其余都是浪费时间。'"加拉哈德使出惊人的模仿功力,仿佛老先生就在房间里。

"我们最好找一位女教师。"他接着严肃地说,"也许埃尔贝先生可以派一个他们那边的姑娘来。"

"我也想过这个办法。"

"但我们在哪里上课呢?我可不想向伯父要他的客房。"

"我们还是别麻烦你伯父了,就用这个房间吧。"

"那可不行。有年轻女士在场,我这么进进出出的不妥当。"

"不会的,我已经计划好了。我们自然不会让你待在这儿的。"

"你已经计划好了?"她丈夫惊讶地说,"那你打算让我待在哪里?"

让娜镇定地看着他说:"你和麦克格雷戈先生一起去芝罘。"

加拉哈德像被催了眠似的看着她,这句话似乎过了很久才传到他的脑子里,然后他把她搂进怀里说:"原来这就是你一直给我编织的神奇蕾丝,你个小女巫。"

"你现在看到了吗?"她把蕾丝举到脸前问,"在学校里的那个年轻人。"

"在找到这个画面之前,我必须先看到达成心愿的年轻女人。"他透过薄薄的蕾丝亲吻她。

让娜知道自己赢了。在创办学校的过程中,她需要加拉哈德的帮助。他要去芝罘买线和课本,还要去找一位语文教师。届时他就可以和麦克格雷戈先生一起安排自己和弟弟的入学事宜(加拉哈德一心想让弟弟也去上学)。

不到两周时间,十五位来自村里最好家庭的女孩就聚集在让娜的客厅里,现在这里已经被桌子、长凳和黑板改造成了一间教室。她们纤细的脚踝和小巧的双脚让她想起了眼神机敏、体态优雅的瞪羚。

教语文的刘老师是一位健壮、聪慧的年轻女士,她没有裹过的双脚在别人看来十分巨大,但她穿着最新潮的衣服,正好弥补了这一"缺陷"。她深谙教书育人之道,虽然有些女孩和她差不多大,但她懂得如何维持秩序,每当有人提问,她会立刻制止底下发出的咯咯笑声,以防她们养成不良的习惯。

早上,她们背诵课文的声音,在让娜听来是最美妙的音乐。到了下午,她们则把书收好,拿出蕾丝枕头,在让娜的指导下,敏捷灵巧的手指不停地将小纺锤推进拉出,编织着神奇的蕾丝。

第二十一章
意想不到的学生

庭院里传来一串脚步声和一阵急促的拍门声，让娜感觉出事了。她在学校辛苦了一天，刚睡下不久。

"怎么了？"她大声问道。

"太太，快开门。"桃花说。

让娜穿上衣服，打开门，看到小丫鬟惊恐的脸。"太太，外面发生了可怕的事。"

她跟着丫鬟穿过前排黑暗的屋子，来到门房，那里亮着一盏昏暗的灯，墙上映出巨大、扭曲的影子。她从砖砌屏风后面走出来时，听到低沉的说话声和激动的私语声。

让娜看到门房里有一群人围着地上的什么东西，灯也放在地上，微弱的光照在一个半躺在地上的年轻女子苍白的脸上。女子头微微抬起，上身倚靠着高高的门槛，脸朝着灯光。

让娜看到她穿戴整齐，事实上，她的衣服异常华丽，就像新娘的礼服，或是为下葬的人准备的寿衣。她乌黑油亮的头发梳得非常整齐，上面装饰着许多饰物，显然都是新娘的嫁妆。她的脸庞饱满，略显粗犷。

加拉哈德的伯父没有穿长袍，看上去衣衫不整，他比让娜早到了一步。雇工老李正在重复他的故事，说他如何被呻吟声吵醒，然后发现女孩在门内痛苦地挣扎，现在才安静下来。他晚上关门时怎么会没注意到她呢？他实在搞不明白。没错，他肯定关了门的，门现在不是还锁着吗？

老先生问她是谁，然而除了让娜，其他人都很清楚她是谁，但没有一个人主动说出她的名字，仿佛一说出来他们就成了共犯。尧鸿泰摇了摇她瘫软的身体。

"你叫什么名字？"他质问道。

女孩慢慢睁开眼睛，眼中流露出恐惧（抑或是得意？）的神情。"李。"她低声说。

女人们不约而同惊愕地"哦"了一声。

"你是李广福的妹妹吗？"老先生问道。

女孩点点头，虚弱地闭上了眼睛。

他又摇了摇她。"你吃了什么？告诉我。"

"毒药。"说完这两个字后，她又陷入了昏迷，无论怎么摇晃她都没有任何反应。

"弟，她快死了。"老先生对自己弟弟说，"我们得在她咽气前把她弄走，不然我们就麻烦大了。"

让娜穿过人群，跪在昏迷不醒的女孩身边。她解开女孩丝绸外衣的领口，这时女孩惨白的嘴唇里发出了一声呻吟。

"她根本还没死。谁给我拿点冷水来。"让娜说着,抬头看了看周围的人,但没有人听从她的吩咐。"桃花,给我拿盆水和毛巾来。"丫鬟离开人群,消失在黑暗中。

"你不能这么做,"永福父亲说,"我们要在别人发现她在这里之前,把她扔到街上。"

"把她扔到街上?"让娜难以置信地说,"你是说你要把她扔到街上等死吗?"

"是的,没错。"老先生厉声说,"难道你不知道她是谁吗?她是永福本应该娶的姑娘。如果她死在我们这里,我们就要为她的死担责,还得为她买棺材办葬礼。"

"我绝不同意这么做。"让娜高声说。

"同意?谁问过你同不同意了?要不是因为你,我们根本不会摊上这样的麻烦。离她远点,回你自己的房间去。等我们什么时候需要你的意见了,我们自然会去找你。"

让娜站起身来,面对着老先生:"如果你们把这个女孩扔到街上去,我就跟她一起走,陪着她直到她死去,然后再告诉所有人事情的真相。"

"告诉所有人。哼,女人果然都是傻瓜!那里有一个傻瓜要自杀,这里还有一个傻瓜不懂得保护自己。"老先生绝望地摆了摆双手,转身穿过人群,走进了黑暗里。端着水盆回来的桃花迎面撞上了老先生,水泼了他一身。"又一个傻瓜!"他怒吼道。

在此之前,女人们一直是沉默、惊恐的旁观者,但随着一家之主的消失,她们开始七嘴八舌地议论起来。她们的声音越来越大,再这样下去就会惊动邻居了。永福的父亲建议大家安静点,但这就像劝一群谷仓猫头鹰一样徒劳。只有让娜在担心那个想自杀的女孩。她再次跪在女孩身边,用冷水擦拭她的脸和脖子。女孩左右摇晃着脑袋。伯母从桃花手里接过水盆,端给让娜。

"她已经不行了,还是让男人们按他们的方法处置吧。"伯母说。

"这就是'己所不欲,勿施于人'吗?"让娜问,"您愿意被扔到街上等死吗?"

"是她自己寻死,不是吗?如果我下定决心要自杀,我不会感谢你或任何干扰我计划的人。"

"她也许不会感谢我,但无论如何,我都不会昧着良心做出这种无情的事。"让娜斩钉截铁地说。

"不管她也许是你能为她做的最仁慈的事了。"年长的女人反驳道。

让娜瞥了一眼这位并不受生活眷顾的女人,对方并非无动于衷,但也没有特别不安,她是出于宿命论和自我保护的角度提出的建议。这个女孩很可能会死在这个家里,他们为什么要承担这件事情带来的严重后果呢?伯母觉得让娜不可理喻,但在让娜的建议下,她还是同意帮忙把女孩抬到让娜的房间。加拉哈德的母亲对此强烈反对,被迫搭把手的雇工也怨声连连。

"好了,好了。"伯母试图安抚抗议的加拉哈德母亲,

"就让她试试吧，说不定真能救她一命呢。"

"就算保住她的命又有什么用？"让娜婆婆坚持说。其他人并没有听到她的话，她们已经跟着那些离去的身影走了进去。加拉哈德母亲早已习惯了被忽略。她深深叹了口气，摇了摇头，回到自己的房间，跪在观音像前。

让娜只允许伯母和丫鬟留在自己的房间。这是一场生死较量，并不欢迎观众。她们处于劣势，因为她们对她服下的毒药一无所知。从鸡蛋清到墙上刮下来的新抹的熟石灰，让娜把她知道的催吐剂都试了一遍，把她能想到的解药也都用上了。

伯母毫无怨言地听从让娜的所有指挥，不仅如此，她被这场与死神不寻常的较量所打动了。最终让娜的药方起了效，那是一剂令人作呕的药，她们强行把药灌进了女孩苍白的嘴唇间。直到天色泛白，黎明的曙光悄悄照进了房间，她们才感受到胜利的希望。

"她的命保住了。"伯母说。

"感谢上帝。"让娜激动地说。

当伯母经过教室时，她摇了摇头发凌乱、趴在桌子上睡着的桃花，叫她回去睡觉。让娜则躺在遭到拒婚的新娘身边，很快也睡着了。

当让娜睁开眼睛时，阳光透过窗户上的雪白薄纸，柔和地洒满了房间。她看到病人惊讶的黑眼珠，露出了微笑。女孩闭上眼睛，但很快就又睁开了。

"你好些了吧？"让娜安慰她说，同时伸出手轻轻拍了拍她的胳膊。

女孩疲惫地闭上双眼,缓慢地摇了摇头。她似乎失去了说话的能力,要么不能说话,要么不愿意说。

"你肯定好多了,再过几天,你就会完全康复了。"

桃花听到女主人的声音,便端着一盆水出现在门口。让娜用水给炕上的女孩洗了脸。她小心翼翼地擦掉女孩为自己的葬礼而涂得厚厚的粉和胭脂,这些粉和胭脂早已斑驳得令人啼笑皆非。她的大眼睛漆黑如玉,瞳孔不断放大,她盯着让娜的一举一动,似乎感到十分困惑。

她一整天都没有说话,只是睡了很久。直到晚上让娜才把食物给她端来,但她什么也不吃。然而,她允许让娜脱下自己的新娘服装,这样可以舒服地躺在让娜身边睡觉。

第二天早上,让娜一面梳理头发,一面转过身欢快地向她打招呼。李拙笨的妹妹紧紧地盯着让娜说:"您一定非常恨我做的事吧。"

"不,"让娜明确地告诉她,"我并不恨你,我只是同情你。你恨我吗?"

"我本以为我恨您,但您为我做了这么多,我又怎么能恨您呢?"

"这就是你企图自杀的原因吗?因为你恨我?"

"没错,为了纠缠您,为了给他们制造麻烦。"

"可是为什么呢?我们又不相识。"

"您夺走了我的丈夫,现在没有人愿意娶我了。我会被卖给某个有钱的老爷当妾,还会被他的太太殴打。"

"你难道还不明白吗？如果永福娶了你，你就是正妻，而我就是妾了。"

"是，我现在明白了，我们中必须有一个人受苦，而那个人就是我。"

"你很爱永福吗？"让娜怯怯地问，仿佛践踏了一片圣土。

"不，我受不了他。我小时候经常来这里和他的妹妹玩，他总是说我傻。"

"那你还想嫁给他？"让娜惊讶地问道。

"我想？从来没有人问过我想要什么。"女孩痛苦地说，"前天我想一死了之，但连死都不能如愿。"

"可活着不是更好吗？"

"我们女人没有选择的权利。"

"除了为他们而死？"

"也许我的死能起到警示作用，帮助其他女孩得到更好的待遇。"

"但是永福也没有选择权呀？他们还不是一样剥夺了他选择妻子的权利。"

"没错，但这对男人来说并无大碍。如果他们不喜欢父母为他们选择的第一个妻子，他们还可以再娶一个自己喜欢的。但我们女人什么时候才有选择丈夫的权利呢？难道我们永远都要任由男人摆布吗？"

"我希望不是这样。当中国女性接受更多的教育，享有更多的自由时，就不会这样了。到那时，你们这些年轻人，无论男女,都会有勇气像永福那样坚持自己的主张。"

"听起来是很好,但他享受权利的同时也摧毁了我。我活着还有什么意义呢?我的家族颜面扫地,哥哥入了狱,他把家里的地都赌光了,家里已经不够养活我们三个人了。我母亲年事已高,每天都伤心欲绝。"

"为了母亲,你必须活下去。"

"我哥哥一出狱,就会把我卖给出价最高的人。即使我活着,也不是为了她了。尧太太,请让我留在这里吧。别赶我走,让我做永福的妾吧。我再也无颜面对我的乡亲了。我愿意为您做牛做马,只求您别赶我走。"

让娜抱住了这个命运与她奇妙交织在一起的女孩。这一切看上去多么可悲,命运之网是多么无望地纠缠着这个姑娘!让娜能否修补自己无意间弄断的线?当一种花样编织失败时,她能否勇敢地织出另一种花样?至少下一个针脚是明确的,她要织出这一针。

"你可以留下来,"她把女孩拉到身边说,"但不是做永福的妾,而是做我的学生。我会教你制作蕾丝花边,这样你就可以养活你的母亲了。等你身体好了,我们就开始吧。"

"我已经感觉好多了,太太,因为您安慰了我的心。"

第二十二章
瘟疫

十一月的一个下午,一群皮肤晒成古铜色的农民从集市回家,其中一人说:"这病比霍乱和鼠疫还可怕。"

"你说得没错。"另一个人回应道,"大夫知道霍乱该怎么治,至于鼠疫,只要在门上贴张红猫图,我家保准没事。但这新病可把大夫们吓得不轻,他们都不敢开药方了。"

"那是因为家属们都指责大夫开错了药,把人给治死了。"

"应该说他们还没吃上药就死了。保保村半个月就死了七十人,上广村也死了四十人。"

"他们连做棺材的木头都不够了,不得不把衣柜拆来用。"一个沉默寡言、心情沉重的人插话道。

"反正我已经把自己的棺材准备好了,这也算是一点安慰。"一个年纪稍大的男人说。

"我也是。"前一个人说道,"但有哪个家庭会为年轻人准备棺材呢?"

"我从未见过如此萧条的集市。"

"唉,下次你还会见到更萧条的。北边所有村庄都受到了影响。叶岸村昨晚出现了第一个病人,他们村一个人告诉我的。"

"看样子,他们为驱除瘟疫而在玉皇大帝面前表演的大戏没什么效果。"一个持怀疑态度的人说。

"我们镇上已经开始征税来买鞭炮了。"那位忧心忡忡的人说。

"你就别指望着靠敲锣打鼓或放烟花爆竹阻止这场瘟疫。"那位持怀疑态度的人嘲笑道。

"唉,什么法子都得试一试。"另一个人说。

的确,瘟疫已经传到了叶岸村,并且不断向内陆蔓延,一副势不可挡的架势。几天后,由于村民习惯于挤在狭小的卧室里慰问病人,瘟疫迅速在村子里蔓延开来。几十户人家病倒了,但直到病人们能重新进食(对中国人来说,能吃东西就是康复的征兆),并拖着沉重的步伐继续完成他们日常的繁重工作时,死亡病例才开始出现。随之而来的是疾病复发,很快,为死者哀号的哭声便开始响起。

永福给让娜写信时,芝罘的疫情已经接近尾声。由于当时天气温暖,疫情相对较轻,很少有人染病。他随信寄了一批他们在法国流行病期间使用的药,这些药不仅够他们一家人服用,还有剩余送给邻居,如果邻居愿意服用的话。

加拉哈德的父亲是最早病倒的人之一,他的妻子很快也跟着倒下了。让娜曾在医院得过这种病,知道该怎么治疗,于是她肩负起照顾这个家的责任。她尽可能让病人卧床休息,这是重中之重,这一举动让他们顺利度过了危险期。女孩们被隔离在自己的房间。让娜一点也不介意做这些工作,事实上,她感到特别满足,但村庄周围从早到晚传来的哭声却让她感到恐惧。

街道尽头立着守护神的庙宇,这尊守护神被称为"阎王"。每当有人离世,家人们就会悲痛万分地前往阎王庙,喊着"叩响阴曹地府之门",恳求冥府主宰引导亡魂踏上前往黄泉之路。他们焚烧纸钱,将纸钱转化为逝者的必需品,并斟酒供其享用。所有的仪式都伴随着极其凄厉的哀号。

亡灵三天后才会离开,在此期间,家族中的男性成员会身着白色长袍,每天三次前往阎王庙。第三天,他们会携带一匹纸马,将其烧毁来为逝者提供坐骑,助其前往最终的安息之地。然后他们再以更加隆重的仪式安葬遗体。

随着疫情的蔓延,镇上每天都有四五人死亡。亲人们的恸哭有如古埃及人失去长子时的哀号。空气中弥漫着浓烈的焚香味,燃烧的纸钱发出耀眼的光芒,照亮了重重夜影,前往阎王庙和墓地的队伍几乎没有间断过。

瘟疫造成的恐慌感染了每家每户,那些病情较轻或没有染病的邻居(人数寥寥无几)都不敢到别人家里去。街道上除了哀悼者外再无他人,找不到人来埋葬死者,孤儿们无人照料,只有对疾病免疫的家犬陪着。有的家庭死者

守护神的庙宇

和活人同床数日，有的家庭则全家无一人幸存。

让娜自己的家庭几乎耗尽了她全部的精力和时间，但当她了解到镇上的情况有多糟糕后，她觉得自己必须做点什么。她家的粮仓里有充足的玉米面，所以她做了一些玉米面饼和一大锅小米粥。

让娜把玉米饼放在篮子里，命令怨气满满的雇工抬着一锅热气腾腾的稀饭，开始挨家挨户走访。许多房子的门紧锁着，除了狗叫声外，没有人回应她的敲门声。但也有个别人家欢迎她的到来，并为她准备了粗茶淡饭。有一家人正在康复中，但没有一个人有力气起来生火，只能靠红薯干活命。他们狼吞虎咽地吃着小米粥，以表达他们的感激之情。

一个瘦弱的孩子怯生生地从门缝探出脑袋。

"你妈妈在家吗？"让娜问。

"在家，但她死了。"小孩回答。

"你爸爸呢？"

"他病倒了。"

"你今天吃东西了吗？"

"两天没吃了。"

让娜给小女孩递了一个玉米饼，她一把抓过去大口大口吃起来。

"你拿个碗来，我给你爸爸盛点粥。"

在更远处，一个老人跟跟跄跄地走到街上，他脸色苍白，衣衫不整，发辫凌乱。他忧心忡忡地在街上东张西望。

"老先生，您在找什么？"让娜问道，心里已经猜到了答案。

"我想找个卖饼的，但连个人影也没有。"

"您要不要吃点我做的饼，再来点稀饭？"让娜说着拿出了两块玉米饼。

"哦，不用了，我不能拿你的食物，你自己也要留着吃呢。我的儿子和女儿在六天前去世了，只给我留下一个婴儿。我也一直生病，但我的孙子还活着。"他骄傲地说。

"为了孩子，您还是拿一点粥吧。"让娜委婉地请求道。

她跟着步履蹒跚的老人进了屋子。小婴儿正躺在炕上，看上去胖乎乎、红扑扑的。让娜在乱七八糟的桌子上找出一个碗，擦干净后盛上稀饭，然后把小婴儿抱在腿上，尽她所能用一把小瓷勺喂他。小家伙迫不及待地吃着热乎乎的食物，每吃一口就冲着她笑笑。

"如果可以的话我明天再过来。您不妨先留着剩下的这些粥和饼。"让娜向老人道别时说。

第二天，让娜果然再次回来看望他们，而且一连几天都是如此，直到老人能照顾自己为止。随着家里人病情好转，让娜每天都会尽可能去拜访那些需要帮助的家庭，并寻找新的机会来帮助这个饱受折磨和困扰的村庄。

让娜要求伯父和伯母在家里病人康复之前不要出房间门。伯母帮忙送食物过来，让娜好不容易才说服她遵守隔离措施。伯母对这位法国姑娘很有信心，虽然不明白这么做的用意，但还是同意了。让娜还建议他们远离其他人。

老先生的学校很早就停课了。没有了日常的工作,他感到浑身不自在。而且由于他所谓的朋友们都病倒了,他的人际交往也就此中断。每当他们中有人去世,他都会不顾妻子的劝诫,坚持穿上他的白色丧服,加入人数越来越少的送葬队伍。

"一旦我的时辰到了,我自然会死去。"他用听天由命的口吻说。

一天下午,他参加完葬礼回来,发现让娜正在给躺在炕上气息奄奄的妻子喂药,这把他气得够呛。

"伯父,您也吃一副我的药吧,以防万一。"让娜说。

"什么,吃你们洋鬼子的药?"他大吼道,"我就算死也不会吃那玩意儿。"

让娜没再提药的事,只是说会给他带些晚饭过来。

"我吃过晚饭了。"他撒谎说。

"你这说的什么话?"他的妻子有气无力地说,"我知道你从中午起就没吃过东西。"

"你知道什么?"他回答道,"我告诉你,我什么都不想吃。"

但让娜还是端来了饭菜,放在桌子上。临睡前,她又跑去看看能为好心的伯母做些什么。老先生坐在卧室门外抽着闷烟,没有灯筒的油灯让房间充满了煤烟。让娜本想对这种污染空气的行为提出抗议,但看到他阴沉的脸,她没敢说出口,而是尽量用愉快的语气说:"我给您端来了热水。"

伯母急切地接过水,她早就渴了,但一直没有勇气向丈夫开口。让娜给老先生也倒了一杯,然后把水壶放在夜里伯母可以够到的地方。临走前,她用凉水洗了洗脸和手。

"伯父,明早我再给您弄点吃的。"她端起脏盘子说。

他只是哼了一声,显然情绪不佳。一是妻子无法起床服侍他,这让他难免感到紧张;二来挚友的葬礼将在第二天举行,他计划为友人举行路祭仪式,现在他必须亲自准备这一切。

他没有说一句安慰或关怀的话,就在妻子身边睡下了。她整夜辗转呻吟,但他睡得很香,对她的痛苦漠不关心。

朋友的葬礼将于十一点开始,送葬的队伍会经过尧家,老先生迫不及待向友人致以最后的敬意。他早上起床时,听到了长达十英尺的长杆号①发出的吹奏声和笛子的哀鸣声。友人许家非常富裕,因此,即使在丧葬音乐需求激增和价格飙升的今天,他家也能享受大多数人没有的奢侈。许家开出的丰厚报酬也确保了抬棺人数充足。

在雇工的协助下,老先生在街上搭起了一个葬礼用的遮阳篷,把棺材放在篷下。一张大方桌上摆满了供奉亡灵的食物。一个巨大的生猪头和猪脚、一盘水果和糖果糕点,还有彩色的纸钱和漂亮的灰泥人,再加上三个盛满酒的陶土杯和点燃的香烛组成了这场盛宴。

随着身穿褪色红衣、头戴滑稽尖顶帽的乐队带领送葬

---

① 长杆号是山东蓬莱一种独特的传统吹奏乐器,号为铜质,长近3米。——编者注

队伍走来，桌子被移到路中央，桌前铺开一张草席。送葬者们身穿朴素的白袍，至亲则身披麻布，腰间系着绳子，头戴纸袋形状的帽子。他们的眼睛被遮住了，只能低头看路。这群身穿白袍的人跪在道路两旁。

乐器的吹奏声停止了。灵柩停了下来，上面覆盖着一个装饰有精美刺绣、金边和镜子的华丽灵台。老先生走上前，拿起三根香点燃，举在面前向逝者致敬。随后他跪在草席上，磕了三个头，将一杯酒倒在地上作为祭奠，整个仪式重复三次，以此邀请亡灵享用他们摆放的美酒佳肴。

他退后时，哀悼者们跪在他的脚下，以表示对他的感激。音乐开始奏响，桌子被移开，送葬队伍再次整装上路。

队伍里还抬着纸制的艺术品：与实物一样大的马、轿子、白脸的阴界侍从、鹿、鸟和一头黄牛；还有一座微型房子、一捆捆金银锭，以及几个滑稽的红脸妖怪，它们随着马车的行进气势汹汹地打着转儿。这些全都是人们耗费大量时间和金钱用彩纸做成的，仿佛只需点燃一根火柴，它们就能转化成冥界的实物。

当天下午晚些时候，让娜去照看她的病人时，她发现老先生正在打寒战。不用说她就知道是怎么回事。但当她建议他上床休息并吃些药时，他坚称自己没事，只是感到有点冷而已。到了第二天早上，他就抬不起头了。

好在这位护士之前的病人都在逐渐康复，女孩们可以在不冒太大风险的情况下帮助照顾病人。然而，老先生的病情比其他三人都要严重。他暴躁地抱怨着一切，时而哀号，时而咒骂命运不公，不仅辱骂妻子，还对试图照顾他的让娜嗤之以鼻。

他全然不顾让娜的反对和劝告，第三天就起床到外面坐着晒太阳。接下来的一天，他高烧不退，并迅速发展成了肺炎。让娜三天三夜没更衣，她带着被褥，在两个长凳架起的一扇旧门板上搭了个临时床铺。她把已知的治疗方法试了个遍，但哪怕医术高超的一个甚至一群大夫也无法挽救他的生命。尧鸿泰的确大限将至。

他自己似乎也有所察觉，他的气息越来越弱，他用尽力气低声说："把我的寿衣拿来。"他的妻子告诉让娜寿衣放在哪个衣柜里，很快她便找到了那捆衣物。她拆开棉布盖子，取出精心叠好的丝绸和缎子衣服、厚底缎子鞋和丝绸瓜皮帽。

渐渐恢复体力的伯母帮他穿上十年前为他做的寿衣。让娜对中国的习俗略知一二，虽然她内心很反感这种为活人准备后事的行为，但还是帮他穿上了白袜和白鞋。

伯父让她"把门拿来"，这让她感到困惑不解。他的妻子解释说，按照习俗，人不能在床上咽气，否则事后就得把床拆掉，要躺在门板或木板上。让娜听到后震惊不已，她怀着沉重的心情把她躺了三个晚上的长凳和门板搬了进来，放在炕边。

在他的指示下，她费了九牛二虎之力才把这个高个子男人挪到门板上，整个过程几乎耗尽了他最后一丝力气。她一度以为他已经走了。他躺在那里，显得异常高大，让她想起了在家乡墓地上看到的石雕人像。他轮廓分明的脸已经变成了老旧的大理石的颜色。他再次睁开眼睛凝视着她，她也怜悯地看着他。

"好姑娘，"他慢慢地低声说，"如果我能活下去。"他的声音戛然而止，但眼中流露出让娜从未见过的神情，里面充满了尊敬、感激和爱意。他缓缓将自己枯瘦的双手合在一起，举到面前，向她致以深深的敬意，然后闭上了眼睛。让娜忍不住啜泣起来。

寡妇撕心裂肺的哭声立刻响起，几乎是一瞬间，她弟妹的哭声也从屋子另一边的床上传来，伴随着弟弟低沉的呜咽声，女孩们也号啕大哭起来。

"我的丈夫啊！我的兄长啊！我的伯父啊！我真希望能替你死！"

病人们只顾着放声痛哭，而让娜则需要完成临终前就已经开始的仪式。雇工老李（其实并不老）奉命把棺材从库房抬出来。他一个人无法完成这项工作，路过的一个熟人帮了他的忙。这口巨大的棺材由四五英寸厚的木板制成，外面漆成黑色，里面漆成红色，足足有三英尺高。这确实是一座"不朽的安息之所"，建造得坚固耐用。

棺材被放在客房里，让娜和老李抬着门板把尸体搬了进去，的确也没有其他人能做这件事了。

"要我去阎王庙那儿烧香烧纸吗？"老李问。

"不用了，"让娜坚决地说，"少爷不会乐意的。再说了，你是外姓人。"

老李觉得这么做有所疏忽，感到不满，便去找姐妹俩。"我带你们去庙里吧？"他问道，"为了老先生能安息，总得有人去吧。"

"女孩不能去。"她们回答说，"而且，我们去了能做什么呢？"

"你们至少可以哭一哭，这样才像话。"老李嘟囔着走开了，嘴里还念叨着关于孝敬的事。

第二十三章
坚持或妥协

加拉哈德回到家时,母亲的问候听上去十分刺耳:"可惜你伯父走的时候你不在,没能帮他烧香烧纸。"

"对不起,我没能回来帮忙。"他只说了一句。

不过他还是尽快去了安放棺材的房间。按照惯例,棺材下面点着烛火,三根香插在前面桌子上的锡制香炉里,升起缕缕青烟。

回到房间后,他对让娜说:"我刚刚做了一件可能会给我们惹来大麻烦的事。"

"是什么?"她好奇地问道。

"我把父亲点的香熄灭了,然后在原处放了一盆玫瑰花。"

"我觉得我没有权利去碰那些香。"让娜说。

"没错,这件事情由我来做。"

"那献花有什么不同呢?"

"鲜花是希望的象征,是照亮悲伤黑夜的一束阳光。我们不期望逝者能闻到花香,但希望哀悼者能从中得到些许慰藉。"

"这么说来,这些中国习俗真的是祖先崇拜,而不仅仅是为了纪念?"

"寺庙里的祭拜也是同一种性质,用的也是同样的东西:香和纸钱,祭品也是一样的。不管理论上怎么说,对于普通人而言,它们代表的都是同一件事。祖先崇拜或许在形式上比其他崇拜更精神化,因为它不需要一个看得见的实物;但它实际上又更物质化,因为它要求生者定期为另一个世界的灵魂提供物质供品。"

"我开始明白你为什么讨厌它了。"

"这个习俗把我们国人与逝者锁在一起,活着的孩子们赤身裸体,而鬼魂们却能穿上纸衣。本该用来让孩子们接受教育的钱,却被拿去买贡品送往另一个世界。"

"你的家人会怎么做呢?"

"我知道让他们继续按他们的意愿行事,这样会更省事。但如果我们现在不站出来,这将成为一场无休止的争吵,我们将不得不一而再,再而三地做出让步。"

"我真希望能帮上你的忙。"让娜发自内心地说。

"你可以的,而且你已经帮了我很大忙了,一想到有你全心全意地支持我,我就会变得更坚强。"

让娜看到了加拉哈德所承受的巨大压力,感受到了他话语中不同寻常的认真,当她握住他的手时,她发现他在颤抖。

加拉哈德的父亲向来是个性情温和的人,但在发现香炉不见后勃然大怒。他气冲冲地走进屋子,问道:"是谁那么大胆子,拿走了我哥哥的香炉?"

加拉哈德走到门口,平静地说:"是我把香熄灭了。"

"是你?你为什么要这么做?"

"因为我不相信这些东西。"

"你信奉的宗教可真行啊,竟然剥夺了你所有的孝道。"

"但它并没有剥夺我的孝心。"

"那你为什么不按规矩给你伯父烧香?他可是你的养父。"

"您觉得烧纸烧香就是尽孝了吗?"年轻人问。

"那当然。"

"那我们的邻居老刘称得上大孝子了。你我都清楚,他因为赌博和酗酒伤透了他老父亲的心,还把他母亲逼上了绝路。从那以后,他就非常忠实地遵循着所有这些外在形式。这就是您所谓的孝道吗?"

"当然不是。不过,如果像你所说的,这些形式无足轻重,那你为什么不干脆跟其他人一样把香点了?这对你又没有伤害。"

"但会伤害到别人。这整个过程浪费钱财,我原则上是反对的。"

这时,家里的其他人都聚了过来。此外,还有一位伯母家的自诩受过教育的人。

"要是我们不烧纸钱、不点香,你也不想想乡亲们会怎么看。"父亲说。

"这正是我们中国人的一大弱点。比起犯错,我们更害怕被嘲笑。比起良心的谴责或上帝之手①,我们更害怕批评的声音和讥讽的指责。"

"不是这样的,永福。"那位亲戚语气柔和地打断了他,声音里带着安抚的意味,"当然,我们受过教育的人都明白,人一死,一切都结束了,就好比吹灭了一盏灯,他的生命也走向了终点。因此,相信祭拜能给死人带去好处当然是愚蠢的。可正如你刚才所说的,这是一种习俗。"

"一种浪费钱财的习俗。"加拉哈德纠正道。

"这是一种习俗,"那位亲戚沉浸在自己的观点和智慧中,对加拉哈德的纠正浑然不觉,继续说道,"一种延续千年、令人尊崇的习俗,也是孔夫子亲自教导我们的习俗。"

"一位以受过教育自居的人竟说出这种话,实在叫我惊讶。"加拉哈德打断道,"你难道不知道孔子所处的时代还没有发明纸吗?他又怎么教导我们烧纸呢?"

"所言极是,所言极是,但现在这已经成为一种习俗了,你再固执己见,试图改变这个世界也是徒劳。从长远来看,最方便的方式才是最好的,你也知道这就是中庸之道。我的建议是,为了避免闲话,你还是该按照惯例行事。"

---

① "上帝之手"这个表达常常用来指代一种超自然或神秘的力量。——编者注

"谢谢你的建议。"加拉哈德尖刻地说。

尧氏家族在叶岸村有近二十户人家。他们中有些人有原则、有影响力，还有一些人没有任何地位，却试图通过暗中制造麻烦来弥补缺失的关注，他们是村里的好事之徒。

氏族生活并不是特别亲密，但当整个氏族或其中一个家庭受到威胁时，就会产生一种向心力。如有外来者对任一尧家人提起诉讼，那么拥有这个光荣姓氏的人就会联合起来一致对外。

然而，一旦有族人胆敢打破其珍视的习俗或违背氏族的决定，氏族的力量也同样可以联合起来，甚至会变本加厉地对付自己人。这群有威望的人有时就像一个非正式的法庭，对族人损害氏族或彼此利益的案件进行裁决。必要时，他们还会诉诸武力和恐吓。氏族里的恶霸们随时待命，准备殴打那些拒不服从的成员。只有非常勇敢或非常鲁莽的人，才会在与群体意见相左时挺身而出。他必然要为自己的鲁莽付出代价，但在大多数情况下，出头者最终都会屈服。

永福提议省去烧香烧纸等传统丧葬仪式的消息很快就在尧氏家族传开了。许多族人都感到十分愤慨。这位老先生曾是他们最尊敬的族人之一，拒绝给予他应有的尊重和拒绝对他的在天之灵进行供奉，这既是一种亵渎，也是对常规礼仪的蔑视。不仅尧氏家族感到愤愤不平，村里世代将儿子送进寺庙学堂的家庭也同样感到愤怒。

永福发现他无论去哪里都会受到冷遇。原本聊得热火朝天的人一看到他就闭口不言，旧友们的问候也略显生硬。有传言说族人们将拒绝抬棺，如果永福不在坟前磕头，他可能会被痛打一顿。

还有一些好事者试图挑拨永福父亲和他之间的关系，提议让永福的弟弟代替永福成为尧鸿泰的继承人，只要永福弟弟能履行必要的祭祖仪式。他们坚称，永福背祖忘宗的行为违背了收养的基本协议，自然也就取消了永福的所有继承权利。

加拉哈德曾多次与族长和其他热衷于遵循老旧习俗的族人举行非正式会谈。加拉哈德反复陈述自己的立场和理由，直到他彻底疲倦。不，他并不是打算用外国的葬礼仪式取代中国的葬礼仪式。他不是还穿着白色的丧服吗？自从伯父去世后，他不是没有修剪胡须和头发吗？难道他们没有请丧葬乐队，没有为所有参加葬礼的人提供食物吗？他的确拒绝了为他伯父举行路祭的提议，也拒绝了必须磕头才能接受的旗帜。

直到葬礼前的几天，他们依然争论不休，时而针锋相对，更多时候言辞激烈，这让加拉哈德十分不悦。除此之外，他还感到疲惫不堪。他努力保持冷静，在无理取闹的攻击和尖酸刻薄的暗讽下控制自己的脾气，但他并不是每次都能成功。气愤至极时，他便采取攻势，毫不留情地抨击氏族极力维护的习俗，直到他的对手在他的嘲讽下甘拜下风。

幸运的是，族长们并没有正式达成一致必须让永福屈服或受罚。尧鸿南像往常一样，等待着别人替他做决定。如果他一声令下，要对自己的儿子施压，那么这二十个家庭都会站在他身后，采取惩戒措施来管教这个大逆不道的子嗣。

最终的决定来自一位意想不到的人。这一决定不仅得到了尧鸿南的同意，还立刻得到了二十个家庭的认可。他们当时正对整个形势进行一场异常激烈的讨论，一些较为温和的家长试图采取折中的办法，那就是永福本人可以免去参加丧葬仪式，但其他人应该被允许出席。加拉哈德拒绝接受这一妥协方案，他坚持自己的原则，对于新信仰的条文他不愿只是纸上谈兵。

令所有人惊讶的是，一个新的声音打断了谈话："我和尧鸿泰一起生活了四十多年，对于如何安葬他，我想我应该发表一些看法。"

"是的，伯母。"她的侄子说，他感受到了新的援助，"现在是时候让女性拥有更多发言权了。"

"嗯，"老太太慢慢地探索着她不熟悉的领域，"我想要按照永福的方式埋葬他。我所目睹的足以让我相信这是适当的方式，而且我很肯定，如果他还活着，他一定也会有所改观。"

这番话粉碎了所有的反对意见。当家里两个意志最坚定的人联合起来，那个习惯于让别人做主的人也就顺势默许了。

老先生按永福的想法被安葬了。除了那些祭拜的仪式外，其他熟悉的流程都没有改变，丧服、灵柩、音乐都一如既往。在棺材抬出来之前，加拉哈德发表了一篇关于人类精神和来世的简单演说，给听众留下了良好的印象。他巧妙地解释了省去香纸的原因，并请求那些赠予了香纸却被退回的人谅解。

第二十四章
新年

加拉哈德圣诞节没有回叶岸村。一月下旬，学校放了新年假，他和弟弟回家待了一个月。弟弟已经褪去了乡下孩子的稚气，从他的穿着和谈吐中可以看出，他受到了不少港口城市上流文化的影响。牛津皮鞋和外国眼镜、一顶遮住耳朵的布帽，以及不再系带的裤脚，这些都是典型的学生装扮，离老远就能被人一眼认出。然而，这个男孩依旧保持着淳朴的本性，他怀着童年的渴望回到家中，迎接即将到来的美好节日。

临近年关，生活节奏开始明显加快。几个星期以来，全家人都在忙着做新衣服。每个人都必须有几件新衣裳，孩子们则是整套新衣。尧家人依然很守旧，更喜欢用厚布来制作白色棉袜。家里人为缝纫这些新衣物忙得不可开交，飞舞的手指几乎没有停下来过。

整个村子都处于高度警觉的状态。旧年将尽，但似乎没有人因此感到悲伤，除了那些不得不卖掉一些土地来"熬过年关"的人。新年是一个无法推迟的重大"清算日"，这天之前，忽略数月的账将悉数收齐，拖欠已久的账也将全部结清。在最后几周里，每家每户都忙着清账还债。

每个人都忙得热火朝天、不亦乐乎，因为相比之下，正月期间长达数周的闲暇时光将更加令人愉悦。到时候，他们将不再受严苛命令的驱使，他们可以懒散度日，可以白天打盹，可以想站就站，想坐就坐。他们将享受奢侈的闲适、宴饮、游戏、愉快的闲聊，以及在祭祖时恰到好处的庄重感，这不仅让家庭的幸福团圆更有意义，也让人们的内心更为满足，因为他们对生者和逝者都尽到了责任。

在尧鸿南夫人厨房灶台的墙上，贴着一幅色彩鲜艳的木版画，里面粗糙地刻画着灶神和他的家人，这是每家每户供奉的重要人物。所有的烹饪活动都在这些家神的注视下进行。

尧鸿南从集市买了一幅华丽的灶神新画像，为一年一度的辞旧迎新做准备。在腊月二十三的晚上，也就是小年那天，人们把旧画像从墙上取下来，给灶神的嘴上抹上蜜糖，以便他在玉皇大帝面前只说这家人的好话，然后把画连同灶马一起烧掉，送灶神上天庭，直到大年初一再接他回来。

让娜很想了解这些奇妙的习俗，于是问了许多问题。在她的请求下，迎春讲述了灶神的故事，以及为什么每年都要这样烧灶神。

上千年前，有一个姓张的富人，他拥有大片土地、结实漂亮的屋子，以及两位妻子。第一位正妻叫郭丁香，第二位妻子叫王海棠。

丁香长得并不漂亮，但她引以为傲的是她的一头长发，共有三尺半长。她还有着丰富的常识，把家打理得井井有条，张郎也由此一年比一年富裕。

除此之外，丁香还擅长做饭，她做出的菜肴既新颖又美味，正如她的名字一样辛香浓烈，这使得她在家里的厨房事务中无可争议地占据了最高地位。

也许正是这一原因招来了海棠的嫉妒。海棠虽然有着漂亮的脸蛋和婀娜的身段，但从长远来看，这些条件最终不敌丁香以老套的方式俘获并维持她们共同丈夫的爱。而她的丈夫说到底也只是个普通人。

总之，海棠开始用尖酸刻薄的诽谤和含沙射影的中伤毒害张郎的心灵，让他逐渐厌弃他那相貌平平却才华横溢的正妻。她的阴谋最终得逞，张郎休了丁香，并将她逐出家门。

这位含冤受屈的女人流落到外面的世界，嫁给了一位烧砖工，为他带来了大量的财富和幸福。在别人无事可做的时候，他的窑火却熊熊燃烧；别人的灶火奄奄一息，但丁香却给他简陋的家带来了快乐和满足的温暖光辉。丈夫的心也因她而充满喜悦。

张郎后来又怎样了呢？唉！随着丁香的离开，张郎的好运也一去不复返了。他接二连三地遭遇不幸。不仅失去了财产，失去了不愿与他共患难的海棠，最糟糕的是，他还失去了视力。穷困潦倒的他沦落为一个乞丐，一个村一个村地乞讨谋生。

某天，他来到烧砖人的村子，开始挨家挨户地乞讨。尽管他衣衫褴褛、瘦弱不堪，丁香还是认出了他。她拉着他的手，把他领到厨房，她刚刚做了面条汤。她让他坐在凳子上，把一碗面和一双筷子塞到他颤抖的手里。

"这位好心的夫人，您的丈夫呢？"他颤声问道。

"在院子里烧砖窑呢。"

"哦，原来这就是我一进贵府感受到刺眼光芒和热气的原因。"

"没错，今天火生得特别旺。"

"夫人的声音很熟悉，我们以前见过吗？"他问。

"也许，也许吧。"她回答道，"请吃面吧，不然凉了就不好吃了。"

他左手托着碗，筷子举在空中，似乎舍不得吃。他刚吃几口就对面条赞不绝口，说他生活富裕的时候，妻子丁香常常为他做面条，自那以后他就再也没吃过这么美味的面条了。

"唉，要是我没有听信海棠那个贱妇的谗言，赶走我忠贞的妻子，那该多好！然而，自从她离开我家后，我便再也无缘好运和太平了，这就是上天对我的惩罚。"

就这样，这个心碎的男人继续哀叹自己的不幸，悔恨地诉说着自己对贤妻丁香犯下的罪，直到丁香忍不住泪如雨下:"可怜的人,可怜的人啊!"

他歌颂起妻子精湛的厨艺,回忆起她那比乡下所有女人都要长的秀发,讲述起她的耐心、温柔和高尚品质。

"唉,我多么想告诉她我错怪了她!说不定她会原谅我。我多么想为我给她带来的痛苦赎罪!"他转向丁香问道,"好心的夫人,您是谁?为什么对我这个肮脏的乞丐如此仁慈?"

"我只是一个同情你遭遇的人,不忍心看你如此痛苦罢了。"

"请问您的名字是?"他追问道。

她没有理会这个问题,而是伸手去取他手中的碗。"把碗给我,我再给你盛点,你肯定还没吃饱吧。"

她往碗里添满了热气腾腾的面条,但没有立即递回张郎颤抖的手里,而是把碗放在桌上。她迅速从头上拔下一根最长的头发,放进面条里。

他吃着吃着,头发吃进了嘴里,这让他很不快。他伸手去把头发拿出来,但是他扯呀扯,怎么都扯不完。这时,他浑浊的眼中突然灵光一闪,除了丁香,没有人会有这么长的头发。他仿佛能看到她站在他面前,这个把他带回自己家里,用自己的食物给他填饱肚子的女人不是别人,正是被他抛弃的妻子。

"你是丁香,对吧?"他用哽咽的声音问道。

"是的,"她轻声说,"我就是丁香。"

张郎手中的碗"啪"的一声掉在地上。他羞愧难当,站起身冲出屋子，面向着炽热的砖窑，一头扎进了火焰之中。就这样，他赎清了自己的罪，骑着一匹火焰之马升上了天界。

多年之后，张郎被姜太公封为灶神。

于是，在小年这天，人们会把那幅旧画像取下来烧掉，再给灶神烧一匹火焰马，助他上天向玉皇大帝禀报这一年的情况。这也就是为什么人们要在这天吃面条。

小年之后，迎接新年的准备更加紧锣密鼓。按照习俗，新年头三天不能制作面食，因此需要提前准备好大量的食物，让所有来拜年的人都能吃上一碗热腾腾的肉饺子。

一想到有这么多美味和惊喜，孩子们兴奋得几天都睡不着觉。这是多么盛大的节日啊！一年中没有哪个时候能像这个节日一样，深受男女老少的青睐。燃放的鞭炮是那么多！爆竹声是那么响！那些热爱喧闹的年轻人肯定心满意足了。从除夕夜开始，噼里啪啦的爆竹声此起彼伏，在新年到来那一刻响声达到最大，然后持续一整夜。

孩子们早早就被安排上床睡觉，在新旧年交替之前抓紧睡上几个小时，但这么做完全是徒劳。午夜前，他们被叫起床，穿上新衣服。穿着崭新衣服的小男孩们看起来多么神气，简直跟他们的叔叔和爷爷是一个模子刻出来的！小姑娘们则穿着色彩鲜艳的外衣，乌黑油亮的头发上别着朵假花，但都不及她们水汪汪的黑眼睛和露出酒窝的笑脸迷人。

明天是大年初一，一年中最美好的日子。人们已经准备好了一顿饺子大餐，一部分在旧年吃，一部分在新年吃。

即使是穷人，在这样喜庆的日子里也将尽情享受美食，哪怕在接下来的十二个月里，有三百五十天只能靠吃红薯度日。一想到这儿，他们就垂涎欲滴。

虽然尧家没有小孩子，但这里的欢乐气氛也同样浓厚。加拉哈德和让娜非常高兴能再次相聚，让娜也满腔热情地投入热闹的家庭庆祝中。她和加拉哈德一起点燃了一些他从芝罘带回来的烟花，这让家里人欢欣雀跃，但也吓得院子里的牲畜惊恐不已。

家家户户，人们兴高采烈地互相祝愿春节快乐，毫不掩饰自己的好胃口，一次又一次地递上碗来添满美味的饺子，每个人都吃得心满意足。更多的火箭炮、鞭炮、盆花炮和双响炮轮番上阵。就这样，夜越来越深，爆竹声渐渐消停，担惊受怕的小狗从藏身之处出来，玩累的孩子们自个儿躺下进入了梦乡，等待着天亮后再去拜访邻居和朋友。

一大早，一群孩子站在那里，显得有些笨拙。他们穿着新棉衣，不敢动来动去，生怕弄脏了衣服。男孩们得意扬扬地脱下又戴上他们的毛皮帽子，虽然他们的行头比不上姐姐或妹妹的漂亮，但更显高档，也许是黑色丝绸夹克让他们看上去更加气派。

他们在长辈的陪同下正式拜访亲友，收到了一些压岁钱。这时，吹糖的手艺人——一个做了几十年糖果小玩意、瘦巴巴的老人，带着他的神奇道具来到了街上。

他看上去十分寒酸。没有穿上节日盛装去拜访朋友，或许除了孩子们，他根本就没有朋友。孩子们更在乎他把滚烫的糖吹捻成各种奇特形状的本领，而不是他有没有穿着好看的衣裳。他拿起一团糖浆吹了起来，瞧，一个石榴就出现了。他又在石榴上加了一片叶子，然后用蘸了颜色的刷子在半熟的石榴上点上红色和绿色的斑点。一位年轻的小姐高兴地花了六个铜板买下了这件杰作。

每当他的作品问世，就会有迫不及待的顾客拿着准备好的零钱等待购买。即使不想买，你也可以和这群目不转睛的人站在一块儿，欣赏他用灵巧的手指捏出一只公鸡和一只黄鼠狼，或一只头卡在蜂蜜罐里的黄鼠狼。

也许不是今天，但明天一定会有玩具小贩在四处叫卖。他们的玩具或许制作得相当粗糙，但在孩子们的眼里却充满了神奇——木制长矛和镀银的宝剑、哨子和尖啸的笛子、旋转时会发出动听声音的拨浪鼓、吹气时会发出乒乓声响的红白玻璃球，还有黄色条纹的石膏老虎，只要按压它头部的按钮，就会发出逼真的吼叫声。

如果有人还想给已经超负荷的胃再添点东西，他们可以买上几串山楂糖葫芦，或是山楂夹着橘子再撒上些芝麻的糖葫芦，这样吃上去更美味。还有花生棒、纯麦芽糖和五颜六色的糖球，对于口袋里揣着几枚钱的孩子们来说，这些都是无法抗拒的诱惑。

木偶戏表演者四处走动，收集孩子们的铜板。他通过尖锐的腹语和灵巧的手法，让可怜的潘趣[①]在追捕者面前落

[①] 《潘趣先生》(*Mr. Punch*) 是一部传统的英国木偶剧。——编者注

荒而逃，引得人们哄堂大笑，这表演确实值得观看者们痛快解囊。

在这些无需劳作的日子里，年长的男孩们时常小赌一下。父母的管教变得松懈，他们尽量避免对孩子进行不必要的唠叨，希望每个人都能玩得尽兴，因此对平时严厉禁止的事睁一只眼闭一只眼。街道上充斥着摇骰子和掷硬币的声音，偶尔还能看到一些女性也能参与的家庭小游戏。

为了避免人们养成沉迷赌博的习惯，村里的年轻人被组织起来，为节日创作和编排戏剧。他们花上好几个星期来背诵台词和准备戏服。在家庭庆祝活动结束后，他们走村串户，在打谷场或镇外的空地上表演他们的戏剧节目。演员和观众都对此非常认真，每到一个村庄，村民们都会为剧团端上茶水和糕点，以示感谢。

春天的气息悄然而至，村子的生活逐渐回归常态。让娜的女学生们开始回到学堂上课。镇上的年轻人又开始大批涌向外面的世界，他们或经商，或求学。少了那些勇于冒险的人，叶岸村开始将注意力转向土地。在温暖的白天，农民开始挖掘南面山丘避风处那片阳光充足的土地。夜晚依然寒冷，但白天风和日暄，嫩芽正蓄势待放。

第二十五章
强盗

上课铃声响起，学生们陆续进入教室上早课。这时，加拉哈德感到有人抓住了自己的胳膊，他转过身，看到雇工老李那张疲惫又惊恐的脸。

"我必须马上见您。"老李气喘吁吁地说。

"到我房间来。"加拉哈德边说边领路。

他们一进门，加拉哈德就问道："怎么了？"

老李显得非常激动，他环顾四周找水，找到后大口大口地喝了起来，接着坐下来，擦了擦额头上豆大的汗珠。他看着年轻的主人。"那么——"加拉哈德说。但老李似乎无从说起。

"出什么事了吗？"加拉哈德试探地问他。他了解老李的性格，要是他太急于从老李那里寻求信息，那么这个雇工可能会遗漏一些重要的内容。

"那可真是出事了！"老李语气不妙地回答。

"说来听听。"加拉哈德劝道。

"唉,昨天晚上。让我想想,对,就是昨天晚上,十四号。哎呀!好像是五天前的事了,今天是十五号吧?"

确认完日期后,他又重新说道:"您也知道昨天晚上挺闷的,我已经上床睡觉了,这时,老爷,您父亲叫我出去打一桶水。我知道水缸已经空了,我本想着第二天一早起来再把水缸装满。不得已我只好穿上裤子,却没顾上穿袜子,您瞧,我现在连袜子都没穿!"加拉哈德点头表示他注意到了这一点。

"我去了南街那口井。我们街上那口井的水已经臭了一段时间了,也许是有狗掉了进去,但大家都忙得不可开交,没空去清理它,您也知道现在正是春耕的时候。"

"是,是,但昨晚到底发生了什么?"加拉哈德追问道。

"我正要说这个。我离开时留门没关,当时还不是很晚,而且除了您最小的妹妹,家里人都还没睡。我正沿着街道走,有人跟了上来,我看不清是谁,天太黑了,昨晚是阴天,您还记得吧?正当我要进家门时,他走到我身后,抓住我的胳膊说,'别出声,否则我就杀了你。'"

"强盗!"加拉哈德惊呼道。

"比那还糟,等我说完。这时从阴影中走出另外四个人,和那个男人一起跟了进来,然后把外面的门锁得严严实实。那个男人一直抓着我的胳膊,直到我们进了屋子。他脸上有红胡子,所以我看不清他的长相。"

"红胡子强盗!"加拉哈德着实吓了一跳。

"您父母和迎春都在厨房里。那个戴着假的红胡子的人说：'如果你们敢出声，我们就割了你们的舌头。'他们都吓坏了。"

"我的妻子在房间里吗？"加拉哈德焦急地问。

"不，当时不在。您母亲开始哭了起来，其中一个看似头目的人告诉她不必担心，只要按他们说的做就不会有人受伤。最坏的那个是戴着假胡子的男人，他的口音和我们一样，但其他人说话像北方人。"

"接着说，接着说。"加拉哈德催促道。

"头目问他们的外国儿媳妇在哪里。'你们想对她做什么？'您父亲问。那个男人笑了，'你觉得绑匪会图富人的亲戚什么？'您妹妹开始哭泣，老爷说：'但我们家并不富有。'那个男人听到后大发雷霆：'少来！休想耍我们，否则要你们好看。这些外国人多得是钱，哪怕没有，他们的朋友也会有。你肯定能为我们筹到两万银元，要是筹不到的话，你知道会有什么下场。'"

"他们让我过去叫年轻的女主人，当她进来时，那个大胡子说：'这就是那个女洋鬼子。'头目叫他闭嘴，然后摘下帽子鞠躬微笑。"

"年轻的女主人问他有什么目的，头目彬彬有礼地对她说：'很抱歉打扰您，但您必须跟我们走一趟。''什么！大半夜的出去？'她问道。'是的，没办法，但我会为您准备一头驴。'他说。"

"我本以为她会崩溃大哭，但她没有。她对头目笑了笑，问能否把我也一起带上伺候她。大胡子打断她：'不行，谁听说过这种事？'这时头目勃然大怒，质问大胡子到底谁才是老大，然后警告大胡子除非征求他的意见，否则最好少说两句。头目对年轻的太太油腔滑调，说我可以跟着一起去。于是我给驴子装上鞍，铺上毯子。为了不被邻居看见，我们从侧门走了出去。他们对您家人说的最后一句话是，他们必须等到天亮才能出门，否则就会被枪毙。"

"我父亲没有想办法阻止他们带走我妻子吗？"

"他们能怎么办？只能苦苦乞求，甚至向那些畜生下跪，但这群强盗依然无动于衷。他们把家里所有钱财都洗劫一空后，就带着我们出发了。"

"朝哪个方向？"在房间里来回踱步的年轻丈夫心烦意乱地问。

"我们向北直奔海岸。我竖起耳朵，听到他们提到了什么帆船和安东①。显然，他们打算渡海离开。"

加拉哈德突然在雇工面前停下了脚步，气愤地说："你倒是逃跑了，把她一个人留在那些恶棍手中？"

"别生气，主人，我来告诉您一切。要不是夫人，我绝对不会逃跑的。我估摸我们走了大约六个小时后，来到了一条小河边。水流很急，她叫我过去把她扶稳。但我发现她并不是害怕落水，而是有话要说。当我走到她身边时，她压低声音说：'老李，你去告诉少爷。'"

---

① 现辽宁省丹东市。——编者注

"就这些吗？"加拉哈德问。

"是的，强盗就在附近，她不敢多说，否则他们就会起疑心。没过多久，我就趁着夜色溜走了。他们过了好一会儿才发现，然后他们开了枪，我能听到他们互相叫骂，还听见夫人在大声喊：'哎呀！他是不是丢下我不管，自个儿逃跑了？老李，回来，回来！'我差点就回去了，但我确信这是她使的障眼法，所以我就直奔芝罘了。"

"就这些了吗？你有没有忘记什么？"加拉哈德无力地问。

"我想没有了。不对，还有一件事，"他在衣服里摸索了一番，掏出一块小手绢，上面系着一个朴素的金戒指，"她把这个塞到了我手里。"

加拉哈德一个箭步向前，急切地夺了过来。"她的结婚戒指。"他惊讶地说，然后转过身去，把脸贴在那块精致的亚麻布上，沉浸在上面残留的一丝熟悉的香气中。戒指的出现和让娜的香味似乎又让他振作起来，充满了勇气。加拉哈德让老李留下来歇脚，自己立刻去了麦克格雷戈先生的办公室。

当他走进来时，麦克格雷戈抬起头问："怎么了永福？你生病了吗？"

"没有，先生，但我家仆人刚刚给我带来了个坏消息。我妻子被强盗绑架了。"

麦克格雷戈闻言一跃而起，抓住加拉哈德的肩膀："天呐，孩子，这是什么时候的事？快告诉我。"

加拉哈德三言两语讲完了经过。

"你是说,你认为他们有一艘船,并将驶向东北?"麦克格雷戈问道。

"是仆人从他们的谈话中推测的。"

"嗯,用船才能追上船。"麦克格雷戈说着,从抽屉里拿出一个手枪皮套,"来,把这个扣在你长袍下面。我还有一把。现在跟我来。"

他们在校门口找到人力车,立刻跳了上去,答应给车夫加钱,让他们快点。一刻钟后,他们来到了标准石油公司办公室前,快步走了进去。霍利先生人在办公室,他刚巧拿着一堆文件正要出来。

"你好,霍利。"麦克格雷戈说,"对于你这样精气十足的人来说,跟这些文件打交道太单调了。你有没有抓捕过海盗?"

"哦,那倒没有。"这位来自标准石油公司的员工说,他个子很高,三十八岁,脸上挂着一丝古怪的笑容。"前段时间确实晋升了,但没晋升为海军上将。"

"暂时还不是而已。那么换个说法,你有没有幻想过和海盗交战?"

"那当然,每个小孩都有过这样的梦想。我的妻子总说我还是个孩子。"

"中国是个能让你梦想成真的地方,而我就是你的仙女教母,一切都替你安排就绪了。'十五个人扒着死人箱'①,

---

① 出自罗伯特·路易斯·史蒂文森(Robert Louis Stevenson)的小说《金银岛》(*Treasure Island*)中一句著名的海盗歌曲。——编者注

一位美丽的少女等着你去拯救。"

"哎,你们传教士这些高深莫测的语言真是难懂。你卖的又是什么关子?"

于是麦克格雷戈把计划告诉了他,霍利惊呼道:"今天早上我还在抱怨生活乏味呢!你问我去不去?我当然要去了。我马上派个苦力去准备汽艇。但如果我们不告诉其他伙计,他们永远都不会原谅我的。我得给那帮家伙打电话。"

霍利给"那帮家伙"打完电话后,又给霍利夫人打了电话。不到一个小时,除了麦克格雷戈和加拉哈德之外,还有八名男子——有英国人、美国人、比利时人和一个俄国人——出现在停泊汽艇的码头。所有人都带了各式各样的枪支,其中一人还带来了两把巨大的中国弯刀,有一人头上系着一条红色班丹纳印花手帕。现场充满了欢声笑语和打趣调侃。

这艘汽艇是一艘坚固的小船,速度不快,但要超过一艘中国帆船绰绰有余。它被用作拖船,将装载煤油的驳船从公司的罐装厂拖到码头的仓库。船上的六名船员都是中国人。

"格林呢?"有人问。

"正在换他的新射击服。"和他同一个办公室的弗伦奇回答道,"你不会指望看到格林不修边幅就出现吧?"

就在他们说话期间,格林悠然自得地走了过来。果然,他的穿着无可挑剔。他的每一件服饰——从帽子到棕褐色的鞋子——都彰显出他是业余狩猎者的典范。他把步枪优雅地挂在手臂上。

"格林,你来得正好。"霍利说。

"我想我应该有足够的时间换上我的行头,"格林说,"要我说,没有什么比穿着得体更重要了。你知道吗?衣服对人的心态和状态有着很大影响。"

"换句话说,射鸭子时要穿绣着鸭子的衣服。"有人建议道。格林没有理会对方的调侃。

码头上有一大堆旧的船钢板,有的扁平,有的弯曲。这些钢板大约五英尺见方,一侧有铆钉孔。加拉哈德低声和麦克格雷戈说了几句,麦克格雷戈又转身传达给霍利。

"好主意。"霍利说,"那些恶棍有武器,我们可以用这个来当防护。"

他们叫来了苦力,把六块钢板抬上了汽艇,然后把一块弯曲的钢板装在驾驶舱前。

霍利夫人和弗伦奇夫人来为她们的丈夫送行。霍利夫人准备了一个装满食物的大篮子,它的到来获得了大家的欢呼。事实上,整个出发过程更像是一次野餐聚会。

"你们不带我们一起去野餐,真是太小气了。"霍利夫人对麦克格雷戈说。

"你们也知道我是护士,"弗伦奇夫人说,"我就不能一起去帮忙照顾伤员吗?"

当他们出发时,霍利夫人向她的丈夫喊道:"埃德,给我抓个真正的活海盗回来当晚饭。"她的这句俏皮话惹得码头上的中国人哈哈大笑,虽然他们听不懂这个笑话,但懂得适时应和。可结局真的是这样吗?此时的他们都没有意识到,在这次欢乐的聚会中,有些人将永远无法回来了。

第二十六章
月下之战

汽艇沿着海岸航行，几艘帆船映入眼帘，霍利认为他们最好逐一排查每一艘船。这需要不少时间。几乎整个下午，他们都在检查四艘看起来没什么可疑之处的帆船。每艘船都对登船搜查没有异议，最后也被证实是无害的商船。

在东北方向，一艘扬着满帆的大船进入他们的视线。早上的时候风还很轻，但此时风势渐大，这艘船正乘着风极速前进。大约五点的时候，汽艇追上了这艘船。麦克格雷戈已经用望远镜观察这艘帆船一段时间了。

"霍利，那就是我们的猎物，一定没错。"他说，"这艘船上的人比其他船的要多得多，他们似乎受到了惊扰，像一窝受惊的蚂蚁在船上跑上跑下。他们似乎改变了航线，现在正在划桨，每边三个人。在这样的风势下完全没有必要，除非是他们想逃跑。"

的确如此，这艘帆船已经从西北方向改为了东北方向。

这使得汽艇开始与帆船平行，并驶在帆船的后方。除了舵手，海盗们的身影都被隐藏在高高的船尾后面。

汽艇向帆船驶去时，虽然还有一段距离，但帆船上有人开了几枪，子弹呼啸着飞过汽艇。其中一发射中了驾驶舱上方不远处的烟囱。这是让他们离远点的警告，汽艇上的驾驶员则用尖锐的汽笛声回应。尽管如此，麦克格雷戈还是减慢了发动机的速度。

"嘿，"格林惊呼道，"他们准备耍花招了，是不是？"

"难道你还指望他们会站起来，让你像威廉·退尔[①]那样精准射击吗？"刚刚提到鸭子的人反问道。

"我们最好把钢板装好，用上潜望镜。"霍利说，"霍利夫人可不喜欢穿黑色，我们谁也不想因为对方枪法不慎而牺牲。"

弗伦奇正调整步枪进行瞄准。"弗伦奇，你能干掉那个舵手吗？"霍利问，"我们不妨抢占先机。"

"我试试看。"弗伦奇说。

一声枪响，他们看到舵手举起双手，落入水中。人群不禁发出一阵惊呼，驾驶员吹响了哨子。两三个海盗跑到船尾张望。他们消失了一会儿，随后又再次出现。

就在弗伦奇准备再开一枪的时候，一直在用望远镜的麦克格雷戈突然大喊道："别开枪！他们正用那个女孩当盾牌。"

---

① 威廉·退尔（William Tell）是瑞士民间传说中的英雄，是一位好猎手。——编者注

霍利喃喃自语了几句，可能是咒骂，也可能是祈祷。加拉哈德脸色煞白，但还是冷静地说："我可以借用一下您的望远镜吗？"

麦克格雷戈把望远镜从脖子上取下来，但无需望远镜，眼前即将上演的悲剧也能一目了然。"看！"几个人同时喊道。帆船船尾的人拖着一个穿蓝衣服的瘦小身影向前走，他们把她远远地推到船的边缘，只抓住她的胳膊。汽艇上的人发出痛苦的呻吟。

"老天爷，他们是要把她扔下去吗？"霍利惊叫道。

然而，海盗们对着汽艇摆了摆手，夸张地做出要把让娜推下水的动作，然后又把她拉回船上。汽艇上的一群白人松了一口气。

"他们这是什么意思？"麦克格雷戈擦了擦额头问道。

大家都看向加拉哈德。他紧咬牙关，用稳定的声音说："他们的意思是，如果我们再向他们的人开枪，或试图登上他们的船，他们就会把我的妻子扔进海里。"

"简直禽兽不如！"格林说。

"看来我们真要在这里吃晚饭了。"之前调侃的人说，"格林，你把你的晚礼服带来了吗？"

"真是糟糕透了，"霍利说，"他们就跟印第安人一样野蛮！你觉得他们会不会真的对她下手？"他问加拉哈德。

"如果我们现在逼他们，他们真有可能这么做。"加拉哈德说，"这是他们争取时间的初步行动，我们等一会儿就会看到他们的回应。同时我们要开足马力，绕着他们航行，让他们知道他们是逃不掉的。时不时地在他们头顶上方鸣枪,但最好暂时不要射到人群。"

"警惕等待——好主意。"霍利说,"小伙子们,拿起枪,打高一点。"

"他们可真够嚣张的。你猜那些家伙知道我们是谁吗?"格林问。

"大概不知道吧。"调侃他的人说,"要不你把你的名片发给他们?"

汽艇开足马力,冲到帆船面前,绕了一圈再从另一边靠近。海盗们四散的射击打在他们的钢板上,没有造成任何伤害。在太阳下山前,他们已经绕着猎物转了两圈,陆地早已从视线中消失。

加拉哈德一行人刚才被迫无奈目睹的残忍示威,是让娜在这些粗暴男人手中遭受的第一次侮辱。

雇工惊奇地说她在笑,但殊不知那是她防御的一部分。尽管如此,这抹微笑依然无法掩盖她颤抖的心。

那天晚上,她走进房间时看到的家人们被吓得铁青的脸依然历历在目。若不是为了他们,她可能也会向恐惧低头。强盗们对待她家人的态度也让她心惊胆战。为了逼迫加拉哈德的父亲说出所谓宝藏的藏匿处,他们对他轮番进行了毒打。而其他家人则被他们粗暴地推进了一间卧室里,她们挤在炕上,不敢作声,牙齿咯咯作响。

不过,有一个人对让娜的关心胜过了对自己安全的考虑。正当强盗们忙着把房子洗劫一空的时候,和其他人一起被赶入卧室的桃花用力推开门,死死盯着被派来看守让娜的家伙,她的眼神里闪烁着蔑视,行为充满了挑衅。

"给我回去,把门关上!"那人命令道。

"你来把我关回去试试。"她回嘴道,同时狠狠骂了他一句。

他朝她走了一步,但她并没有像他预料的那样躲开,而是像一头小野兽般扑向他,对他又抓又踢又咬,大声喊道:"不许带走我家太太,不许伤害她!"

"住手,桃花,住手!"让娜试图劝阻她,"你这样做是没用的。"

强盗掐住丫鬟的脖子,把她转过来,猛地一脚把她踢倒在卧室的门里。

"住手!"让娜惊恐地说,"她只是个孩子。"她本想去把桃花扶起来,但那人挥手让她走开,然后关上了门。

"那只小野猫竟敢咬我。"他说,似乎在为自己的暴行辩解,还舔走了手上的血。

然而,他对让娜却没有表现出任何不敬。正是她的第一次微笑,为她赢得了这些铁石心肠的人和他们头目的善待和关心。每当有必要和他说话时,她都小心翼翼地称呼他为"老大",而对其他人,她则使用"大哥"这个普通但友好的称呼。他们尽量让她感到放松,总是称呼她为太太或夫人。

连续七个小时的路程里,他们都骑在坚硬的木制马鞍上,途经的都是陡峭崎岖的石子路,令人感到极其疲惫。

让娜恳求让她步行，但他们只允许她走一小段路，因为他们要赶在天亮前到达船上，担心她步行跟不上。一个身材高大的人好心提出背她，尽管其他人都劝她接受，但她还是拒绝了。

让娜不知道他们要把她带到哪里，她猜可能是山间的某个藏身之处。通过时隐时现的星星，她知道他们正在往北走。

当他们爬上高高的山脊，第一眼看到大海时，黎明的曙光已经划破了东边的天空。岩蓝色的海水看起来冷冽且令人生畏。一个渔村依偎在岸边，仿佛在寻求掩护。

不远处，一艘大帆船正在抛锚停泊。大海和船只并没有给让娜带来丝毫喜悦，反而让她感到深深的忧虑。旭日东升之处，两座小山丘光滑圆润。在它们上方，玄武岩悬崖的黑色手指在天空中勾勒出令人毛骨悚然的轮廓。让娜闭上眼睛，不去看这些景象。

走在她驴子旁边的强盗头目指着那艘帆船，带着一丝明显的自豪感说："那是我的船。"

让娜打了个寒战，她根本不想知道。

"你冷吗？"他问。

"有点。"她回答。

他脱下自己的外套，不顾她的反抗，把它披在她的肩上。"你可不能着凉。"他像对小孩说话一样说道。

当他们即将穿过村庄前往海岸时，他命令她把外套盖在头上，以免别人看见她的脸，直到他允许她脱下为止。

外套上的动物气味让她感到恶心,但她不敢违抗。

村子的街道上一个人也没有。要不是寥寥无几的烟囱里冒出几缕炊烟,还真让人以为这个村子已经完全荒废。旧渔网覆盖在农舍的屋顶上,巨大的石块压着饱经风霜的灰色茅草屋顶。

一行人直接来到岸边。潮湿的沙滩上,螃蟹们正忙着把沙子滚成小球,在沙滩上堆出一个个美丽且自然的小装饰,就像俄国音乐一样动人。一见到人,螃蟹便迅速逃之夭夭,溜进各自的小洞里。

接到信号后,一艘舢板从帆船一侧驶出,把所有人接到船上。这是一艘三桅船,船尾很高,酷似西班牙大帆船,前后各有一间船舱。甲板很窄,向船中倾斜,船中央几乎与水面齐平。船身两侧由粗大的圆木制成,从船头一直延伸到船尾,使人联想到鲸鱼的鳍。靠近船头的两侧各有一只"大眼睛",让这艘帆船看起来更像鱼了。船帆卷了起来,用编织垫包裹着。高高的舱门顶上设计了第二层甲板,从头到尾贯穿了整个船的中部。

他们一上船,热茶和食物就摆在了让娜面前,但她不想碰这些食物。

"我知道你太累了,吃不下东西。"头目注意到她食欲不振,怜惜地说,"你需要的是睡一觉。"他在前舱铺好被子,让她躺下休息。她感到疲惫,于是躺在坚硬的木床上,很快就睡着了。整个上午,他们都没有打扰她。当她醒来时,船正在行驶,太阳已过了天顶。

一张脸从门外探了进来。强盗头目看到她醒了,恭恭敬敬地取下紧紧缠绕在头上的辫子,走进来坐在凳子上。显然,他想和她谈谈,想向她证明,他的本质远远超过他的表象。他并不是一直都是强盗,事实上,他的家庭很富裕,他自己也受过一些教育,至少他不是文盲。他们家族的仇敌在家乡掌了权,对他们进行了残酷的迫害,让他们一家走投无路。他自己也被定为逃犯,被迫做起了这一行,他希望并期待着很快能摆脱困境。

这位英俊的年轻人能说会道,他在表达自己的时候确实很容易令人信服。他经常面带微笑,从容地打着手势,显然渴望给他的"客人"留下好印象。

让娜试图表现出适度的兴趣,但又不过于放松警惕。她表现出同情,但又不助长他的自信。他讲述侠义事迹的目的在于让她确信她在他手下是安全的,不会受到任何伤害,而且一旦赎金的小问题解决之后,她很快就可以回到家人身边。

她尽可能回避关于尧家经济状况的尖锐问题。他问的许多事情她都不知道,还有一些问题她很轻易就蒙混过去了。

这时一名男子报告,有一艘汽艇显然是在跟踪他们。他们的对话就此结束。头目立刻离开船舱,让娜听到了嘶哑的喊叫声和急促的脚步声,随后在划船人重复的口号声中,听到了船桨来回划动发出的吱嘎声。

过了一会儿,枪声和汽艇的鸣笛声传了过来。她从船舱的窗户往外看,看到一艘汽艇正紧跟在帆船后面。驾驶员一定是个欧洲人,这也可能是一艘缉私船。那会是救援队吗?她的希望破灭了,因为甲板上的人发出了愤怒又嘈杂的咒骂声。叫声最大的是头目,他大骂那些外国人杀死了他的舵手。

"把那个洋鬼子带出来。"她听到他说。两名男子走进船舱。让娜蜷缩在角落里,一个她从未见过的人粗暴地抓住她的手腕,把她拉到门外。另一个强盗是前一天晚上提出要背她的那个人。"慢点,慢点。"他对同伴说,然后低声告诉她,"别害怕,不要紧,这不是真的。"

但这场磨难是真的让她再也承受不住了。他们把她拉到甲板上后,让娜就晕了过去。那个温柔待她的高大男人像抱孩子一样把她抱起来,在头目的指示下把她带到了船尾的主舱。

海盗船的一侧扬起了一块白布,两艘船再次并排而行。他们显然是在试图引起注意。汽艇的汽笛响了两声以示回应。海盗船收起船帆,两个拿着停战旗帜的男人爬上一艘舢板,向汽艇划去。他们划到方便说话的距离,说:"我们的头儿要给外国人带个口信。"

"尧先生,你来跟他们谈吧。"霍利说。

加拉哈德走到船边问:"你们对西方贵宾有何信息要传达?"

"我们的首领向西方贵宾致意。"对方回答,他放弃了自己常用的表达方式,转而采用像加拉哈德一样更为尊重的措辞,"他对给这位大人物带来的焦虑和不便表示歉意。他并不知道在我们船上做客的外国女士是尊贵的石油公司老板的亲戚。如果老板能好心把女士接到自己的船上,并返回芝罘,我们首领将不胜感激。"

加拉哈德把这番话翻译给同伴们听,大家纷纷表示满意。

"多体面啊!"格林说。

霍利对中国人的性格了解颇深,他问道:"他的意思是,他会放弃交火,同时释放你的妻子?"

"他的意思是,"加拉哈德说,"他们愿意交出尧太太,条件是我们放他们走。"

"好吧,先生们,"霍利说,"虽然我对如何回复这个绑匪有自己的想法,但我还是希望能征求大家的意见。我们需要召开一个军事会议。"

"我提议我们在船舱里开一个委员会会议。"爱开玩笑的人说。

刚开始讨论时,大多数人的意见是带走让娜,然后收手。他们是来救她的,既然救出来了,他们的任务也就完成了。惩办罪犯不是他们的事。

英勇的猎人格林先生在会议上发表的意见是:"我认为我们应该尽快离开这里,你们没看到天色已晚吗?"

"你可不想成为最后一个离开的人,对吧?"那位无法抑制自己情绪的人说。

轮到加拉哈德发言了。"尧先生,你是我们所有人中最关心这个问题的人,"霍利说,"我们可以听听你的看法吗?"

加拉哈德表示,他担心自己的英语水平有限,无法清晰表达自己的想法,他希望当他遇到表述困难时,麦克格雷戈先生会给予他帮助。他自己的想法与大多数人一致,即接受对方的条件。当然,他最希望的还是能救出他的妻子。然而,他越是考虑这个问题,就越是无法摆脱这样的信念:仅仅从个人角度出发解决这个问题,虽然是最简单、最稳妥的办法,但不是最彻底的解决方案。

他告诉他们,自己和妻子这次可以脱离困境,但代价却是牺牲其他无辜者的性命。这些暴徒这次逍遥法外之后,只会再次回来掠夺其他人,甚至可能是几十户人家,继续他们的绑架恶行,也许会持续数年,给大量人民带来难以言表的苦难。

这群绝非懦夫的人开始明白他的观点。现在在他们面前的是一种公害和威胁,既然他们已经到了现场,就应该加以清理。这些强盗不仅是危害中国社会的罪犯,还是最卑鄙的亡命之徒,是各民族正派人士的公敌。

加拉哈德认为,从海盗们提出的条件来看,他们的士气正在减弱,现在正是动手的最佳时机。他的发言虽简短,但其诚意毋庸置疑,其他人发出了赞同的呼声。

"中国人好样的。"

"勇气可嘉。"

"让他们走跳板①。"

"把他们打趴下。"

大家的意见已经明显转向另一方,就连格林也不例外,之前他还在把驾驶舱的窗户当镜子来调整领带,以此缓和心情,此时的他对旁人说:"非常有力的逻辑。"

"看来这个活海盗霍利夫人是拿定了。"霍利淡淡地说,"现在轮到我们回复和发出最后通牒了。尧先生,你能再次担任我们的翻译吗?请告诉他们,我们接受他们宝贵的提议,但条件是他们必须和我们一起返回芝罘去拜见刑事法庭的法官。"

加拉哈德把这段话翻译成了汉语。舢板上的两个人愤怒地咒骂了几句,准备开始划桨。

霍利接着说:"告诉他们,我们只给他们十分钟时间,如果到那时他们还不投降,我们就发起进攻。"

加拉哈德把话传给了他们。霍利随后探身到船边,伸出一只瘦长的手指着那些人,忘了自己还需要一个翻译。"还有,"他用充满严肃的语气大声说,"告诉你们那个该死的首领,如果那个女人受到一点伤害,我们就把他和你们所有人剁成碎片喂鱼。听明白了吗?"

他们转向加拉哈德,加拉哈德把威胁的精髓原原本本地告诉了他们,还自己补充了一句:"你们要知道,外国人向来说到做到。"

---

① 指海盗船上的一种惩罚方式,被迫走上一块从船边伸出的木板,然后跳入海中淹死。——译者注

就在他们交谈的时候,夜幕悄然降临。他们匆忙划回舢板,此时满月正从海面升起,一切都沐浴在柔和的橙色光芒中,没有什么比这更宁静了。在快速褪去的落日红光中,帆船的黑色轮廓显得格外清晰。海浪拍打着船舷,荡起一圈圈金色的泡沫。

但两艘船上的人都无心欣赏这大自然的夜之华服。霍利和伙伴们正在小心翼翼地检查他们的枪支,把弹药放在方便拿到的地方。有几支枪上装了刺刀。每个人都按指定的位置站在靠近海盗船的一侧,尽可能利用钢板作掩护。霍利曾在海外服役时担任上尉,自然是下命令的最佳人选。

"我们待会儿靠近他们,用我们的船钩把他们的船钩住,但要保持足够的距离,让他们无法过来。接下来就看你们的了,用火力扫射甲板,把他们赶下去或打落水里。"他看了看表,"一分钟后行动。"

汽艇开到了海盗船后面。驾驶舱前的霍利一声令下,驾驶员立即启动了引擎。"开始行动。"霍利大声说,确保所有人都能听见。汽艇向前疾行,船头几乎直接对准了帆船的船尾,然后稍稍偏离,以便并排靠拢。这一连串动作完成得行云流水,就好比向码头靠拢一样娴熟。两名船员手持杆钩,严阵以待。引擎室里铃声大作,双方同时响起了一阵枪声,汽艇船头的一名中国人倒下了。他的杆钩横跨在两船之间,一端卡在帆船的侧面,另一端则靠在汽艇的舷边上。

加拉哈德看到水手倒下后,离开掩护,跳到杆子边,将汽艇与对方的船分开。他脱下蓝色的长袍，在月光的照耀下，他白色的棉布套装显得格外引人注目。霍利也站在外面，高声鼓励他的部下，同时用自动步枪射击。

敌方船上有几个人被击中，倒在甲板上，其中一人正爬向遮蔽处，其他人则躲在桅杆和高高的舱口后面。在枪林弹雨中，霍利突然大喊："停止射击！"

有两个人影从船头跑到了帆船的中央。其中一人身材高大，足足有六英尺高，他光着脚，赤裸着上身，辫子盘在轮廓分明的头上，在他跑动的时候，身上的肌肉在月光下闪闪发亮。他在另一个身穿白衣的人影面前节节败退。两人手持短剑，挥剑时，月光从剑身上一闪而过，双刃相击，火花四溅。

双方谁也不敢开枪，大家都安静地观看着，在近距离震耳欲聋的枪声后，此时突然的寂静令人提心吊胆。大家甚至不敢发出声响。他们的动作是如此迅速，攻击是如此迅猛，似乎双方随时都会将对手劈成两半。

白衣人一次又一次地压制对方，让对手面朝月亮，看对手的眼白在月光下闪烁。每当他挡住对手的巧妙一击，或自己刺了个空时，他就会龇牙露出微笑。他不喜欢看不到对手的脸。

两个人都在大口喘气，嘴里不时发出一声呐喊。面对瞄准腿部的凶猛一击，他们跳起来避开寒光闪闪的剑刃，犹如女孩跳绳或运动员跨栏一样轻盈。为了避免头部被砍，他们又猛蹲到地面上。

两人的表现堪称完美，这是真正的中国剑术。若不是知道这是一场残酷的生死之战，人们很可能会认为这仅仅是一场精彩绝伦的技艺表演，仿佛他们都受过专业训练，给人一种试图砍杀对方却不造成实际伤害的错觉。

但这是一场关乎生死的真正较量，不是在嬉戏玩闹。每当加拉哈德挥起利刃，似乎听到手中的武器在低吟着让娜的名字；每当他刺出一剑，仿佛听到它在嘶吼着"让娜"。而那个强盗则为了自己的自由和生命而战。

两人来来回回地交锋，舱口顶上就是他们的竞技场，这场一对一的决斗也让他们的同伴们看得目瞪口呆、忘乎所以。赤脚的男人在重心和臂展上占优势，而加拉哈德则在年龄和敏捷度上更胜一筹。

突然间，白衣男子脚下一滑，重重地摔在了地上。原来是他踩到了一摊血。强盗得意扬扬地停顿了片刻，摆出胜利者一贯的夸张姿态，然后高举着剑一冲而上，准备了结对手的性命。不料这片刻的耽搁却要了他的命。只听一声枪响，他猛地向前一扑，倒在了平卧在地的男人身上。

战斗只持续了几分钟。随着他们头目的倒下，海盗船上立刻枪声四起，击破了短暂的寂静。有五个人向前跑去，其中三人像他们的头目一样光着膀子，他们试图跳到汽艇上。其中一人奋力一跃，跳到空中，但随即被霍利一枪射杀。另一个掉进水里，被中国人用船钩击中，那人在落水时嘴里仍骂骂咧咧。第三人头朝下悬挂在帆船边缘，于是剩下的两人则打起了退堂鼓。两艘船靠得更近了。

"现在轮到我们了。冲啊,伙计们!"霍利高喊道。除了两人外,所有人都响应了命令。格林腿部中弹,动弹不得,但他依然还在战斗。他总是那么优雅,就连说话时也是如此,他大喊道:"上吧,先生们!记住你们是英国人!"

七人来到帆船甲板上,然后四散开来,跳过阵亡者的尸体,将士气低落的残兵败将赶到他们前面,一些强盗跳进了船舱,另一些则跳进了海里。最后甲板上一个海盗也不剩。攻击者们欢呼雀跃,汽艇驾驶员吹响了胜利的长号。但这场胜利并非没付出代价。

霍利头部受了伤,满脸是血,他跨过海盗的尸体,走到被对手庞大身躯压在下面的白衣人身边。"肯尼迪,来帮我把这个家伙弄走。"他说。他们把海盗推到一边。加拉哈德仰面躺在地上,额头上有一块很大的淤青,除此之外身上看不到其他伤口。肯尼迪碰到他时,他睁开眼睛坐了起来。"发生了什么事?"他问道。他看着死去的海盗,伸手揉了揉淤青,很快就站了起来。

"你受伤了吗?"霍利问。

"我想没有。"加拉哈德回答,"在我射杀他之后,他的剑柄一定是击中了我的头。"

"是的,他的尸体就是最好的掩护。"霍利笑道。

当其他人把俘虏赶出藏身之处时,加拉哈德开始寻找让娜。"她怎么还不出现?真奇怪。"他自言自语道。他大声呼唤她,但没有回应。他走进船舱,在黑暗中四处摸索。他审问了俘虏,但他们都说没有对她施暴,在捎口信的人回去之后，她一直和头目待在船舱里。

他又来到船尾的船舱。后面的一扇窗户开着，他探头出去，看到一根绳子悬挂在水中。舢板去了哪里？加拉哈德冲到甲板上，四处寻找那艘小船。它没有绑在海盗船上。他开始急切地扫视海面，爬上桅杆以便看得更清楚。初升月亮的金色光芒已经变成了清澈的银色，西边的海面上有一个黑点，他确信那一定是舢板。加拉哈德从桅杆上跳下来，立刻去找霍利："霍利先生，我能借用一下汽艇吗？"

"借用汽艇？你这是什么意思？"美国人迟疑地看着他。

"我认为他们用舢板把我太太带走了。西边有一艘船，我们几分钟就能追上它。"

"哦，你是这个意思，我还以为你疯了。当然可以了，去吧，我会告诉驾驶员你是海军中将的。"

其他人还没有回到汽艇上，他们正在看守战俘或查看一并缴获的战利品。格林是汽艇上剩下的唯一的欧洲人。当他们推开船体，直接向西行驶时，加拉哈德注意到，除了格林、船员和他自己之外，还有一个黑影躺在船舷上。

格林的伤口开始疼痛难忍，他坐在甲板上试图止血。加拉哈德径直走向他，帮他包扎伤口。

"血是一种很脏的东西，你不觉得吗？"格林说，"小时候我一直害怕打架，因为我总是被揍到鼻血直流，然后我的衣服就会沾满血迹。我这条裤子今年春天都没法穿去打猎了。"

加拉哈德向前方望去，舢板更加清晰可见了。他回到被霍利射杀的海盗尸体旁,尸体面朝月光躺着。

"这家伙一定是个老头,"格林指着死去的强盗说,"他留着胡子。我从不觉得胡子好看,也绝不会留胡子。"

"这就是老李提到的红胡子。"加拉哈德说着,伸手去扯掉胡子。

"什么?这居然是假的。"格林惊讶地说,"太荒唐了!"

"哎呀!"加拉哈德用汉语惊呼道,"这不是李拙笨吗!"

"怎么了?你手上沾血了吗?"英国人问道。

"不,"加拉哈德说,"我认识这个人。他是我以前的同学。"

"你确定?"

"是的,我肯定。他们脸上有着相同的疤痕。显然,他就是策划绑架的人,这是他对我旧怨的报复。我以为他还在监狱里,因为我作证指控他谋杀。"

"真是太传奇了,简直叫人难以置信。"格林评论道。

加拉哈德站在那里,看着李拙笨的脸,想起了李拙笨被关在牢笼里的那一天。"善恶到头终有报。"他若有所思地引用了一句谚语。

当听见驾驶员说舢板就在前面时,他瞬间从对死者的沉思中回过神来,快步向前,使劲睁大眼睛寻找活人。小船清晰可见,但船上却不见人影。汽艇放慢了速度,加拉哈德在舢板划过时抓住了它,然后踏上了狭窄的船板。一个黑乎乎的身影躺在船头的地板上,他大叫一声向她跑去。

让娜睁开眼睛看着他,然后又闭上了。"我一定是在做梦。"她喃喃地说。

"不,让娜,这不是梦,真的是我。"他把她搂在怀里,他在外国同伴面前压抑已久的所有情感在这一刻得到了释放。

汽艇继续开着,绕着他们的舢板转圈。他几乎对它感到憎恨。为什么它要回来?为什么不能把他和她留在美丽的月光下?他想和让娜单独待在一起。他不想看到别人,也不想让别人看到他的妻子。他的嫉妒油然升起。他们会盯着她看,会说闲话,也许还会可怜她。

但随后,一股更高尚的精神占据了他的心。如果没有这些舍己为人的同伴,他就不可能会胜利。要不是他们,他现在也不可能把让娜搂在怀里。他真是个忘恩负义的家伙,无缘无故地怀疑他们。他们有权见到让娜,和她说话,碰她的手。他们不是参与了她的营救吗?他们不也会很高兴看到她平安无事吗?

当汽艇靠近时,他抱着让娜上船,温柔地把她放在船舱的座位上。由于睡眠不足和可怕经历的折磨,她几乎精疲力尽,很快便打起了瞌睡。她的丈夫找来那件被丢弃的长袍,盖在她的身上。

第二十七章
归途再启

加拉哈德回到帆船上时,船上一片安静,没有一点欢声笑语。怎么会有呢?伙伴们在清点完伤亡人数后,发现俄国人斯特罗姆博斯基和一名船员不幸身亡,格林和麦克格雷戈也都受了伤,好在并不严重。他们从俘虏口中得知,海盗船员一共有十七人,其中六人被活捉,两人跳海后游了上来,乞求将他们带上船。这八个人被牢牢绑着,此刻正酣然入睡,仿佛在人世间没有一丝烦恼。

他们把船舱里的物品清点了一遍,其中有一大批质量上乘的衣物,被精心扎成一捆一捆,显然是多次掠夺的战利品。他们还发现了一个大箱子,里面几乎装满了女性首饰、小摆件、传家宝、几对花瓶和大量钱财。除此之外,还有一定数量的食物。

食物被留在了帆船上,贵重物品则被转移到了汽艇,高高地堆放在甲板上。俘虏也被留在了他们自己的船上,由人看守，斯特罗姆博斯基和那名姓程的汽艇船员的遗体也一起被留在了那里。

他们把汽艇的缆绳系在帆船的船头，返航之旅就开始了。大家低声讨论着如何处置这艘船和战利品。霍利对船员们的表现尤为自豪，他认为他们应该得到丰厚的奖赏。同时还必须为程的妻子和家人提供抚恤金。

没过多久大家就通过了麦克格雷戈的提议——那艘劫持了让娜的海盗船应归她所有。每个人从战利品中挑选了自己喜爱的物品，然后把剩下的卖掉，将所得收入分给中国船员。

天渐渐变亮，老爷山上出现忽明忽暗的灯光，与闪烁的晨星交相辉映。

又过了不久，风向开始转变，从北面吹来了寒风。加拉哈德想找些暖和的东西给让娜盖上。甲板上有一捆衣服松开了，他在黑暗中摸索着抽出一件衣服，盖在妻子身上。

汽艇沿着海岸驶向芝罘，麦克格雷戈正在和加拉哈德聊天，他的胳膊上打着绷带。"我真不知道该如何感谢您和其他人所做的一切。"加拉哈德说。

"别这么说，他们下次还会为其他人这么做的。只要让他们一睹尧太太风采，那就足够了。"

加拉哈德领会了他的示意，走下甲板。当汽艇驶过防波堤，进入宁静的内港时，他带着让娜再次出现在甲板上。男人们立刻站了起来，目瞪口呆地看着眼前的景象。谁也不知道他们原本期待看到什么，也许是某个平凡无奇的乡下妇女。然而此时站在他们面前的是一位娇小玲珑的女士，身上披着一件精美的中式外衣，深蓝色的缎子上绣着五颜六色的花朵，但看上去却十分和谐。袍子下面露出一双小脚，脚上穿着中式绸缎拖鞋。她的发簪在通宵赶往海岸的颠簸中被甩掉了，因此她把头发梳成了两条简单的大辫子。在这些高大的男人面前，她看上去就像个小孩子。

让娜一眼就认出了麦克格雷戈，她伸出手向他走去："哦，麦克格雷戈先生，您受伤了。"

他安慰她说没事。她对每个人都说了几句感谢的话，尤其是格林，他伤得太重，无法站起来。他只会用她的母语说一两个词，所以他不停地重复着："谢谢，夫人，非常感谢。"

"这位是霍利上尉，我们的指挥官。"加拉哈德向她介绍这位石油公司的代表。

"你是指霍利上将吧，"麦克格雷戈建议道，"他现在指挥的可是一支舰队。"

"不，麦克格雷戈，你忘了另一艘船现在是别人的了。"霍利回应道。他瘦长的身材比让娜高出一大截，显得她十分娇小。他用流利的法语说："我想告诉你，我们都认为你是一个非常勇敢的姑娘，为了表达我们的心意，我们想送给你一件礼物。"

"送给我礼物？"让娜惊呼道，视线在这群人中来回跳动。

"是的，"霍利笑着说，"你的礼物就在后面。"他指了指那艘帆船:"我们想把海盗船送给你。"

"可我要海盗船干什么呢?"她问。

"你可以把它卖了,然后去度第二次蜜月。我认识一位女士,她不像你这么娇小,如果她经历了你之前三十六个小时经历的一切,她一定会坚持去美国进行一次漫长的旅行。不过你想拿它做什么都行。"

"哦,我知道我要用它做什么了!"让娜喊道,脸上洋溢着兴奋的光彩,"我要把它卖掉,然后用这笔钱来资助我的学校和女学生。"

尾声

在他们离开期间，加拉哈德的父亲赶到了学校，焦急不安地等着他们回来。当他看到让娜安然无恙时，竟忘乎所以地冲了上去，紧紧握住她的双手。然而，当她亲吻他的脸颊时，气氛一下被打破了，老人环顾四周，看看是否有人注意到他的失态。

当然，营救故事得从头说起。当所有提问都得到回答后，让娜问道："父亲，我们什么时候可以动身回家？"

"等我雇到牲口就走。"他欣然回答道。加拉哈德认为不必这么匆忙，但让娜似乎决意当天就走。

麦克格雷戈知道后前来抗议。"你不觉得待在港口会更安全吗？"他问道。

"也许会更安全，"让娜嫣然一笑，"但没那么有趣。"

"你们至少应该多待几天，看看你们的朋友。"

"以后吧，现在不行，别忘了我的女学生。"

说实话，让她归心似箭的原因并不完全是女学生，而是她的衣服。她穿的这身衣服虽然漂亮又合身，但更适合戏剧演出，而非日常穿着。此刻在欧洲人和美国人中间，这件外衣让她十分显眼和尴尬，华服之下是她的中式衣裳，一旦翻过山丘就可以让她不再引人注目。

当日下午两时，骡子已经备好，他们启程回家。让娜只同意加拉哈德送他们到南山，她不希望丈夫离开他的工作，声称强盗要么死了，要么被关进了监狱，父亲和老李一定能保证她的安全。

那是一个美好的春日，大自然就像一只小鸟，正为自己披上崭新的绿色羽毛。让娜沉浸在旅途的喜悦中。她第一次踏上这个方向的旅程时，对不寻常的景象充满了兴致；而这次则全是令她着迷的熟悉事物，比如春天的鲜花和新生的嫩叶。

她从未见过如此繁茂的紫罗兰在小路两旁绽放，等待着人们采摘。不起眼的蒲公英和紫色毛地黄也竞相盛开。但最引人注目的还是缀满花朵的果树。这些果树只有一人高，栽满了山间的梯田。梨花的纯白与桃花的粉嫩相映成趣；漫山遍野的苹果树上粉白交织，像给枝头披上了娇艳的衣裳；血桃则身穿几乎全红的嫁衣，犹如一位毫不羞怯的中国新娘。

温暖宜人的空气中弥漫着蜜蜂辛勤工作的嗡嗡声，再加上潺潺的溪水，使得声音、香气和色彩和谐地融为一体，原来中国竟是如此多娇！

她的归家之旅充满了幸福。正如她在第二天给丈夫的

信中所写的:

>这是一次无与伦比的完美归家之旅。还记得去年人们出来笑我,盯着我看的情景吗?好吧,这次似乎整个村子的人都来了,但我从未想过情况会如此不同。这一次他们看到我非常高兴,亲切地对我喊"你回来啦""平安就好",这让我感动得说不出话来。
>
>女学生们争着拉我的手。她们说:"我们害怕您再也不会回到我们身边了。"我忍不住流下了喜悦的泪水。她们看到我哭,也都开始哭了起来,有好一会儿我们都沉浸在泪水中。
>
>昨晚我和你母亲独处的时候,她对我说了一些话,我想你听了一定很高兴。她把手放在我的胳膊上,我想这是她第一次触碰我。她说:"我向你们的上帝祈祷,希望能保佑你们平安,他听到了。"
>
>中国是多么美丽!中国人民是多么善良!再次回家的感觉真好,我感到幸福极了。